世界科幻大师丛书
主编：姚海军

SUNDIVER

太阳潜入者

［美］大卫·布林 著

严伟 译

四川科学技术出版社

图书在版编目(CIP)数据

太阳潜入者 / 〔美〕大卫·布林 著； 严 伟 译.
--成都：四川科学技术出版社，2019. 9
（世界科幻大师丛书 / 姚海军 主编）
书名原文：Sundiver
ISBN 978-7-5364-9568-5

Ⅰ.①太… Ⅱ.①大… ②严… Ⅲ.①科学幻想小说 – 美国 – 现代
Ⅳ.①I712.45

中国版本图书馆CIP数据核字（2019）第261859号
图进字号：21-2009-54

世界科幻大师丛书
太阳潜入者

出 品 人	钱丹凝
丛书主编	姚海军
著 者	〔美〕大卫·布林
译 者	严 伟
责任编辑	宋 齐
特邀编辑	邹景岚
封面绘画	守望者Swangzhe
封面设计	李 鑫
版面设计	李 鑫
责任出版	欧晓春
出 版	四川科学技术出版社
	四川省成都市槐树街2号出版大厦　邮政编码：610031
开 本	147mm×208mm
印 张	12.625
字 数	270千
插 页	2
印 刷	成都国图广告印务有限公司
版 次	2019年12月成都第一版
印 次	2019年12月成都第一次印刷
定 价	59.00元

ISBN 978-7-5364-9568-5

致中国读者

[美]大卫·布林

　　一切小说都是虚构的。不论描写的是现在还是过去,我们都只是在虚构,我们笔下的人物和情节都不是真实的。但是,这种虚构的故事存在于所有文明之中,它似乎成了与人类密不可分的一部分。

　　科学研究发现,人类的脑前叶是心智的主管,它不仅帮助我们在现实中制订计划、开展行动,而且给予我们虚构和想象的能力,让我们将自己"投射"到现实以外的地方,暂时想象自己是另一个人,体会另一个时空、另一个生命的紧张、痛苦和焦虑。很长时间以来,作家都在源源不断地用小说来满足这部分大脑的需求。

　　科幻小说丰富了人类的经验,使我们得以超越陈旧的过去和狭隘的现在,进入一片广阔而崭新的领域。在科幻小说中,历史是另一副模样,今天是另一个版本,未来则是人类进化这一出大戏的延续。

　　今天的决定会导致哪些可能的后果,这是严肃的"近未来"小

I

说探讨的话题。而科幻小说有时候会把这种探讨引向更加遥远的未来。"提升"系列(Uplift Series)自1980年发表第一部作品《太阳潜入者》(Sundiver)以来,一直广受欢迎。它们与我后来创作的《地球》(Earth)和《末日邮差》(The Postman)有很大的区别,后者是严肃的"近未来"小说,而前者的故事则发生在许多个世纪之后,充满了外星人、太空飞船和接连不断的冒险,属于典型的"太空歌剧"。

"提升"系列的第二部作品《星潮汹涌》(Startide Rising)获得了星云奖和雨果奖,第三部作品《提升之战》(The Uplift War)获得了雨果奖。它们已被翻译为二十多种文字出版。

该系列的后三部作品是:《光明礁》(Brightness Reef)、《无限的海岸》(Infinity's Shore)和《天堂的范围》(Heaven's Reach)——它们组成了"提升"系列中的一个"子系列":"提升风暴"三部曲(The Uplift Storm Trilogy)。

"提升"系列的创作灵感源自一个简单的想法:在不久的将来,我们人类可能通过基因改造赋予其他动物以智慧,使其具备语言能力,并邀请它们加入我们的文明。但是,这种做法涉及伦理、科学和情感,对各方面都会造成巨大的影响。试想一下,如果那些在智力水平上最接近我们的物种——海豚和黑猩猩——得到我们的帮助,从而开口说话,加入我们的文明,那它们会对我们说什么?

那样会扩展我们的文明圈吗,就像我们将人类不同的种族和文化融为一体一样?

我不是第一个在小说中探讨这一问题的人。H.G.威尔斯、皮埃尔·布勒和考德维纳·史密斯都曾有过类似的想法,但他们的看法几乎一致——这样的智力提升将被滥用,那些让动物说话的人要么疯狂,要么残暴,他们会像驱策奴隶一样对待被提升的动物。

当然,现在看来,这只是一种可能罢了。威尔斯等人的故事好则好矣,却不够新鲜,所以我选择探讨另一种可能。我的问题是:如果人类有一天开始改造高级动物——我认为这一天终会来临——并且遵循现代自由社会的道德准则,那么我们会好心做坏事吗?有一点是肯定的:即便我们善待这些新生智慧种族,它们也仍会面临许多棘手的难题。

在思考"提升"这一概念的时候,我突然想到,类似的情形也可能发生在别的地方。外星人经过漫长的星际旅行到达新世界之后,可能会帮助那些他们发现的聪明动物,赋予它们说话和思考的能力,甚至教授它们太空航行技术;这些新生的星际旅行者又会对别的种族重复上面的提升过程。这一过程是否已经进行了亿万年之久,我们人类是否也是在接受提升之后才得以进化的呢?

假设有一群年轻的地球智慧种族——人类,以及被人类提升的海豚和黑猩猩——离开了我们太阳系,遇到了依靠不断提升而建立起来的古老而庞大的外星文明,那么我们这些新来者会受到怎样的待遇呢?这个问题值得认真思考。

在"提升"系列的设定中,人类远远落后于宇宙中其他强大的种族。我们试图同我们的海豚、黑猩猩伙伴一道,在没有惨遭淘汰之前,赶上进化的脚步。我们虽然也有一些外星朋友,但在绝大多数时候,我们只能依靠自己,通过努力奋斗来完善和提高自己。

大家是否觉得这一幕相当熟悉呢?就人类现状来说,许多发展中的国家和民族都在奋起直追；就个人来说，几乎每个人都力图发挥自己的潜能，超越自我——这样的追赶与超越，同《提升之战》中的地球智慧种族何其相似！而自生命诞生以来，这一过程便从未停止。

我要感谢《科幻世界》的编辑对"提升"系列中文版所做的贡献。2007年8月，我有幸参加了中国（成都）国际科幻·奇幻大会，中国读者的兴奋和热情让我备受感动；而我也真切地体会到，中国是一个充满活力、蒸蒸日上的国家。在欧美国家处于快速发展期的时候，科幻小说帮助读者开拓了视野，启迪了智慧。我相信，对即将成长为世界强国的中国，科幻小说也将有所裨益。

最后，我希望我的小说能让大家明白，我们正站在前人的肩膀上，这是前人对我们的期望，而我们也必将比前人够得更高；然后我们会站稳脚跟，将我们的孩子举到肩上，让他们够到更高的地方。

目 录

CONTENTS

第一部

有理由相信

我们很快

就能够理解

那个简单的东西—— 一颗小星星。

——A.S.爱丁顿①,1926

---

①亚瑟·斯坦利·爱丁顿(Arthur Stanley Eddington,1882—1944),剑桥大学天文学教授,20世纪初最重要的天体物理学家之一,同时也是一位著名的科普工作者。1919年,他在日食过程中观测到太阳光发生弯曲,从而证明了爱因斯坦广义相对论的正确性,轰动全世界。

第一章　走出鲸梦

"玛卡凯,你准备好了吗?"

雅各布静静地躺着,没理会他身处的这个金属"茧"中马达和气阀细微的咻咻声响。水波轻轻拍打着他的机械鲸[①]的球状鼻子,他在等着玛卡凯回答。

他再次检查了头盔显示屏上的小指示图标。嗯,无线电工作正常。半潜在水下几米的另一头瓦尔多鲸上的驾驶者,应该听到了他的每一句话。

今天的水格外清澈。向下看去,他可以瞧见一条小豹纹鲨懒洋洋地游过,在这片近岸海底显得有点格格不入。

"玛卡凯……你准备好了吗?"

雅各布尽量不让自己的声音听起来不耐烦,也不想让人发现等在这儿已经让自己的后脖颈儿越来越僵硬。他闭上双眼,一块接一块地放松自己那扭曲的肌肉。他还在等着自己的学徒回答。

"是……的,我们开始……吧!"终于传来了颤颤巍巍、嘶嘶

[①]即下文中的瓦尔多鲸。是鲸鱼形状的机甲,穿在身上,反映并放大驾驶者身体的动作。

啦啦的声音,听起来很费力,似乎是憋着一口气说的。

雅各布知道,对海豚玛卡凯来说,这已经算是一次不错的长篇讲话了。他可以看到那头年轻海豚的瓦尔多鲸训练机就在身边,它的图像映现在他头盔面罩的镜面上,灰色的金属尾鳍正随着波浪轻轻起伏。她的人工鳍没有接通动力,在水面忽隐忽现的锯齿状波纹下缓慢无力地漂动着。

她已经尽可能准备好了,雅各布想。如果有能够帮助海豚摆脱鲸梦①的技术,现在我们就来找到它。

他再次颔首对着麦克风说:"好的,玛卡凯。你知道瓦尔多鲸怎么工作。它会直接放大你的任何动作,但如果想启用火箭助推器,你必须用英语发出指令。为了公平起见,我也得用三音海豚语②指挥我的瓦尔多鲸工作。"

"好……的!"她嘶嘶地说道。她的瓦尔多鲸的灰色尾鳍一下子向上扬起又落下,轰的一声,海水飞溅。

雅各布嘴里念念有词地向梦神祈祷着,碰了一下开关,接通了玛卡凯和他自己的瓦尔多鲸上的放大器,然后小心地转动胳臂,引导人工鳍运动起来。他弯了弯腿,瓦尔多鲸巨大的尾鳍随之做出反应,猛地后推,机械鲸迅速翻滚下沉。

---

①根据生物分类学的定义,海豚属鲸目齿鲸亚目海豚科,因此,本书将海豚的梦称为鲸梦。海豚经常会做一种预示性的梦,梦中还有自己的神灵。

②在"提升"系列的世界中,海豚可说三种语言:原始海豚语、安格力克语和三音海豚语。原始海豚语是未经提升的海豚说的一种准语言,提升过的海豚说这种语言会被认为粗鄙无礼。安格力克语由英语演化而来,只有地球生物使用。安格力克语与格莱蒂克语的不同之处在于它允许使用隐喻。三音海豚语则由口哨声、啾啾声和咔嗒声组成,人类、海豚和坎顿人都会说。这种语言使用三层语法,结构充满诗意,但很难用来表达过去时、现在时和将来时等时态概念。它取代了原始海豚语,被海豚们用来表达关于放松、想象和私人的事情。海豚的诗歌都是用它作成的。

雅各布想纠正动作,但矫枉过正,他的瓦尔多鲸翻滚得更厉害了。霎时,周围到处都是人工鳍冲击搅动产生的气泡。他耐心地不断调试纠偏,直到把瓦尔多鲸稳定下来。

他小心翼翼地再次启动,向前行进了一点,然后弓起背,蹬了出去。瓦尔多鲸随即做出反应,尾巴猛地一甩,跃出水面。

海豚几乎已经在前方一公里了。雅各布跃升到最高点时,刚好看到她从十米高处优雅下落,平滑地切入波浪之中。

他将头盔前喙朝向水面,大海像一面绿墙般向他扑来。他冲过飘浮的海藻的卷须下潜,冲击震得他的头盔嗡嗡作响,还吓得一条金色的雀鲷慌乱地一溜烟游走。

他的入水角度太陡了。他咒骂了一声,踢了两脚来矫正。机器巨大的金属尾鳍随着他踢脚的节奏击水,每一击都让他的脊梁战栗,把他压在厚厚的机甲衬垫上。瞅准时机,他弓身再次踢腿,机械鲸破浪而出。

在他的左舷窗,阳光像一支箭般射来,强光盖住了他那小小仪表盘上的微光。伴随着头盔电脑的轻声作响,他扭身让前喙朝下,再次冲入清澈的海水中。

一群小银鱼在他面前四散奔逃,雅各布兴奋地放声大笑。

他的双手顺着控制杆摸到火箭微控开关上,在下一跳的最高点,他用三音海豚语发出一声指令。马达轰鸣,机械鲸的外壳两侧伸出了一些小翼。火箭助推器随后猛烈迸发,他的后脑勺被紧压在头罩后部。海浪紧贴在他的机械鲸之下飞速后掠。

他一个急速下降,靠近玛卡凯。她用三音海豚语尖啸一声作为欢迎。雅各布让火箭熄灭,恢复纯机械式跳跃,伴随着她前进。

他们步调一致,前进了一阵子。玛卡凯一跳比一跳更勇敢,在入水之前的滞空时间里还会来上几个屈身和转体动作。有一次,她甚至在半空中用原始海豚语即兴吟诵了一首打油诗,雅各布希望后面船上的人能把它记下来。等一会儿从空中撞入水里,他肯定就把诗里的妙句忘记了。

训练小组的其他人乘坐气垫船跟在他们后面。每次跃起,他都能看见那艘大船,越来越远、越来越小,然后,入水的冲击打断了周围的一切,只剩下水面划开的声音、玛卡凯的声呐尖鸣和从他舷窗掠过的水藻发出的蓝绿色磷光。

雅各布的航海表显示已经过去了十分钟。即便他用再大的放大率,超过半个小时他也就无法跟上玛卡凯了——人类的肌肉和神经系统不适宜反复的跳起–坠落。

“玛卡凯,可以试试火箭了。让我看看你是不是准备好了,我们在下一跳启动它。”

他们一起跃入海中,他摆动尾鳍为下一跳作准备,在水中搅起了一堆泡沫。然后,他们再次跃出海面。

“玛卡凯,说真的,你准备好了吗?”

他们一起越飞越高。当她的瓦尔多鲸在空中转身、准备切入水面时,雅各布可以看到塑料舷窗后面她的小眼睛。他也紧跟着做出相同动作,“好吧,玛卡凯。你要是不回答,我们只好马上停下了。”

碧波扫过,一片飞沫,他和自己的学徒并肩冲入水中。

玛卡凯并没有做出下一次跃升动作,而是翻过身继续下潜。她用三音海豚语吱吱地说着什么,语速飞快,几乎听不清……好像是在埋怨他不该净说扫兴话。

雅各布让机械鲸慢慢向水面上浮,“好了,亲爱的,说标准英语。你要是想让你的子孙后代走进太空,就用得着英语。何况英语的表达更丰富。来吧,告诉我,你觉得雅各布怎么样。"

片刻沉默之后,他看见下方有什么在飞快地移动。那东西疾冲上来,在它即将破水而出之前,他听到了玛卡凯尖声嘲笑的声音:

"追……追我啊,笨……笨蛋! 我飞——!"

话音未落,她已向后一拍机械尾鳍,喷出一股火柱,飞出水面。

雅各布大笑着,向前一进,然后跟着他的学徒飞入空中。

雅各布刚喝完第二杯咖啡,格洛丽亚就递上来一份柱状图统计表。雅各布想专心看看,但那些弯弯曲曲的线条就像海浪一样上下起伏。他把图表还了回去。

"我回头再看这些数据。你能不能就给我一份总结?你要是允许我把这些东西吃完,现在我就得抓紧吃那些三明治了。"

她扔给他一份黑麦金枪鱼三明治,坐在了料理台面上,双手把住边缘,因为船在摇晃。一如平常,她穿得很清爽。这位年轻的生物学家天生丽质,一头乌黑长发。

"我想现在我们已经有了所需的脑电波信息,雅各布。我不知道你是怎么做到的,但玛卡凯对英语保持足够注意力时间的确提高了,至少是平时的两倍。曼弗雷德认为他已经找到了足够的联合突触簇,可以帮助他设定下一次突变试验。玛卡凯的左脑叶中有几个节点,他想在她的后代身上进行扩展。

"我们组对目前的状况很满意。玛卡凯操控瓦尔多鲸的娴熟表现,说明这一代海豚已经能够使用机器了。"

雅各布叹了口气,"你要是认为这些结果能说服邦联政府取消下一代突变试验,我劝你还是别指望了。他们总是不满足于海豚的智慧只表现在诗歌和音乐上。他们要的是一个善于分析、能够使用工具的种族，仅仅做到能发出指令启动瓦尔多鲸的火箭推进器，这还远远不够。我敢打赌，曼弗雷德还得动刀子。"

格洛丽亚涨红了脸，"动刀子！他们是人，有着美好梦想的人。我们这么做，能把他们雕琢成工程师，却失去了一个诗人种族！"

雅各布放下吃剩的三明治面包皮，拂去落在胸前的碎屑。他已经后悔自己多嘴了。

"我明白，我明白。我也希望慢慢来。但你可以这么看：也许有朝一日海豚能够把鲸梦用语言描述出来。那我们就不必用三音海豚语来讨论天气，或者用杂烩语①来谈哲学。他们就可以和黑猩猩一样，向着格莱蒂克世界扬起自己那标志性的鼻子，我们也可以像模像样地进入有尊严的成熟文明行列了。"

"但是……"

雅各布举起手打断她，"我们能不能以后再讨论这个？我想舒活舒活筋骨，然后下去看看我们的姑娘玛卡凯。"

格洛丽亚皱了皱眉，然后释然一笑，"对不起，雅各布。你一定很累了。不过，起码今天终于是一切顺利了。"

雅各布报以咧嘴一笑。他宽宽的脸庞上，嘴角和眼角都显出了皱纹。

"是啊，"他站起身来，"今天一切顺利。"

"哦，对了，你在水下的时候，有个电话找你。是个E.T.②！约翰尼兴奋得差点忘了记下他的口信。我想那口信应该在这儿。"

---

①指地球上的生物之间用来相互交流的一种混杂语言。

②此处原文为Eatee，即E.T.的读音，意为地外生命（Extraterrestrial），常指外星人。本书出版于1980年，两年之后才有斯皮尔伯格那部著名的电影《E.T.》，那之后这个缩写形式才流行起来。

她把餐盘推到一边，抽出一张纸递给他。

雅各布读着那条口信，浓眉紧锁。他的皮肤紧绷，肤色黝黑，一半是遗传，一半是阳光和海水作用的结果。他聚精会神的时候，会习惯性地眯起褐色的眼睛。他举起满是老茧的手，摸着自己那标准印第安人的鹰钩鼻，努力辨认着无线电话务员约翰尼的字迹。

"估计大家都知道你曾经跟E.T.们一起工作过。"格洛丽亚说，"但我真没想到他们会直接打电话来！特别是这么一位——长得像一棵大西兰花，说话却像一位礼仪官！"

雅各布一下子抬起头。

"一个坎顿人①打电话来？到这儿？他留下名字了吗？"

"应该写在那下面了。那真的是一个坎顿人吗？我对外星人不是太熟悉。要是辛西亚人②或泰姆布立米③人我还能认识，可坎顿人我可是头一次见到。"

"唔……我得打个电话。一会儿我再来洗盘子，你可别动手！告诉曼弗雷德和约翰尼我一会儿就下去看玛卡凯。再次感谢。"雅各布微笑着轻轻拍了拍格洛丽亚的肩，但当他转过身时，脸上的表情立刻又显得很忧虑。

他穿过前舱，手里还抓着那封口信。格洛丽亚望着他的背影看了一会儿，一边收拾数据图表，一边希望自己知道如何才能吸引住这个男人超过一个小时，甚至一晚上。

雅各布的卧舱几乎只有一个衣橱那么大，里面的床也是藏

----

①一种树形格莱蒂克人。对人类比较友好。

②公开对人类示好的一个格莱蒂克种族。

③格莱蒂克种族之一，是地球人友好的同盟，因手段灵活、聪慧幽默而闻名，擅长精神影响。参见《提升之战》。

壁折叠式的,但这里能够保证他有足够的私密空间。他从门口的一个柜子里抽出移动卫星电话,躺在折叠床上开始设置它。

斐金①打电话来一定是想表示友好合作的,他对海豚的研究工作很有兴趣。

不过,有那么几次,外星人的口信毕竟导致了麻烦。所以,雅各布打算还是不回坎顿人的电话。

但他犹豫片刻,还是在卫星电话上按了一串号码,然后仰卧在床上让自己平静下来。冷静一想,无论何时何地,能有机会跟外星人交谈都是一个无法拒绝的诱惑。

电话屏幕上闪过一行二进制码,显示出他的呼叫对象正身处的位置:巴哈②外星居留区。这不稀奇,雅各布心想,那正是大数据库所在的地方。接着,屏幕上又显示出例行警告,提醒缓刑犯人不得与外星人联络。雅各布厌恶地移开目光。毛毯和电话屏幕之间逐渐充满明亮的静电光点,斐金的影像站在了前方不远处。

这位外星人的确看起来有点儿像棵巨型西兰花。青青绿绿的花芽长成一个个大小均匀的球形,包围着一根疙疙瘩瘩布满条纹的躯干。一些分枝末梢还包着水晶般的透明小片,环簇在头顶一个隐蔽的呼吸孔周围。

外星人的"叶子"摇摆起来,枝头的水晶片被呼吸气流吹得叮当作响。

"你好,雅各布,"斐金尖细的声音从半空传来,"我谨向你致以愉快与感谢的问候,并且按照你一再强调的要求,不说客套话。"

①即前文提到的坎顿人。发展工会(Institute of Progress)的一位官员。发展工会在格莱蒂克各大公会中并不重要,但它秉承先祖遗训,尊重新的智慧生命。
②美国加利福尼亚州南部靠近墨西哥的一片区域。

雅各布大笑一声作为回敬。斐金说话拖长的腔调，还有他对自己最亲近的人类朋友也要讲究的那一套繁文缛节，都让雅各布想起了中国古时候的官吏。

"你好，斐金朋友，也问候你。既然那件事已经结束了，你就别再问了。我的回答只能是'不'。"

水晶片轻轻作响。"雅各布！你这么年轻，却如此慧眼独具！你已经察觉到我给你打电话的意图所在，我真钦佩你的洞察力！"

雅各布连连摇头。

"斐金，拍马屁也好，嘲讽也罢，你都少来吧。我坚持跟你说口头英语，就是因为只有这样我才不会在跟你打交道的时候被耍。你心知肚明！"

外星人晃了晃，拙劣地模仿人类耸了耸肩。

"啊，雅各布，请允许我带着你们人类引以为傲的最高贵品质——诚实——向你的意志力鞠躬致敬。的确，我本打算冒昧地请你帮我个小忙。不过，既然你已经做出了回答——毫无疑问，你是想到了过去的某些不愉快经历——我还是不提了。我能不能问问你们那骄傲的客户种族'海豚'怎么样了？你们的工作进展如何？"

"哦，当然可以。我们的工作进展顺利，今天还有所突破。"

"那好极了。我相信这里面肯定有你一份功劳。听说你在那儿是不可或缺的！"

雅各布摇摇头，想清醒一下。不知怎么，斐金又掌握了主动。

"呃，起初是我帮忙破了'水中斯芬克司谜案'，但那以后我的工作就没什么特别的了。唉，我现在干的活儿谁都能干。"

"哦,这不可能吧!"

雅各布皱起眉头。很不幸,这是真的。而且,提升中心这儿的工作今后还会更加平淡无奇。

成百的专家,有的比他还懂海豚心理学,都在等着进中心。提升中心或许会留用他,出于某种程度上的感谢,但他真的想留下吗? 他虽然十分热爱海豚和大海,但最近越来越感觉这项工作已经难以让自己满足了。

"斐金,对不起,我之前太鲁莽了。我想听听你要找我做的事情……不过你得知道,我的答案可能还是'不'。"

斐金的"叶子"沙沙作响。

"我本打算邀请你参加一个小型的友好会议。与会各方是来自不同种族的要人,大家要讨论一个关于纯粹智慧本性的重要问题。会议将于本周四的十一点举行,地点在因圣纳达的访客中心。如果参加的话,你不必承担任何义务。"

雅各布考虑了一会儿这个提议。

"你是说外星人的会议? 都有谁? 开这会要干什么?"

"哎呀,雅各布,这个我不能随便讲,至少不能在电话里讲。你要是来的话,星期四就会知道详细情况了。"

雅各布马上生疑,"告诉我,这个会要讨论的不是政治问题,对吧? 你口风太紧了。"

外星人的图像几乎静止不动。他那绿油油的身体缓慢起伏,似乎在沉思。

"我一直搞不懂,雅各布,"悠长的声音终于再次传来,"一个像你这样背景的人,为什么对情感和需求的相互作用——也就是你们所说的'政治'——不感兴趣? 不知道我这个比喻是否恰当:我觉得政治就流淌在我的家族血液中。当然,也流淌在你的家族血液中。"

"你少提我的家族!我就想知道为什么要等到星期四才能知道这到底是怎么回事儿!"

坎顿人还是吞吞吐吐。

"这件事……有很多方面都不适合在电话里谈。如果被你们人类那几个钩心斗角的派系……偷听去了,可能会有麻烦。不过,我向你保证,你只需要考虑纯技术问题。我们需要的是你的知识,还有在提升中心使用的技术。"

胡扯!雅各布心想。你们要的才不止这些。

他了解斐金。如果自己参加这个会议,这个坎顿人一定会以此为契机,把他拖进某件荒唐、复杂而且危险的事情中去。过去这家伙已经这么干过三次了。

前两次雅各布没计较。不过事后他的观点也有了转变,觉得那些事做起来也挺有意思。

然后就是"香草号"事件。在厄瓜多尔遭受的那次重创彻底改变了他的生活,他再也不愿经历那样的事情了。

不过,雅各布也非常不想让老坎顿人失望。斐金从未对他说过谎话,而且在雅各布见过的外星人里,他是唯一一个大大方方地尊重人类的文明和历史的。斐金还是雅各布认识的和地球人形态差异最大的外星人,但他却尽自己的最大努力去理解地球人。

我对斐金实话实说就好,雅各布心想。要是他施加太大压力,我就让他知道我的精神状态——需要接受精神治疗,并且效果不佳!只要我要求他公平做事,他是不会太过分的。

"好吧,"雅各布叹了口气,"你赢了,斐金。我去。不过别指望我会成为会议的焦点人物。"

　　斐金的笑声听起来就像在演奏一件管乐器,"这你不必担心,雅各布朋友!在这次会议里,没人会把你当成焦点!"

　　雅各布沿着上层甲板朝玛卡凯的住处走去。在西边少云的天空中,昏暗的橙色太阳还未落入大海,就像一颗朦朦胧胧、平淡祥和的大球。他在护栏旁驻足片刻,欣赏着落日的余晖和夕阳下的大海。

　　雅各布闭上双眼,任凭阳光温暖着自己的脸,光线轻柔地刺透他的皮肤,要把他的脸晒黑。最后,他越过护栏,跳到下层甲板上。一天的精疲力竭几乎完全被恢复活力的感觉所取代。他哼起了小曲——当然是跑调的。

　　他走到池边,一头疲惫的海豚漂了过来。玛卡凯用三音海豚语向他打招呼,那是一首诗,海豚念得太快无法听清内容,但听着像是对他性生活的低俗调侃。几千年来,海豚一直在向人类讲黄色笑话,但人类直到开始培育海豚的智力和语言能力之后,才明白这一点。雅各布想,玛卡凯或许比她的祖先聪明许多,但她的幽默感可还是地地道道海豚式的。

　　"哟哟,"他说道,"好像有人累坏了。"

　　海豚向他泼水,比起平时力道弱了许多,嘴里还模仿着打枪的声音:"啪!啪!"

　　但当雅各布蹲下来、伸手到水中说"你好啊"时,玛卡凯还是游了过来。

第二章 "衣族"和"皮族"

多年以前,前任北美政府在边境地区铲出了一条隔离带,以控制与墨西哥的交通往来。城市之间于是出现了一片人造荒漠。

大起义之后,残暴的政府被推翻消灭,新成立的邦联政府把这块区域辟成了公园。圣地亚哥和提华纳之间的边境地带现在是彭德尔顿公园南部最大的林区之一。

不过,情况正在发生变化。雅各布开着租来的车向南行驶在高速公路上,发现这一地带有重蹈覆辙的迹象——道路两边都有工作人员在干活,把树砍倒,每隔一百码立起一根白底彩纹的细柱子。他转过了目光。

一块大大的绿底白字告示牌出现在前方远处,那排柱子正从那儿横跨过公路。

新边界:巴哈外星居留区
居住在提华纳内的非合法公民
请向市政厅报告,谢谢
奖励搬家费!

雅各布摇摇头嘟囔了一句拉丁文："Oderint Dum Metuant。"只要能让他们害怕就好,不管会不会招来怨恨。这么一来,就算是一个在这里住了一辈子的人,如果得不到许可,现在也得搬出去。

外星人居留地再次扩大时,提华纳、火奴鲁鲁、奥斯陆,还有好几个其他城市,都要被划进去。五六万名或永久或暂时的缓刑犯,都要搬走,以保证大概一千名左右的外星人能够安全地生活在这些地方。地球的大部分土地还未对外星人开放,非市民们还有足够的地方待,政府也给予了大笔的补偿金。

但是,地球上再次出现了难民。

城市突然再次出现在隔离带南边。多数建筑物都是西班牙风格或西班牙复兴风格的,但总的说来这一个是典型的现代墨西哥城镇。这里的房子都是蓝白两色的。公路两边的车流使得空气中充满了微弱的电机嗡嗡声。

城市里,随处可见之前在边境处看到的那种绿底白字告示牌,昭示着即将到来的变革。不过,其中一块靠近公路的告示牌被喷上了黑漆。雅各布瞥见那上面歪歪扭扭地写着:"占领"和"入侵"。

这是一个永久缓刑犯干的,他想。一个合法市民有几百种合法途径来表达观点,不太可能这样做。而一个暂时缓刑犯,正处在假释期,也一定不想延长刑期——暂时缓刑犯当然知道这么做难逃法网。

毫无疑问,是某个可怜的被流放的永久缓刑犯,不顾后果地发泄了自己的情绪。雅各布深感同情。这个永久缓刑犯,这会儿可能已经被捕了。

尽管雅各布对政治不太感兴趣,他却来自一个政坛世家——他的两位祖辈是大起义中的英雄,那次起义让一小拨专家治国论者成功地推翻了官僚政府。对于缓刑法规,整个家族都强烈反对。

在过去的几年里,雅各布已经习惯了不去回忆往事。但现在,他的脑海中却不由自主地浮现出一幅画面。

加拉加斯①北面群山间的阿尔瓦雷斯家族聚居地,暑期学校——就在三十年前约瑟夫·阿尔瓦雷斯和他的朋友们制订计划的那间屋子里,杰里米叔叔在讲课,雅各布的亲堂兄妹和收养堂兄妹们在听课,表面上都在洗耳恭听,内心里夏日的无聊感却在不断升腾。雅各布坐在后排角落里,烦躁不安,希望能回到自己的房间,回到他和自己同父异母的姐姐爱丽丝一起搭建的那台"秘密机器"旁边去。

杰里米叔叔那时刚刚步入中年,却已老于世故、自信满满,正在邦联议会中崭露头角。很快他就会成为阿尔瓦雷斯部落的首领,把他的兄长詹姆斯挤到一边去。

杰里米叔叔正在讲旧的官僚政府如何颁布法令,要求每个活着的人都接受"暴力倾向"测试,通不过的人立刻就会被持续地监视起来——也就是进入缓刑期。

雅各布仍然记得他的叔叔那天下午讲的每一个字,当时爱丽丝悄悄潜入了大数据库,她十二岁的脸上焕发着兴奋的光彩,就像超新星要爆发一样。

"……他们花了大力气让群众相信,"杰里米用低沉的声音说道,"这些法令会消除犯罪。它们也的确起到了这种作用。谁

---

①委内瑞拉首都,南美著名历史古城。

要是屁股上被安装了无线发射器,干什么当然都得三思而后行。

"现在,合法公民们爱上了缓刑法。他们轻易地忘记了,这么做就逾越了宪法保证的每一项传统合法程序。当然,他们大多数住在农村,也没享受到这些程序的好处。

"约瑟夫·阿尔瓦雷斯和他的朋友们利用这些法律中的一个漏洞,让那些官僚自食其果——呃,这时,兴高采烈的合法公民们甚至更拥护缓刑测试了。这对大起义的领导者计划在当时就发动起义很不利。他们想要建立邦联,困难重重……"

雅各布都想大喊一声了。老杰里米叔叔在这儿唠叨个没完没了,讲的全是些陈年芝麻烂谷子,而爱丽丝——幸运的爱丽丝,现在轮到她冒着被长辈们训斥的风险,用他们在室内太空接收器上装的收听设备作监听——她听到什么了!

一定是一艘星舰!那支巨大缓慢的飞船船队之前只有两艘返航,现在又有一艘回来了! 只有这样才能解释太空居留区的启用和东边的兴奋——那儿是大人们的实验室和办公区。

杰里米还在阐述公众缺乏同情心的问题,但雅各布对他已经视而不见、充耳不闻。他的脸保持僵硬不动,其实在听着爱丽丝靠过来的耳语——不,应该是兴奋的喘息。

"……外星人,雅各布! 他们带回地外生命了! 就在他们的船上! 哦,杰克[1],'维萨留斯号'把E.T.带回家了!"

这是雅各布第一次听到这个词。他经常会想爱丽丝会不会就是发明这个词的人。他还记得,自己那会儿只有十岁,还在想"E.T."这个名字是不是说这种生物是要被"吃"掉的。[2]

---

[1] 雅各布的昵称。

[2] 按照英文构词法,eatee 可以理解为被吃(eat)的对象。正如 employee 是被雇用(employ)的对象一样。

雅各布行驶在提华纳的街道上，突然觉得这个问题仍然没有答案。

在好几个大的十字路口，都有一个街角的建筑被拆除，取而代之的是一座五颜六色的"E.T.休闲站"。雅各布看见了好几辆崭新的单层敞篷巴士，载着人类和蜿蜒滑行——或者说走——着的三米高的外星人。

经过市政厅时，雅各布看到大约几十个"皮族"正在那里示威。至少他们看起来像是"皮族"：穿着皮毛衣服，挥舞着玩具塑料矛。如果不是"皮族"人，谁还会在这种天气穿成那样？

雅各布把汽车收音机的音量调大，按下了语音识别选择键。

"本地新闻，"他说道，"关键词：'皮族'，市政厅，示威。"

短暂的延迟之后，一个机器声音从仪表盘后方传来，语调夸张地开始播报计算机自动生成的新闻。雅各布怀疑计算机是不是从来就弄不好音调的事情。

"简讯汇总。"人工语音带着牛津腔，"摘要：今天是2248年1月12日，9点41分，早上好。37名示威者在提华纳市政厅前举行合法抗议。他们注册的申诉问题，简而言之，是外星人居留区的扩张问题。如果您需要一份他们注册的抗议声明传真或语音，请发出指令。"

机器暂停了。雅各布什么也没说，已经在想是否还要听剩下的简报。他对这些已经很熟悉了——"皮族"之所以要抗议外星人居留区，就是因为它的存在表明，至少有一部分人类不适宜跟外星人待在一起。

"37名抗议者中，有26人佩有缓刑信号发射器，"播报继续，"其他人当然都是合法公民。考虑到提华纳每一百二十四人中就有一位缓刑人员的总体比例，这显得有些不同寻常。根据这些抗议者的举止和衣着，或许可以把他们描述为所谓新石器伦理的支持者，俗称'皮族'。由于还没有公民申请隐私特权保护，可以确定这 37 人中的 30 位是提华纳居民，其他的是外来者……"

雅各布点了一下关闭按钮，播报声音戛然而止。

这场关于外星人居留区的争论让他想起，自己差不多快两个月没有去圣巴巴拉看望詹姆斯叔叔了。这老牛皮王这会儿可能正支棱着招风耳，忙着代表半数提华纳的缓刑犯打官司呢。可是，假如雅各布不辞而别，就此远行，还是会被詹姆斯以及乱哄哄、闹腾腾的阿尔瓦雷斯家族别的叔叔、婶婶和表亲们发现。

远行？什么远行？雅各布突然想。我哪儿也不去！

但他脑海中的某处，还是想起了斐金召集的这次会议。他感觉到了一种渴望，同时又想压制住这种渴望。要不是他早已熟悉了这种感觉，此刻他一定又会被其深深迷住。

他默默地行驶了一会儿。很快，城市让位于开阔的乡村，路上的车流也稀疏了。接下来的二十公里，阳光温暖地照在雅各布的胳膊上，他一边开车，脑子里一边琢磨着问题。

尽管雅各布最近已深感厌倦，但他仍不愿意承认自己该离开提升中心了。虽然与海豚和猩猩一起工作其乐无穷，比起他原来的工作——科学犯罪调查——也安定得多（除了最初几周，由"水中斯芬克司谜案"带来的混乱）。中心的同事们做事也很专注，而且和现在地球上其他很多科技企业不同的是，他们都士气高昂。他们的工作有着巨大的内在价值，即便拉巴斯的分支数据库建成上线之后，这些工作的效果也不会很快过时。

更重要的是，在中心他结交了一帮朋友，正是有了这些朋友在过去一年多时间里的支持,他才能慢慢把自己那颗已经破碎的心重新拼合在一起。

特别是格洛丽亚。我要是留下来,肯定会跟她发生点什么,雅各布想。那会比现在这种亲昵的挑逗还要过分。这姑娘的心思已经越来越明显了。

厄瓜多尔的惨剧导致他来到了提升中心,初衷是为了寻求工作和安宁。如果那一切都没有发生,他或许还有心有胆去继续这段缘分。可现在他的心早已是一片泥沼。他都不知道自己还会不会认真考虑一份感情了。

塔尼娅死后,漫长的两年已经过去了。孤独还是会时时袭来,尽管他有工作、有朋友,还有跟自己的头脑进行的迷人博弈。

地形开始变成丘陵,地面的颜色也变为褐色。一棵棵仙人掌掠过眼前,雅各布向后倚坐,享受着驾驶的乐趣。即便是现在,他的身体还在随着车子轻轻摆动,好像他仍在海中前行一样。

群山之后,碧蓝的海面波光粼粼。蜿蜒的道路引着他一路驶向会场,他的心却越来越飞向海上:乘舟坐看一年一度的灰鲸迁徙里那第一个弓身跃出水面的动作和第一叶举起的尾鳍,倾听那鲸鱼的领航者之歌。

他绕着小山丘转了一圈,发现道路两边的停车位泊满了他开的这种小型电动车。前方的山顶处聚集着很多人。

雅各布把车开进右边的自动导航车道,这样车子可以慢慢匀速行驶,他就不必盯着高速路面了。那儿在干什么?两个成年人和几个孩子正从路左边的一辆车上往外搬着野餐篮和双筒望远镜之类的东西。他们显然很兴奋。这些人看起来就像是一个典型的在工作日出行的家庭,只不过他们全都身披闪亮的银色长袍,佩戴金色的护身符。再往上看,山上的大多数人都身着类似的装束。很多人都拿着小望远镜,向上瞄着路上的什么东西,雅各布的视线被右边的山挡住,无法看到。

那边山上的人则穿戴成原始穴居人的样子,头上还插着羽饰。这群纯粹的克罗马侬人①向现代文明做出了妥协:除了燧石斧和长矛,他们也配备了望远镜、腕表和无线电。

两边的人分别占据了对立的山头,这毫不奇怪。"衣族"和"皮族"的唯一共同点就是他们都对外星人隔离区心怀怨恨。

两边山头中间的山脊上,一块巨大的告示牌横跨高速公路。

加利福尼亚巴哈外星人居留区

未经授权

缓刑犯不得入内

首次到访者

请先去信息中心报到

不得佩戴神物,不得身穿新石器衣着

"皮族"物品请向信息中心申报

雅各布笑了。媒体对这最后一条可是各尽描绘之能事。每个版面都有很多漫画,描绘居留区的访客被迫脱掉自己的"皮"装,旁边还有一对长得像蛇一样的外星人赞许地看着。

山顶停放的车挤成一团。雅各布驱车来到这里,首先映入眼帘的是一座由刚才路上看到的那种理发店招牌一般的彩色柱子组成的检查站。

---

①智人(Homo sapiens)的一支,生活在旧石器时代晚期,是现代人类的祖先。其化石最早于1868年在法国的克罗马侬石窟里被发现,由此得名。

横贯东西的一大片荒漠之中,有一排延伸到远处的彩色柱子。光滑的柱子很多都已褪色,顶端的圆灯上覆盖着一层尘土。

无处不在的缓刑信号发射器在这里充当了一只看得见的筛子,只允许合法公民自由进出外星人居留区,缓刑犯们被拦在外面,而外星人则只能待在里面。这赤裸裸地揭露了一个多数人都不愿去想的事实:有一大群人被植入了发射器,只因为更大一群人不相信他们。大众不愿看到外星人和那些被心理测试认为"有暴力倾向"的人进行接触。

显然,这座检查站起到了作用。向上看,两边的人群越聚越多,着装也越来越奇异,但这些乌合之众正好在检查站北面聚成一堆,驻足不前。有的"衣族"和"皮族"可能是合法公民,但他们也跟着朋友们参与进来,可能是出于义气,也可能同样心怀不满。

越靠近检查站人群越密集。"衣族"和"皮族"在这里向着路过的车辆挥舞着各种标语牌。

雅各布行驶在自动导航路上,手搭凉棚遮住阳光,欣赏着这有趣的场景。

左侧有一个年轻人,从脖子到脚缠着银色锦缎,举着一块牌子,上面写着:"人类也是被提升的:放我们的外星兄弟出来!"

年轻人对面是一个女人,擎着一杆大旗:"我们是自己进化的……外星人滚出地球!"

这场面正是眼下这场争论的最好概括。整个世界都在观望,达尔文的信徒们以及冯·丹尼肯[1]的追随者们,到底谁才是正

①埃利希·冯·丹尼肯(Erich Von Daniken,1935–),瑞士人,他在作品中声称全球各地都有证据表明外星文明对远古地球人类产生过影响。其最著名的一本书《众神之车》(Chariots of the Gods)于1968年出版,20世纪80年代曾有多个中文译本,风靡一时。

确的。人类已经分裂成两个哲学阵营,"衣族"和"皮族"只不过是裂痕边缘更狂热的一群人而已。争论的焦点是:智人是如何成为一个会思考的物种的?

不过,"衣族"和"皮族"要表达的仅仅是这些吗?

"衣族"对外星人的爱已近乎宗教狂热。歇斯底里的"崇外症"?

"皮族"人尊崇的是原始人的装扮和古训,他们所呼唤的"摆脱外星人的影响",是否其实出于某种更深层的心理因素:对未知的恐惧?对强大外来力量的担心?"恐外症"?

有一件事雅各布可以肯定:"衣族"和"皮族"都有怨恨。他们怨恨邦联政府对外星人谨小慎微的绥靖政策,怨恨放逐了他们许多人的缓刑法案,还怨恨这个已经无人能确定自己起源的世界。

一个胡子拉碴的老头出现在雅各布的前方。他蹲在路边,上蹿下跳,指着脚下的地面,在人群踏起的扬尘中大喊大叫。雅各布放慢车速,向前驶去。

这人穿着一件毛皮夹克,下身着一条手缝皮裤。随着雅各布的靠近,他跳叫得更加卖力了。

"Doo-Doo!"这人大声喊着,口角生沫,手指地面,好像在用叫声狠狠地进行攻击。

"Doo-Doo! Doo-Doo!"

雅各布想听明白他喊的是什么,车慢得就要停下来了。

一样东西飞进驾驶室,从他脸前掠过,撞在副驾驶一侧的车窗上。车顶也传来一声巨响,几秒钟之内,更多的石块密集砸在车子上,震得他耳朵嗡嗡作响。

雅各布摇起驾驶室的车窗玻璃，猛地加速离开自动车道，勉力向前驶去。小车外壳薄薄的铁皮和塑料在石弹的打击下已是遍体鳞伤。突然间，他这侧车窗外出现了几张年轻人凶恶的脸，正对他怒目而视。这些人跟在他这辆加速缓慢的小车旁边奔跑，用拳头和怒吼不断地招呼着它。

看到前方几米就是检查站，雅各布笑了，他决定问问这些人到底想怎么样。他松了松油门，转头面对跟着车跑的一个人，张嘴想问问题。这少年穿得像20世纪科幻小说里的主人公。路边的人群里，标语和奇装异服斑驳混杂。

雅各布还没开口，砰的一声，震得车身都摇晃起来。挡风玻璃上出现了一个小洞，一股硝烟弥漫了整个小车厢。

雅各布猛踩油门向检查站冲去。那排彩色柱子呼啸而过，一瞬间就只剩下他一个人了。从后视镜里，他看到那群追随者又聚在了一起。年轻人们冲着他的车尾高喊，从那未来派风格的长袍袖子中高举着拳头。他咧嘴一笑，开窗伸出手向他们挥别。

我该怎么跟租车公司解释呢？他想。我是不是该说我被帝国的军队攻击了？反正跟他们说真话他们更不会相信。

报警就不用考虑了。地方警察局只能展开缓刑搜索，在这么多缓刑犯里查那么几个发射器无异于大海捞针。再说，斐金跟他说过，来参加这次会议要保持低调。

他摇下车窗，好让一缕清风驱散车内的烟雾。他用小指尖戳了戳挡风玻璃上的"弹孔"，嘲讽地笑了。

你是真喜欢这样啊，对吗？他想。

适当地让肾上腺素分泌一下无可非议，但面对危险还乐在其中就是另一回事儿了。刚才检查站那儿发生的闹剧竟让他感

到兴奋,这可比那群人对他莫名其妙的施暴更加令雅各布惴惴
不安……这说明他又回到过去的样子了。

一两分钟后,仪表盘发出了一声警告。

雅各布抬头一看,一个搭车客。那个男人站在前方不到半
公里处的路边,手里拿着手表伸进导轨路线,身旁的地上还有两
个小背包。

雅各布有些犹豫。但这里是居留区,只有合法公民能进
来。于是,他把车停在了那人前面几米的路边。

这家伙有点眼熟。他精心打扮,个子不高,穿着一套深灰色
西服,拖着那两个沉重的包向雅各布的车走过来,大肚腩随着动
作上下晃动。

"哎呀,真热啊!"他抱怨着。这人说的是标准英语,口音很
重。

"怪不得没人用自动车道,"他接着说,用手绢擦着额头,"这
样他们可以开快一点,好吹吹小风,对吗?不过你挺眼熟啊,我
们以前一定在哪儿见过。我叫彼得·拉洛克,叫我皮埃尔也行,
你愿意的话。我是《世界报》的。"

雅各布开口说话了。

"哦。对,拉洛克。我们以前见过。我是雅各布·德姆瓦。
上来吧。我只能到信息中心,但你可以在那儿换巴士。"

他希望自己能不动声色。刚才我怎么没认出这个拉洛克
来?要是那样我就不会停车了。

这个人其实也没什么不好……除了他惊人的自大和无穷无
尽的看法,并且他会尽一切可能把这些强加给他碰到的任何
人。从很多方面看,他或许是个有趣的人。他一定很受"衣族"
媒体的追捧。雅各布读过一些拉洛克的文章,不论内容怎么样,

风格他还挺喜欢。

然而,拉洛克曾经是那些追逐他达数周之久的狗仔队中的一员,并且是最出格的那一类记者。那会儿他刚刚破了"水中斯芬克司谜案"。《世界报》最后刊登的故事大受欢迎,写得也很棒,但那也无法挽回采访给他造成的麻烦。

雅各布庆幸那家报纸在更早之前的厄瓜多尔那次重创——也就是"香草号"事件——之后没有找到他。要是拉洛克那会儿出现,他肯定就无法承受了。

眼下,他有点无法接受拉洛克明显做作的"纯正"口音,这甚至比他们上次见面的时候还浓重了。

"德姆瓦,啊,对对对!"那人说道。他把包塞进后排,钻进了车子,"警世格言的作者和传播者!破案的行家里手!你来这儿莫非是要跟我们尊贵的星际客人玩玩解谜游戏,还是说你也想查查拉巴斯的大数据库?"

雅各布把车重新驶入自动车道,心想,我要知道是谁引发了这波"全国标准口音"的潮流,一定把他掐死。

"我来这儿做些咨询工作,我的雇主包括外星人,但详细情况我没法告诉你。"

"好啊,口风这么严!"拉洛克摇着手指,"你可别这样撩拨一个记者!我可是会把你的事儿也变成我的事儿哦!不过,你一定在想,什么风把《世界报》的头牌记者给吹到这么一个不毛之地来了,对吗?"

"其实,"雅各布说道,"我更好奇的是你怎么会在这个不毛之地搭车。"

拉洛克叹了口气。

"不毛之地,的的确确!这真是悲哀!高贵的外星人来拜访我们，却被关在这里，还有其他那些破地方，比如你的阿拉斯加！"

"还有夏威夷、加拉加斯和斯里兰卡、邦联政府议会大厦。"雅各布说道，"不过你怎么被……"

"我怎么被发配到这儿来了？你一定是想问这个，对吧，德姆瓦！不过，或许我们可以来点好玩的，用用你著名的推理能力，猜猜看？"

雅各布暗自叹了口气。他俯身向前，把车开出自动车道，加力踩油门。

"我有个更好的主意，拉洛克。既然你不想告诉我你为什么会站在那个荒郊僻壤，或许你愿意帮我解答一个小疑惑。"

雅各布讲述了刚才检查站外发生的一幕。他没有提及那场暴力的结尾，希望拉洛克没注意到挡风玻璃上的洞，但他详细描述了那个蹲着的老头的奇怪行为。

"好吧！"拉洛克喊道，"对我来说，还是这个更简单！Doo-Doo①是一个词的缩写。你知道'永久缓刑犯'这个词吧？是糟糕的分级制度，剥夺了一个人的权利、亲人和公民身份……"

"好了，我完全同意！不用说了。"雅各布想了一会儿。

"是啊，那可怜人只是在反抗！你们这些合法公民，叫他Pee-Pee②……所以他就谴责你们是驯服的、圈养的，这很公平吧？那就是Doo-Doo！"

雅各布忍不住笑了。路开始变得曲折。

"我不明白那些人为什么都聚在检查站那儿，他们好像在等什么人。"

①即Do-Do，驯服的(Docile)、圈养的(Domesticated)二词的开头缩写。
②即P.P.，永久缓刑犯(Permanent Probationer)的首字母缩写。

"检查站?"拉洛克说,"啊,对,我听说每周四都会这样。信息中心的外星人会出来观察非公民;而作为回应,他们就跑来看外星人。滑稽吧? 就像个动物园,只是不知道谁是动物,谁是游客。"

绕过一座山丘,他们的目的地出现在眼前。

信息中心位于因圣纳达以北几公里处,是一个占地广阔的聚居地,包括外星人住宅区、公共博物馆和隐蔽的边境巡逻队军营。主楼矗立在宽敞的停车场前,第一次来信息中心的人就在这里学习格莱蒂克礼仪。

巴士车站在一个小平台上,一边是公路,一边是海,两边的视野都很开阔。雅各布把车停在了离主入口不远的地方。

拉洛克涨红了脸,似乎在琢磨着什么。然后他突然抬起头。

"你知道我是在开玩笑,刚才,我说动物园啊游客啊什么的,那只是个玩笑。"

雅各布点点头,心想:这人这是怎么了,真古怪。

第三章　整体印象

　　雅各布帮着拉洛克把行李提到巴士车站,然后走到主楼附近,打算在外面找个地方坐坐。离开会还有十分钟。

　　他找到一个可以俯瞰港口的小院子,里面绿树成荫,摆着几张野餐桌。他选了一张桌子坐下,把脚搁在凳子上。瓷砖的冰凉触感和海面吹来的微风穿透衣襟,驱散了皮肤上的灼痛和汗水。

　　雅各布静静地坐了一会儿,逐一放松肩膀和腰上的肌肉,缓解驾车带来的疲劳。他凝视着海面上的一艘小帆船,那船扯着三角帆,船身漆成比海更深的碧绿色。渐渐地,一种催眠状态降临到他身上。

　　漂啊漂。一件件事情浮现在脑海里,他逐一审视,又逐一驱散。他凝神在自己的一块块肌肉上,想抵抗躁动的情感和不安。慢慢地,他的四肢变得麻木和陌生起来。

　　大腿一直有点痒,但他把手放在膝上不动,直到手本能地伸了过去。海水的咸味令人愉悦,但也扰人心神。他不再去闻这味道。他全神贯注地倾听自己的心跳,直到这声音熟悉得无法察觉,也被他忘却了。

　　雅各布这两年里一直在这样做,他自我催眠并进入到一种

30

宣泄状态①,让脑海中的画面飞速掠过,身体感觉就像裂成了两半,后来又重新融合在一起。

之后他差不多清净了。只剩下一片背景声音,在意义边缘无声呢喃着只言片语。有一阵子,他好像听到了格洛丽亚和约翰尼在争论玛卡凯的事,接着又是玛卡凯用混杂三音海豚语在啾啾地说着什么脏话。

他慢慢地让所有声音渐次消失,等待着。照例,一个声音再次突然出现:那是塔尼娅的呼喊声,他却听不太懂,她向下跌落,从他身边掠过,双臂张开。她下坠了二十英里②才撞上地面,变成一个小斑点,然后消失了……这期间他一直能听到她的声音,甚至现在,那呼喊声还在继续。

接着,那微弱的声音终于也慢慢消失了,但这次雅各布比往常感觉更加不安。

边境地区刚刚发生的那幕狂暴夸张的情景闪过他的脑海。他突然又回到了现在的世界,站在了一群缓刑犯中间。一个八字胡男人穿成皮克特族③巫师的样子,递过来一架望远镜,不停地朝他点着头。

雅各布接过望远镜,朝那男人手指的方向看过去。眼前的画面被公路上升腾的热浪扭曲了,隔离围栏的另一边,一辆巴士晃晃悠悠地开进车站。隔离围栏横贯天际,每一根彩色柱子几乎都要戳到太阳上去了。

图像消失了。雅各布带着早已熟练的漠然不再去想它,任凭自己的思绪进入一片空白。

---

① 催眠疗法中,患者被催眠后自由地表达受压抑情绪,这被称为宣泄。

② 1英里＝1609.344米。

③ 几个世纪以前居住在北苏格兰的原住民。

寂静,黑暗。

他停留在深度催眠状态之中,靠自己的生物钟来计算何时应该醒来。他慢慢地走着,身边没有任何有意义或熟悉的标识,他耐心地寻找着那把钥匙,知道它就在那儿,总有一天会被他找到。

时间现在也像其他东西一样,迷失在深深的隧道中。

平静的黑暗突然被打破,一种刺痛传遍了雅各布的意识。他花了大约百分之一秒,来寻找这感觉从哪儿来。这痛楚是一道蓝光,像根针刺透了他合着的眼皮,戳在他催眠状态下敏感的双眼上。又是一瞬间,他还没来得及反应,那光就消失了。雅各布在迷惑中挣扎了一会儿。他试图集中精神恢复意识,这时,一连串令人心慌的问题像闪光灯一般闪现在他的脑海。

那道蓝光是什么潜意识假象?错乱神经的一个角落如此固执地拒绝敞开,那里一定有问题!我在刺探何种隐藏的恐惧?

他从催眠状态中慢慢醒来,听觉也恢复了。

前方传来了脚步声。他在风声和大海的涛声中辨认着这脚步声,但在催眠状态下,那声音听起来就像鸵鸟脚被裹上鹿皮走路发出来的。

臆想中的闪光发生数秒之后,雅各布终于从深度催眠中醒来。他睁开双眼,看到一个高高的外星人站在他面前几米远的地方。他的第一印象就是那人很高、很白,还有一双硕大的红眼睛。

有那么一会儿,世界仿佛倾斜了。

雅各布伸手抓住桌边,低下头,稳住自己。他又闭上了双眼。

又是幻象！他想着。脑袋感觉就像要撞进地球，然后从另一边出来一样！

他用一只手揉了揉眼睛，再次定睛瞧过去。

那外星人还在那儿，那么外星人是真实的了。外星人是人形的，站着起码有两米高；细长的身体大部分都裹在一件银色长袍里；一双光滑的白色长手拢在身前，做出标准的恭候姿势。

外星人修长的脖子上顶着一颗大大的圆脑袋，向前低垂着。红红的灯笼巨眼上没有眼皮，嘴唇也非常厚。这两样占据了脸的主要部分，还有一些别的小器官不知道是干什么用的。雅各布没见过这个物种。

那双眼睛里闪烁着智慧的光芒。

雅各布清了清嗓子，他仍然有点迷糊。

"抱歉……因为我们还没作介绍，我……不知道怎么跟您说话，但我想您是来这儿找我的，对吗？"

那白色的硕大脑袋用力地点了点，表示同意。

"您是坎顿人斐金让我来见的人之一吗？"

外星人再次点了点头。

我就当那是表示同意吧，雅克布心想。不知道他会不会说话，是不是用那巨大的嘴唇后面藏着的某种器官说话。

可这家伙怎么只是站在那儿？他这副样子是不是在说明什么……

"我能不能猜一下，您属于一个受庇护种族，所以要等待许可才好说话？"

那"嘴唇"微微张开了一下，雅各布在其后瞥见了一些明亮的白色东西。外星人又点点头。

"那么请说话吧！我们人类是出了名的不讲究礼仪的。你叫什么名字?"

外星人的声音出人意料地低沉。他的嘴几乎不张开,说话嘶嘶作响,明显大舌头。

"我是库拉,先生。谢谢你。我被派来给您领路。您可以跟我来,他们已经寨(在)等您了。或者您要是愿意,也可以寨(在)这里继续冥想,直到会议开始。"

"不必不必,我们这就走。当然是这样。"雅各布晃晃悠悠地站起身来。他闭上双眼停了一会儿,来驱散刚才残留的恍惚。迟早他得搞清楚刚才那幻象到底是怎么回事儿,但这事儿得先放到一边再说。

"前方带路。"

库拉转身出发,他的步态缓慢优雅,朝着信息中心的一扇侧门走去。

库拉显然属于一个"受庇护"的种族——他们和自己的"庇护主"种族之间的庇护契约仍然有效。这样的种族在格莱蒂克社会等级体系中地位低下。雅各布仍然搞不太懂这些错综复杂的格莱蒂克事务,因此他很高兴由于一件幸运的意外事件,人类在这个等级体系中占据了一个虽然不太稳固却比较好的位置。

库拉领着他上楼,来到一扇橡木大门前。他没有敲门就直接进去,带着雅各布来到了会议室。

雅各布看到了两个人类,以及除了库拉之外的另两个外星人:一个小个头,长着一身毛皮;另一个更矮小,像条蜥蜴。他们身下铺着垫子,坐在一丛巨大的室内灌木和一扇可以远眺海湾的观景窗之间。

他本打算趁这些外星人注意到自己之前好好打量打量他们,但还没来得及,就有人在喊他的名字了。

"雅各布,我的朋友!你是多么的好心,花时间来到这里!"这是斐金那长笛般的声音。雅各布迅速环视整间屋子。

"斐金,你在……"

"我在这儿。"

他回头看看窗边站着的那几个人。那两个人类和长着毛皮的外星人站了起来,而那个蜥蜴人仍然待在坐垫上。

雅各布调整了一下视角,突然发现原来那丛"室内灌木"中有一棵正是斐金。这个老坎顿人的银顶叶片轻轻作响,好像微风吹过一般。

雅各布笑了。每次跟斐金见面都要出点岔子。你要是跟一个人形生物打交道,就会去寻找脸,或者类似的器官。总之,要找到一个外星人古怪面容上的焦点,通常也不会太费力气。

几乎所有的种族身上都有一个解剖学结构,能让别人看出来那是他意识的所在。对人类和大多数外星人来说,这个焦点就是眼睛。

而坎顿人没有眼睛。雅各布猜测那些叮当作响的银色亮片就是斐金的感光器官。如果是这样,那还是没法找到他的眼神。你得看着整个斐金,而不是某个自我意识的体现点。雅各布不禁想到,不知道下面哪一种情况更荒谬:是自己喜欢这个外星人,不在乎他的缺陷呢,还是自己仍然感到不自在,哪怕经过这么多年的友好相处。

斐金枝繁叶茂的身体经过一连串扭动,依次向前挪动根茎,从窗户那儿走了过来。雅各布行了一个中规中矩的鞠躬礼,等着他说话。

"雅各布·阿尔瓦雷斯·德姆瓦,a-人类,ul-海豚-ul-黑猩猩,我们欢迎你!鄙人今天能够再次见到你,深感荣幸!"斐金的发音很清晰,但却带有一种不由自主的抑扬顿挫,使得他的口音听起来就像是瑞典语和广东话的混杂。

"斐金,a-坎顿,ab-林顿-ab-西奎-ul-尼希,米霍基·吉普。很高兴又见到您。"雅各布鞠躬致礼。

"这些尊贵的人来此与你交换智慧,雅各布朋友。"斐金说道,"我希望你准备好进行下面的正式介绍了。"

雅各布努力地专心默记着每个外星人冗长烦琐的族名(当然,要记住他们稀奇古怪的长相也得费一番力气)。从庇护主那里继承下来的名字,以及众多的下属庇护种族名,能够很好地说明每个外星种族的地位。他向斐金点头,示意继续。

"现在我正式给你介绍巴伯卡,a-皮拉,ab-基萨-ab-索罗-ab-胡尔-ab-普博-ul-杰罗-ul-普灵,他是大数据库公会的。"

一个外星人走上前来。他给雅各布的总体印象,就是一头四足行走的灰色玩具熊,但他脸上的那只大猪鼻和眼睛周围那一圈睫毛,又破坏了这种印象。

这位就是巴伯卡,分支数据库的主管!拉巴斯的分支数据库几乎耗尽了地球自大接触以来积攒的那么一点微薄的贸易盈余。为人类使用者调试这么一个大数据库的微型"边远"分支所耗费的巨额款项,很大一部分是由庞大的格莱蒂克大数据库公会捐助的。他们把这当作一项慈善事业,以期帮助"落后的"人类赶上星系中的其他种族。作为分支数据库的主管,巴伯卡可算是地球上最重要的外星人之一了!那长长的族名也说明了他的尊高地位,甚至比斐金还要高!

前面四个那种"ab"开头的名字,表示巴伯卡的种族是由另一个种族培育成智慧生命的,而那个种族又由另一个种族提升,如此依次上溯,直至回到先祖们的那个神秘开端时代……而这些"父辈"种族中,有四个依然在星系里生存着。这种继承链彰显了一个种族在枝繁叶茂的格莱蒂克文明社会中的地位,也表明这个文明中的每一个航天种族(或许人类是唯一的例外)都是由先前某个别的有能力进行星际旅行的种族从半开化的野蛮状态提升起来的。

后面两个"ul"开头的名字,说明皮拉种族自己也依次培育了两个新的文明——这也是地位的象征。

人类之所以没有遭受格莱蒂克社会完全冷遇的唯一原因,正是由于他们在"维萨留斯号"把和外星人的大接触带回地球之前,就已经幸运地自己培育出了两个新的智慧种族。

外星人微微欠身。

"我是巴伯卡。"

这位皮拉人的声音从他脖子上挂着的一个碟形物发出来,听着像是人工合成的。

一台传译器!看来皮拉人需要机器帮助才能说英语。这台仪器并不复杂,比起那些母语是啾啾、吱吱声的外星来客使用的那种发音器要小得多。雅各布由此猜测巴伯卡其实可以发出人类语言的声音,只不过他的声音频段超过了人类听力所及的范围而已。

"我是雅各布。欢迎来到地球。"他点点头。

巴伯卡的嘴无声地微微开合了几下。

"谢谢,"传译器嗡嗡作响,发出的语句简短清晰,但略显生硬,"我很高兴来到这里。"

"我也很乐意为您尽地主之谊。"雅各布也鞠躬致意,腰弯得比刚才他走过来时,巴伯卡对他的鞠躬还要更低一点。

斐金继续介绍。

"这几位贵客是您的同胞。"斐金身上的一根细枝带着一束花,朝着两个人类的方向大致比画了一下。只见一位相貌堂堂的灰发中年男人,身着斜纹软呢服,旁边还站着一位身材高挑皮肤棕色的女人。

"我来给大伙儿介绍一下。"斐金接着说,语气语调用的是人类偏爱的非正式风格。

"雅各布·德姆瓦,这位是德韦恩·开普勒博士,来自太阳潜入者探险项目。这一位是米尔德里德·玛蒂娜医生,来自拉巴斯大学通灵学①系。"

开普勒脸上生着两撇醒目的八字胡。他在微笑,但雅各布却惊讶得说不出话来,都忘了回应对方的友善致意。

太阳潜入者探险项目!这项打算在水星和太阳色球层②进行的研究计划,最近已经成了邦联议会各方争论不休的政治难题。"适者生存"派说,花这么多钱去寻求可以从大数据库直接获取的知识,实在是荒谬;何况这笔经费如果用于地球上的项目,可以为几倍于此的失业科学家提供就业机会。而"自力更生"派则不顾丹尼肯派媒体的猛烈抨击,至今仍在按部就班地继续该项目。

但是对于雅各布而言,真正称得上天方夜谭的其实是把人和飞船送进一颗恒星内部这个想法。

"斐金向我们强力推荐你。"开普勒说道。太阳潜入者探险队队长在微笑,但他的眼睛有点发红,眼神里弥漫着某种隐忧。

①专事研究超自然心理学现象(比如心灵感应、千里眼、意念控制物体移动之类)的一门学科。

②太阳大气中的一层,厚达几千英里,处于明亮的光球层之上、稀薄的日冕层之下,太阳的温度在这一层陡然由光球层的6000℃升高到20000℃。

他一边说话，一边双手紧握雅各布的手有力地上下摇动。他的声音低沉，但还是能感觉到微微发颤。

"我们只能在地球上短暂停留，谢天谢地，斐金把你给劝来见我们了。非常希望你能跟我们一起去水星，用你的跨物种交流经验来帮助我们。"

雅各布吃了一惊。哦不，你可别再来这一套了，你这个老树妖！他想转身瞪斐金一眼，但即便是出于人类之间的非正式礼仪，他也得继续看着对方聊天。真的是水星！

雅各布跟玛蒂娜医生握手的时候，虽然她的脸上立刻露出愉快的微笑，但还是有点不耐烦的样子。

雅各布琢磨着，怎么才能问问她通灵学跟太阳物理学有什么关系，同时还不显得自己对这事儿感兴趣呢？但斐金打断了他。

"我插句话，反正在人类的非正式谈话中，别人可以插话来打破沉默。这里还有一位贵客要介绍。"

呀……雅各布心想，斐金这家伙该不会是有心灵感应能力吧。他转身朝向那位长得像蜥蜴的外星生物，它趴在他右边的一面彩色马赛克墙下。只见那外星人已经从垫子上站起来，正用六条腿向他们爬过来。它身长不足一米，高在二十厘米左右。它径直走过雅各布身边，瞧都没瞧上他一眼，却来到巴伯卡的身边，在他的腿上蹭来蹭去。

"呃哼，"斐金清清嗓子，"那是只宠物。你要见的贵客是领你进来的那位可敬的受庇护者。"

"哦，抱歉。"雅各布咧嘴想笑，赶紧又做出一副严肃的表情。

"雅各布·德姆瓦，a-人类，ul-海豚-ul-黑猩猩，这位是库拉，a-普灵，ab-皮拉-ab-基萨-ab-索罗-ab-胡尔-ab-普博，巴伯卡的助手,在大数据库公会工作,同时也是大数据库公会派驻太阳潜入者项目的代表。"

正如雅各布预料的,这个外星人的名字只有庇护主部分。普灵人没有自己的受庇护种族。不过,他们是普博-索罗一支的。终有一天他们也会和那支古老而强大的世系一样,拥有很高的地位。雅各布还注意到巴伯卡的种族也是出自普博-索罗系,真希望自己能想起来皮拉人和普灵人是不是庇护主和受庇护种族的关系。

那位外星人走上前来,但没有握手的意思。他的手其实是长长的触须,细长的手臂顶端长着六根手指,看起来不是很结实。库拉身上有种淡淡的、有点像新割牧草的气味,还挺好闻。

库拉按照正式礼仪弯腰致敬,那双探照灯似的大眼睛忽闪忽闪的。这外星人的"嘴唇"微微张开,露出两颗白森森的类似捣药杵的牙齿,上下各一颗。两片嘴唇的一部分显然具备攫取能力,带着两颗剁肉刀一般的白瓷牙,"咔嚓"一声撞在一起。

雅各布哆嗦了一下。这外星人露出他巨大的牙齿,或许是想模仿人类"露齿一笑"吧。虽然这幅景象有点吓人,但也很令人好奇。雅各布在猜测这两颗牙是干吗用的。他还希望以后库拉能把他的……"嘴唇"给收回去。

雅各布微微颔首,"我是雅各布。"

"我是库拉,先生,"外星人回答,"你们的地球非常舒适。"那双红色大眼睛黯淡下来。库拉向后退去。

巴伯卡领着他们回到窗边的垫子上。这位矮个子皮拉人摊开身体平躺下,对称的四肢悬在垫子两边。那个"宠物"跟着他坐过去,蜷在他的身边。

开普勒靠过来,踌躇地开口道:

"很抱歉我们把您从重要的工作中拖过来,德姆瓦先生。我们知道您很忙……我只希望我们能说服您,那个,那个我们碰到的小问题,需要您的才干,值得您花费时间。"开普勒博士的双手手指在膝盖上纠缠扭动着。

玛蒂娜医生看到开普勒的恳切之情,脸上带着一副愉快地耐心忍受的表情。这个细节让雅各布感到有些奇怪。

"呃,开普勒博士,斐金一定告诉过您,自从我妻子去世之后,我已经不再从事'解谜'工作了,况且我现在非常忙,也许根本就没空去参加一个地外的长途旅行……"

开普勒垂下了头。他的表情一下子变得如此沮丧,令雅各布也为之动容。

"……不过,既然斐金是个通情达理的人,而你又是他引荐给我的,所以我还是乐于听你说说,然后再看看事情是不是值得做。"

"哦,你会发现这件事非常有意思!我一直在说我们需要新的见解。当然,现在理事们也同意让我们再找些顾问了……"

"瞧,德韦恩,"玛蒂娜医生发话了,"你可真是受优待。我为这个项目做顾问已经六个月了,库拉则更早就带来了大数据库的服务。现在巴伯卡也慷慨地同意增加大数据库对项目的支持,并且他本人也会随我们一起去水星。我想委员会对你已经是仁至义尽了。"

雅各布叹了口气。

"我希望谁能跟我解释一下这到底是怎么回事。比如你,玛蒂娜医生,或许你能告诉我,在……水星上,你能做什么?"他发现自己很难说出"太阳潜入者"这个词。

"我是个顾问,德姆瓦先生。我被聘来做心理学和通灵学试验,既针对全体船员,也针对水星的环境。"

"那这些试验跟开普勒博士刚才提到的问题有关系喽?"

"是的。一开始大家认为这些现象是个恶作剧,或是某种群体幻觉。我已经排除了这两种可能。现在,很明显,这些现象在太阳色球层中真真切切地发生着。

"过去这几个月我一直在设计针对太阳潜入者的通灵学试验。作为心理治疗师,我还为一些太阳潜入者项目组成员提供理疗恢复服务;从事这类太阳研究的很多人都反映压力很大。"

听起来玛蒂娜似乎很胜任这份工作,但她的态度里还是有什么地方让雅各布对她有所保留。轻浮,也许是。雅各布在猜想她跟开普勒是否还有更深的关系。她是不是还给他提供私人"理疗"?

如果是这样,我来这儿难道就是为了满足某位变态的大人物一时兴起却非得继续的心血来潮? 这可不怎么好玩。何况这还可能牵扯到政治。

巴伯卡是整个地球分支大数据库的主管——他为什么要涉足一个前途不明的地球人项目? 从某些方面而言,这个小个子皮拉人是地球上泰姆布立米人大使外最重要的外星人了。他掌管的大数据库公会是格莱蒂克各组织中最大、最有影响力的,跟它相比,斐金的发展工会就像是小巫见大巫。玛蒂娜刚才说他要亲自去水星是真的吗?

巴伯卡盯着天花板,显然并不在意这场对话。他的嘴在蠕动,似乎在唱着人类耳力不及的什么歌谣。

库拉明亮的眼睛盯着他的小个子大数据库主管。或许他能听见那歌声,也可能他也觉得这场对话很是无趣。

开普勒、玛蒂娜、巴伯卡、库拉……没想到我会来到这么一个地方,斐金竟然是这个房间里最最正常的人!那坎顿人在旁边沙沙作响。斐金显然很兴奋。雅各布很好奇,太阳潜入者项目里到底有什么能让他这么兴奋。

"开普勒博士,也许我可以花点时间来帮助你……也许。"雅各布耸耸肩,"但首先,您最好能告诉我这到底是怎么回事儿。"

开普勒一下子高兴起来。

"哦,我竟然还没说过这事儿?哦,天啊。这一定是因为我这些天都不敢去想它了……可以说是在逃避问题。"

他坐直身子,深吸了一口气。

"德姆瓦先生,看起来,太阳上在闹鬼。"

第二部

在遥远的史前时代,宇宙中的不明生物访问了地球。这些不明生物深思熟虑地使用基因变异技术创造了人类智慧。地外生命按照他们自己的样子塑造了人类的外形。因此应该是我们像他们,而不是他们像我们。

——埃里克·冯·丹尼肯,《众神之车》

高尚的精神活动,比如宗教、利他主义和美德,都是进化而来的,并且都有其物质基础。

——爱德华·O.威尔逊[1],《论人性》

---

①爱德华·O.威尔逊(Edward O. Wilson, 1929-),美国生物学家和作家,倡导环境保护,曾两次获得普利策奖。

第四章　幻　象

　　"布拉德伯里号"是一艘新飞船。它使用的技术远胜前代各种商船,可以从地面自行起飞,而不必像以前的飞船起飞那样,要在赤道附近,把飞船用一个巨型气球吊着,架设到高塔的发射平台上。"布拉德伯里号"的船体呈巨大的球形,按以往的标准来看,可算是个空中巨无霸。

　　雅各布这是第一次乘坐这种装备了有数十亿年悠久历史的格莱蒂克科技的飞船。他在头等舱里注视着逐渐远去的地球,加利福尼亚的巴哈半岛先是变得像一根褐色的肋骨,分开两片海水,接着又变成仅一指大小,沿着墨西哥湾海岸伸将出去。这幅景象固然令人震撼,却未免有点枯燥。喷气式飞船那咆哮声和加速感,或者是巡航飞艇那庄严的缓慢前进,都比这更加浪漫。他为数不多的几次地外旅行,起飞和返航都是借助气球,那样还可以看到别的飞船欢快而又忙碌地上升到发射平台或是降落回高塔内部的加压舱里。

　　那些高塔个个都令人兴奋,它们高达二十英里,塔内的零海拔压强靠一层薄薄的陶瓷壁来保持,塔壁上还有巨幅壁画,画着向下俯冲的大鸟、从20世纪的杂志上抄来的假想科幻太空战争之类的东西,这一切从来不会让人产生幽闭恐惧症的感觉。

不过,雅各布还是挺喜欢这次"布拉德伯里号"的飞行经历的。说不定有一天,出于怀旧,他可能会跑到肯尼亚山①顶峰去看看"巧克力号"高塔。但至于另一座高塔,厄瓜多尔的"香草号"——雅各布永远也不愿再看到它。

"香草号"高塔离加拉加斯仅一箭之地,如果他回到那里,会受到英雄般的欢迎,因为他曾经拯救了地球上的工程奇迹,这件事甚至令格莱蒂克人也印象深刻。

雅各布·德姆瓦拯救了这座高塔,然而失去了妻子,也失去了一大部分心智——这代价未免太过高昂了。

地球渐渐远去,这会儿只有一只盘子大小了。雅各布起身去找飞船上的酒吧。他突然想找个人陪伴,刚上船的时候可没有这种感觉。这次离开提升中心的时候,他费了很大力气向格洛丽亚和其他人解释,玛卡凯还闹了情绪。同时,他订购的太阳物理学研究材料多数都还没到,只能直接转发到水星了。总之,他都闹不清楚自己当初怎么就被说服来参加这次旅行了。

飞船的主通道位于船体的中纬线上,雅各布沿着通道前行,找到了灯光昏暗、人头攒动的酒吧。他勉力挤过一大群正在喝酒聊天的乘客,来到吧台前坐下。

酒吧里挤着大约四十多个人,多数是去水星从事技术工作的短期合同工。不少人已经喝醉了,正冲着邻座大声嚷嚷,或者干脆瞪着眼发呆。对有些人来说,离开地球是很痛苦的。

在酒吧一角远离他们的区域,有几个外星人待在垫子上。其中一个是辛西亚人,穿着奢华的皮草,戴着颜色很深的太阳镜,坐在库拉对面。库拉无声地点着大脑袋,他那巨大的双唇之

---

① 非洲第二高峰。位于肯尼亚中部,赤道附近,主峰海拔5199米。

间叼着一根吸管,正美美地啜饮着一瓶看起来像是伏特加的东西。

外星人的身边站着几个人,典型的"崇外者":有的竖起耳朵,一字不漏地偷听外星人的谈话;有的则热切盼望着能有机会提问。

雅各布打算挤过人群到外星人的角落里去。他没准儿认识那位辛西亚人。但酒吧那边的人实在太多,他还是选择先来上一杯,听听有什么新鲜事儿。

很快他就加入一群听众,听一个采矿工程师讲述他们闯入赫尔墨斯矿井深处进行营救的事。尽管为了听这故事,雅各布得努力排除噪音干扰,但他还是觉得可以借此忘掉阵阵袭来的头痛……至少在听故事这段时间里可以忘掉。正在此时,突然有人用指头戳了一下他的肋下,把他吓了一跳。

"德姆瓦,是你!"皮埃尔·拉洛克的喊声传来,"真是巧了!我们同路,这一路我可找到人可以相互说说俏皮话了!"

拉洛克穿着一件闪亮的宽袍。他猛吸着一只烟斗,蓝色的烟雾在空气中升腾。

雅各布本想挤出个微笑,但这时有人在后面踩了他的脚跟一下,结果微笑变得更像是咬牙切齿。

"你好啊,拉洛克。你去水星干吗?你的读者们更感兴趣的不是在秘鲁进行的发掘吗,还有……"

"还有类似眼下我们要去寻找的,可以说明我们的原始先祖其实是被远古的天外来客培育成人的爆炸性证据?"拉洛克接过雅各布的话说道,"没错,德姆瓦,这样的证据说服力可是势不可挡,很快就会让坐在邦联议会大厦里的那帮'皮族'和中间怀疑派看清楚,他们的那一套完全错了!"

"你自己还穿着'衣族'的衣服呢。"雅各布指着拉洛克的银色长袍说道。

"从地球出发的前一天,我穿上了这身丹尼肯派的袍子,来向那些先人致敬,正是他们赋予了我们太空旅行的能力。"拉洛克放下烟斗,一只手举杯豪饮,另一只手则忙着理正他脖子上挂着的金澄澄的大勋章。

雅各布觉得这身打扮对一个成年人而言有点夸张。长袍和珠宝给人娘娘腔的感觉,恰与这法国人粗鲁的举止形成了强烈反差。不过他还是得承认,这打扮倒和拉洛克那骄横做作的口音相得益彰。

"哦,得了吧,拉洛克,"雅各布笑道,"就连你也不得不承认我们是靠自己飞向太空的,而且是我们发现了外星人,不是他们发现了我们。"

"我承认个屁!"拉洛克大声嚷道,"等我们证明自己对得起在混沌的过去赐予我们智慧的庇护主们,等他们见到我们,那时我们就可以知道这些年来他们默默地给予了我们多少帮助!"

雅各布耸耸肩。这样的"皮族"-"衣族"之争了无新意。一方认为人类作为一个独一无二的自我进化物种,能够在东非的大草原和海岸线这样的自然环境中进化而获得智慧,理应为自身感到骄傲。而另一方则相信有一条基因工程和文明提升之链,可以一直绵延回溯到星系久远的神话时代,即先祖们的岁月,而智人——就跟其他所有已知智慧物种一样——正是这条链上的一环。

还有很多人,比如雅各布,对这两种对立的观点保持审慎中立,不过,人类和他们的受庇护种族还是对找到争论的结果大有兴趣,考古学和古生物学因而成为大接触以来最热门的专业。

不过,拉洛克的观点一点儿也不新鲜。而且雅各布的头也感觉越来越疼。

"很有意思,拉洛克,"他一边说话一边挪地方,想离开这里,"或许我们以后可以好好谈谈这个⋯⋯"

但拉洛克意犹未尽,"太空里满是尼安德特①式的感伤调调,你知道。咱们舰上的人宁愿披着一身动物的皮,像只猿猴一样哼哼!他们讨厌比我们年长的格莱蒂克种族,还瞧不起其他行事低调的明白人!"

拉洛克继续雄辩,还拿着烟斗柄朝雅各布的背影指指戳戳。雅各布转过身,努力克制自己保持修养,但还是没忍住。

"好吧,我觉得这就有点儿过了,拉洛克。我是说,你说的这些人,他们可是宇航员!保持情感和政治上的中立稳定是他们行事的头号准则⋯⋯"

"啊哈!你都不知道你自己在说什么!你是在开玩笑呢,对么?我可是对宇航员们情感和政治上的中立稳定略知一二!

"找个时间我会告诉你这些,"拉洛克接着说,"总有一天一切都会真相大白,大家会看到邦联政府是如何有计划地把一大部分人类隔离,不让他们接触来自外星的前辈种族,也不让他们得到来自群星的文明遗产!这些靠不住的可怜虫!可惜,到那个时候,已经只能亡羊补牢了!"

拉洛克猛吸一口,朝着雅各布喷出一大团青烟。雅各布感到一阵眩晕。

"对,拉洛克,随便你怎么说。找个时间你一定得告诉我这些。"雅各布转身朝门口走去。

拉洛克气冲冲地瞪了雅各布一眼,然后又咧嘴一笑,跑上去

---

①大约12万年前到3万年前的冰河时期居住在欧洲及西亚的人种。

拍了拍雅各布的背。

"没错,"他说道,"我会告诉你这些的。不过这会儿你最好躺下休息休息。你看起来不太妙!拜拜!"他又拍了一下雅各布的后背,然后溜回了吧台。

雅各布走到最近的一扇舱门,把头靠在舷窗上。这冰凉的感觉有助于缓解他额头一跳一跳的疼痛。他睁开眼望向窗外,地球已经看不见了……只有繁星点点,在宇宙的黑暗中闪耀。最亮的那些星星周围还衍射着光芒。他眯起眼,控制着眼缝开合的大小,这些光线也随之忽而拉长,忽而缩短。除了亮度,这种效果跟在沙漠里仰望夜空中的星星没什么区别。星星不眨眼了,但星星还是那颗星星。

雅各布知道自己理应有更多感受。这是从太空里看星星,它们应该更神秘,更有……哲理。他记忆最深的童年往事之一,便是在星空下忘我的吼叫。那种感觉完全不是现在他通过催眠得到的海潮般的体验,而是类似对前世的朦胧记忆。这时,他看到开普勒博士、巴伯卡和斐金在主休息室里,开普勒正招呼他过去。

那伙人坐在观景舱门旁边的一圈坐垫上。巴伯卡拿着一个饮料瓶,对那里面的东西看着闻着——偶尔飘过来一点儿气味——像是有毒的液体。斐金的那些"根足"扭动着,缓缓地来回挪动着,他倒是什么也没拿。

太空船的弧形外沿上镶嵌着一列舱门,大小一致,排列整齐,在休息室里却被一个大大的圆盘取代:这里的舱门是一个巨大的圆窗,上及天花板、下到地板。窗户内侧朝舱内伸进了一英尺[①]。舱门与太空船船舱之间严丝合缝。

"我们很高兴你最后还是来了。"巴伯卡的声音通过传译器

[①] 1英尺＝30.48厘米。

发出,听起来像是在咆哮。他舒服地躺在坐垫上说完话,就把鼻子拱进手中的饮料瓶里,再也不理会雅各布和其他人。雅各布心想,不知道这皮拉人是在说客套话呢,还是他天生就这么友善可人。

雅各布只能猜测巴伯卡是"他",因为他根本就不知道巴伯卡的真实性别。尽管巴伯卡不穿衣服,身上只佩戴着那个传译器和一个小腰袋,他的身体器官雅各布也还是越看越糊涂。比如,他知道皮拉人是卵生的,因而无须给孩子喂奶。但巴伯卡身上却长着一排看起来像是乳头的东西,就像衬衫纽扣一样,从咽喉一直排列到下腹。他打死也猜不出来那是干什么用的。飞船上的数据网压根儿就没提到这个,雅各布已经就此请求大数据库给他发一份更详细的总结报告。

斐金和开普勒正在谈论探日飞船的历史。斐金的声音含混不清,因为他头顶的枝叶和呼吸孔已经顶到天花板的隔音片上了。(雅各布希望坎顿人没患幽闭恐惧症。但是话说回来,一棵蔬菜到底会害怕什么呢?怕被人咬上一口,他猜测。他不禁好奇,一个种族,交合都还需要某种人工饲养的大黄蜂来做"媒人",他们的性观念究竟会是怎么一回事儿呢?)

"这么说,你们仅仅靠这些了不起的拍脑门项目,"斐金说道,"丝毫没有借助外力,就把设备运送到了光球层!这真是了不起,我在地球待了好几年,怎么居然都没听说过你们在大接触之前的这些壮举!"

开普勒面露微笑,"你要知道,太阳潜入者探险项目只不过是……开始,在我之前很久很久了。大接触之前,人类找到了星际飞船的激光推进方法,他们由此可以投放无人驾驶飞船绕日盘旋;并且,借助高温激光的热力学效应,他们还能散发多余热量,使探测器内部冷却下来。"

"那你们离载人潜日就差不了多远了!"

开普勒苦笑道:"呃,也许吧。计划已经有了。但把生命体送到太阳上并且安全返回,这涉及的就不仅仅是热量和重力了。最大的障碍是湍流①!

"不过,真希望那会儿可以继续下去,好看看我们到底能不能解决那个问题。"开普勒的眼睛亮了一下,"我们本来连计划都做好了。"

"但后来'维萨留斯号'在西格努斯遇到了泰姆布立米飞船。"雅各布说道。

"是的。所以我们永远没法知道了。在我还是个孩子的时候,那些计划就被搁置了。现在它们都已经过时没戏了。并且,有可能……那时候还没有静滞②技术,贸然潜日肯定会有不可避免的损失,甚至会付出生命的代价……太阳潜入者项目的关键技术就是时间流控制,所以对可能产生的结果我没什么可抱怨的。"

这位科学家的表情突然沉郁下来,"我是说,到目前为止。"

开普勒陷入沉默,盯着地毯。雅各布看了他一会儿,张开嘴咳嗽了一声。

"现在我们进入正题。我注意到飞船数据网里没有任何关于这方面的资料,甚至都没有相关的大数据库请求……我可是有1-AB级访问权限。我想知道,你们能不能给我一些相关的报告,我好在这一路上研究研究。"

①太阳对流层(光球下处于对流状态的一层)中的能量对流运动。

②一种使时间以及各种粒子运动变慢甚至停滞的技术。新式飞船"布拉德伯里"号船体外有静滞板,可以在飞船周围产生静滞场。这种技术在《星球大战》《星际争霸》等科幻小说、影视及游戏中屡有出现。

开普勒紧张地避开雅各布的目光。

"我们还没准备好把水星的数据传过来,德姆瓦先生。有一些……政治方面的考虑,呃,在抵达基地之前,您将无法了解这个发现的相关情报。我肯定您的所有问题在到达基地之后都将得到答复。"他看起来由衷地感到惭愧,因此,雅各布决定还是暂时搁置这个话题。

"我倒可以补充一条信息,"斐金说,"我们上次见面之后,又有了一次潜日飞行,雅各布。我们得知,这次飞行只观察到了类似第一次探日时发现的那种太阳生命,平淡无奇。没有发现开普勒博士十分关心的第二类物种。"

雅各布还是有些闹不清楚,为什么开普勒对目前发现的两种太阳物种要这样遮遮掩掩、一带而过?

"这么说,这物种是跟你一样的食草类?"

"不是食草类!"开普勒插话道,"是'食磁'类,它以磁场为能量来源。不过,我们还在逐渐了解这种生命……"

"打断一下!斗胆请求你们原谅我插句话。我恳请大家要谨慎。即将到来的可是一个未知物种。"斐金头顶的枝杈吱吱地擦着天花板。

雅各布转头看向门口,有点惊讶斐金竟然会为了什么事情而打断别人的谈话。他郁闷地意识到,这又是一个信号,说明他已经卷入一场敏感的政治游戏,却对规则一无所知。

我什么也没听见,他想。这时,皮埃尔·拉洛克出现在门口,手里端着一杯酒,他那永远容光焕发的脸这会儿显得更红了。他看到斐金和巴伯卡在这里,脸上的笑意立马绽开,强烈要求雅各布给他介绍介绍。

雅各布暗自耸了耸肩。

　　他慢慢地作了介绍。拉洛克受宠若惊,对着巴伯卡深鞠一躬。

　　"ab-基萨-ab-索罗-ab-胡尔-ab-普博! 还提升了两个种族,他们是谁,德姆瓦,杰罗和谁来着? 能亲眼见到一位索罗系的智慧生命,我深感荣幸! 我学过您先祖的语言,或许有一天我们也会认祖归宗到他们那儿去! 索罗语真是太像原始闪米特①语了,还有原始班图②语!"

　　巴伯卡的睫毛突然从眼睛上竖了起来。通过传译器,这位皮拉人开始说起一种听起来十分复杂、难以理解的头韵语言。接着,外星人的嘴发出快速响亮的吧嗒声,一种音调很高、类似咆哮的声音透过传译器传了出来。在雅各布身后,斐金用一种咔嗒声咕噜声和掺杂的语言做出回应。巴伯卡转身面对斐金,黑色的眼珠精光四射,喉咙里发出一声低吼,冲着拉洛克的方向猛地挥了挥他那粗短的手臂。坎顿人又做出回答,那震撼的声音让雅各布的后背直发麻。

　　巴伯卡忽地转身,腾腾地走了出去,没再跟房间里的人类说一句话。

　　这一下拉洛克目瞪口呆。然后,他可怜巴巴地看着雅各布,"我做错什么了,能告诉我吗?"

　　雅各布叹息道:"也许他不喜欢你叫他表哥,拉洛克。"他转向开普勒想换个话题,那位科学家还在瞪着巴伯卡离开的那扇门。

　　"开普勒博士,飞船上要是没有什么特别的数据,也许你可

────────────

　　①闪米特人是起源于阿拉伯半岛和叙利亚的游牧民族,是阿拉伯人、叙利亚人和犹太人的共同祖先。
　　②班图人是赤道非洲和南部非洲的主要居民。

以借我几本太阳物理学的入门教材,还有太阳潜入者计划的历史背景资料看看?"

"没问题,德姆瓦先生。"开普勒点点头,"吃饭之前我就给你送过去。"他看起来有些心不在焉。

"我也要!"拉洛克喊道,"我是个有资质的记者,我要知道关于你那声名狼藉的企图的背景资料,主管先生!"

雅各布吃了一惊,然后耸耸肩。没办法,拉洛克还得是主角;总有人把厚颜无耻当作坚韧不拔。

开普勒微微一笑,仿佛没听到一样,"对不起,您说什么?"

"太狂妄了! 你的这个'太阳潜入者项目',花掉了本该用于地球上的荒地开垦或者建造更大数据库的钱!

"这项目毫无意义,你们要去研究的那点儿东西,我们的外星前辈早在我们连猿猴都还不是的时候就已经了然于胸啦!"

"您先等等,先生。邦联议会可是资助了这项研究⋯⋯"开普勒有些激动地涨红着脸说。

"什么研究,不过是重复寻找①而已! 你们在重复寻找格莱蒂克大数据库里已经有的东西,你们这是在给人类抹黑,外星人会把我们都当成傻子!"

"拉洛克⋯⋯"雅各布开口想说话,但那家伙并不肯善罢甘休。

"至于你的邦联政府! 他们把外星前辈塞进居留区,就像对待古代的美洲印第安人一样! 他们的分支数据库,人民连碰都不能碰一下! 他们还纵容那种荒谬的言论,说什么我们是自发的智慧生命,宇宙间的其他文明都在笑话我们!"

---

①研究一词的英文是research,字面上看可说是重复(re)寻找(search)的意思。

开普勒有点招架不住拉洛克连珠炮式的抨击了。他脸色黯淡,结结巴巴地回答道:

"我……我不认为……"

"拉洛克! 得了,别说了!"

雅各布抓住拉洛克的肩,把他拉到身边急促地低声耳语道:

"行了,老兄,你不想当着尊贵的坎顿人斐金羞辱我们吧,你想吗?"

拉洛克睁大眼睛。越过雅各布的肩膀,他看到斐金头顶的枝叶正激动地刷刷作响。终于,拉洛克垂下了目光。

再次看到一个外星人因为自己而不高兴,他终于肯收手了。他嘟囔着向斐金道歉,临了还瞪了开普勒一眼,离开了房间。

"谢谢你的配合,斐金。"拉洛克走后,雅各布说道。

外星人报以一声轻快的口哨。

第五章　折　射

从距离太阳四千万公里①处观察,那里就是个炼狱。它沸腾成大片的黑色,不再是地球上的孩子们习以为常并且自然而然地不去直视的那颗灿烂的小球。

从"布拉德伯里号"上看出去,太阳的大小就跟举在眼前一英尺的一枚硬币差不多。它的光线太过明亮,不经减弱人眼根本无法承受——对这个球体"瞥上一眼",就会失明。船长已经下令启用飞船上的偏振静滞板,并且封闭了普通观景舱门。

休息厅的观景窗做了李奥滤光②处理,因而没有关闭,乘客们可以在这里安全地观察生命的创造者——太阳。

一天深夜,雅各布在他小小的休息舱里时梦时醒,迷迷糊糊地起身来到休息厅,驻足在那扇圆窗前,猛灌咖啡。他盯着窗外,面无表情,仍然睡意蒙眬,这时,一个大舌头的声音惊醒了他。

"崇(从)水星公转轨道远日点看你们的太阳就是这样纸

---

① 太阳到地球的平均距离约为一亿五千万公里。

② 贝尔纳·费迪南·李奥(Bernard Ferdinand Lyot, 1897–1952),法国天文学家,在偏振和单色光研究领域享有盛誉。他发明了重要的太阳观测仪器——双折射滤光器,即李奥滤光器。

(子),雅各布。"

休息室里灯光昏暗,库拉正坐在一张牌桌旁,身后是一排饮食机,墙上挂着一面自动钟,上面闪烁的数字显示着:04:30。

雅各布刚刚睡醒,嗓子有些沙哑:"嗯……我们已经这么近了?"

库拉点点头,"是的。"

外星人嘴唇上的研磨齿没有露在外面。他巨大的折叠嘴唇撅着,每次发英语里的"s"音都会捎带出一声口哨。在昏暗的灯光下,他的巨眼在观景窗上映出两点红光。

"我们还有两天就到了。"外星人说道。他的手臂横放在面前的桌子上,身上银袍的宽褶盖住了半张桌面。

雅各布微微晃着转过身,继续看向窗外。

太阳在他眼前晃动。

"你还好吧?"普灵人有点紧张地问道。他站起身来。

"不用,不用,请别过来。"雅各布摆摆手,"我只是有点晕。没太睡够。得来点儿咖啡。"

他晃晃悠悠地走向自动饮食机,但又半路停下,转过身子,再次凝视着熔炉般的太阳。

"它是红色的!"他惊讶地咕哝着。

"趁您去冲咖啡的当儿,用不用我来给您说说这是怎么回事儿?"库拉问道。

"当然。请讲。"雅各布转回饮食机,那里有食品和饮料,他在上面找着咖啡机喷嘴。

"李奥滤光器只允许单色光透过。"库拉说,"它由很多圆片组成;有的是偏振器,有的是延迟器。它们相互作用着旋转,可以精确调节允许通过的波长。

"它是最精致巧妙的仪器,虽然以格莱蒂克的标准来看已经过时……就好像在电子表大行其道的时代,有的人仍然戴着一块瑞士机械表。等你们人类掌握了大数据库,这种……鲁布·戈德堡①式的机器……就会被淘汰了。"

雅各布弯下腰,盯着最近的那台饮食机——

那看起来就像是一台咖啡机。正面是一块透明面板,里面有一个小操作台,底部是一个金属网眼排水槽。现在,如果他按下正确的按钮,一只纸杯就会落在操作台上,然后,某个机械管嘴就应该流出一股他此刻期待的黑色苦味饮品。

库拉的声音震得他耳朵嗡嗡响。雅各布敷衍着回答:"嗯,啊……好,我明白了。"

左手远端亮着一个绿色按钮,雅各布想都没想,就按了一下。

然后,他迷迷糊糊地看着那台机器。好了,它开始嗡嗡作响,咔嗒! 出来一只杯子! 来吧……怎么搞的?

一大粒黄绿相间的药丸落进了杯子。

雅各布打开面板,刚取出杯子,一股滚烫的液体就流向杯子原来的位置,全都漏进了下面的排水槽。

他狐疑地低头看着那粒药丸。不管这是什么,肯定不是咖啡。他用左手揉揉左眼,又揉揉右眼,然后愤愤地瞧了一眼他刚才按过的按钮。

按钮上有标签,他这才看到。上面写着:"外星人营养合成素"。标签下面的数据接口上插着一张计算机板卡,露出来的末端上印着"普灵人:饮食补充——香豆素蛋白合剂"。

---

①美国漫画家,创作了许多利用极其复杂的机械装置去完成诸如打鸡蛋、倒茶等简单小事的系列漫画。

雅各布瞥了库拉一眼。外星人面朝李奥窗，还在继续讲解：他正朝着太阳那炼狱般的光芒挥舞着一只胳膊，强调着什么。

"现在这条红设（色）的是氢-阿尔法线①，"他说，"非常有用的一条谱线。借助它，我们柴（才）不会淹没寨（在）太阳各成（层）发出的海量炸（杂）乱光线之中，我们可以只观察那些氢元数（素）的吸收或放射异于平常的区域……"

库拉指向太阳那杂色斑驳的表面，上面布满了暗红色的斑点和羽毛状的拱形条纹。

雅各布在书上读到过这些。那些拱形条纹就是"暗条②"。以太空为背景观察太阳边缘，也可以发现它们，这时它们就是人们熟知的日珥。人类第一次借日食的机会用望远镜观察太阳时就见过它们。库拉显然是在解释正面观察这些物体的方法。

雅各布想到，打从地球出发开始，这一路上库拉都不跟大家一起吃饭，只是偶尔用吸管喝点儿伏特加或啤酒。他倒没说为什么，但雅各布估计这个种族可能对在大庭广众之下进食颇为忌讳。

我明白了，他心想，长着那么一对铁杵一样的牙齿，吃起东西来恐怕不太雅观。显然，我刚才打搅他吃早饭了，而他又太讲礼数，都没提这事儿。

他看了眼手中杯子里的那粒药丸，把它丢进了上衣口袋，然后揉瘪纸杯，扔进身旁的垃圾桶。

这时，他看见另一个按钮上标着"黑咖啡"。他苦笑了一

①氢原子光谱巴尔末线系中的第一条谱线，位于可见光光谱的红端。天文学上常利用氢-阿尔法线滤镜来观测太阳。

②日冕中的结构，由相对低温的等离子组成，因为受太阳磁场力作用而呈拱形。如果出现在明亮的太阳表面，这些结构就相对发暗；但如果出现在太阳边缘的太空中，它们又相对明亮。在太阳边缘看到的暗条也被称作日珥。

下。要不还是忘了咖啡的事儿吧,别冒犯了库拉。尽管外星人没说什么,但当雅各布捅咕饮食机找吃喝的时候,他可是转过身避而不视的。

雅各布走过去,库拉抬起了头。他微微张了张嘴,雅各布又瞥见了那对亮晶晶的白牙。

"您的头晕现寨(在)……好点了吗?"外星人关切地问道。

"啊,还寨……呃,在晕着呢。谢谢。也谢谢你的解说。我一直以为太阳表面是很平整的……除了太阳黑子和日珥。不过我猜,也许还不止你说的那么简单。"

库拉点头同意,"开普勒博士是专家。等您跟我们一起下潜的时候,您可以崇(从)他那儿得到更详细的解释。"

雅各布礼貌地微笑着。这些格莱蒂克使者都被训练成这样了,说话如此谨慎!点头的时候,库拉是出自本意还是有人教他面对人类的时候何时何地应该点头的? 跟我们一起下潜?!

雅各布决定还是不问库拉了。算了吧,他心想。他刚想打个哈欠,却又赶紧用手捂住嘴:天知道打哈欠在普灵人的世界里是什么意思!"那个,库拉,我要回房接着睡一会儿了。谢谢你跟我聊天。"

"谁(随)时乐意奉陪,雅各布。晚安。"

他拖着脚走出休息厅,回到床上,一会儿就睡着了。

第六章　减速和衍射

　　一束柔和的珠玉般的光芒投进舱门,照亮了人们的脸庞。飞船正在降落,他们都注视着飞船下方滑过的水星表面。

　　几乎所有没当班的人都聚在休息厅里了,紧贴着那一排观景窗,欣赏这颗行星摄人心魄的美丽。休息厅里一片寂静,偶有谈话也仅限于每扇舱门周围的那一小群人之间。唯一比较清晰的声音是一种微弱的咔嗒声,雅各布不知道那是什么声音。

　　水星的表面千沟万壑,到处都是环形山和长长的沟纹。环形山投下的阴影黑黢黢的,十分清晰,盖过了水星表面本来的亮银色和褐色。在很多方面,这里都非常像地球的卫星——月亮。

　　但还是有些不一样的地方。有一片区域,整个都被一次远古浩劫摧毁,在朝向太阳的那一面留下了一组深深的沟痕。

　　在没被环形山阴影笼罩的地方,七种不同的辐射雨落在那里。从磁层①旋出的质子束和X射线、夺目的阳光本身,再加上其他致命的东西,使得水星表面跟月亮简直天差地别。看起来就像是鬼魂出没的地方。一座炼狱。

　　雅各布想起了一个月前刚刚读过的一首诗,作者是日本古

————————
①星体周围由其磁场控制其间带电粒子运动的空间区域。

代一位早期俳句诗人：

> 傍晚愁绪多
> 君之魅影又浮现
> 低语似从前

"你说什么？"

雅各布从一时的出神中醒来，看见德韦恩·开普勒正站在自己身边。

"哦，没什么。这是你的衣服。"他递过那件叠好的外套，开普勒一笑，接了过去。

"不好意思，刚才去上了个厕所。在真实世界里，太空旅行者也还是要方便的。巴伯卡好像迷上了我的这件丝绒外套。每次我脱下外套做点事情，回头就会发现他躺在上面睡觉。等咱们回到地球，我打算去给他买几件。对了，刚才咱们说到哪儿了？"

雅各布向下指了指水星表面，"我刚才只是在想……现在我明白为什么宇航员管月亮叫作'婴儿护栏'了。水星没有卫星，在这儿肯定得更加小心。"

开普勒点点头，"没错，但这总比待在地球上搞什么'创造就业机会'的愚蠢项目要强得多了！"开普勒停了一下，仿佛还打算再说点狠话，但是很快就泄了气。他转向舱门，朝着下面的景象比画了一下，"早期的观察者们，安东尼亚蒂①和斯基亚帕雷利②

---

①安东尼亚蒂(1870-1944)，希腊天文学家，曾绘制了第一份水星地图。火星、月球和水星上都有以他的名字命名的环形山或山脉。

②斯基亚帕雷利(1835-1910)，意大利天文学家及科学史家，以研究火星闻名。月球和火星上也有以他名字命名的环形山。

把这个区域叫作'仁爱区'。那边那座巨大的远古环形山叫作'歌德山'。"他指着明亮平原上混杂的一片阴暗区域说,"它离水星北极点很近,下面是相互连接的山洞,赫尔墨斯①基地就在那里。"

这会儿的开普勒全然一派高贵的学者风范,尽管说话时他唇上那长长的黄胡子末梢偶尔会跑到嘴里去。随着飞船越来越靠近水星潜日基地,一直紧张的他显得越来越放松。毕竟,这里是他的地盘。

但是在这次旅行中,尤其是当话题涉及提升或者大数据库的时候,开普勒的脸上总会出现欲言又止的表情。那是一种紧张、尴尬的表情,好像生怕说错话一样。

经过几番思考,雅各布觉得自己大概知道原因何在了:尽管这位太阳潜入者项目的总负责人没有透过任何口风,雅各布还是相信,德韦恩·开普勒是信教的。

在"衣族"-"皮族"之争和外星生命大接触的冲击之下,宗教团体早已分崩离析。

原先的教徒,有的转投丹尼肯门下,笃信某些强大(但并非无所不能)的外星种族曾经干预过人类的进化,而且可能会再次介入;而有的则成了新石器伦理②的追随者,鼓吹存在着某种"人类之魂"。

而且,宇宙中已知的成百上千个星际旅行种族里,几乎没有任何一种信奉类似宗教这样的东西,这一简单事实极大地打击了对存在一位全知全能、与我们同形的上帝的信仰。

---

①希腊神话中的通信、发明、商业和小偷之神。在罗马神话中他的对应名字为墨丘利(Mercurius),即水星(Mercury)名字的由来。

②石器时代的人类种群奉行独立封闭,拒绝对外交流的行为逻辑。

大多数正宗教义都有所增补,或者选择"衣族",或者投向"皮族",再或者就诉诸哲学有神论。忠诚的教徒们大都转投他宗旗下,只剩下极少数默默地身处这种种喧嚣之中。

雅各布经常会想:他们是不是在等待一个征兆?

如果开普勒信教,那他的谨慎就可以理解了。现在已有太多的科学家失去了工作。如果一个搞科研的人被大家认为是个狂热宗教分子,他的名字很可能就会出现在这份失业名单上了,开普勒可不想冒这个险。

雅各布觉得开普勒要是这么想就太没劲了。或许就此问问他的意见也会很有意思。但他还是决定尊重开普勒在这方面的隐私。

真正引起雅各布职业兴趣的,是这种隔绝的环境对开普勒的精神状态起了何种作用。除了哲学上的两难窘境,还有别的东西在影响他的头脑:这东西时不时地就会损害他作为一个领导者的效率和作为一名科学家的自信。

那位心理学家玛蒂娜经常跟开普勒在一起,定期提醒他吃药,他的口袋里有很多药瓶,里面装着各式各样、五颜六色的药丸。

雅各布感到自己的老毛病又犯了——好奇心被最近几个月在提升中心的宁静工作唤醒了。他非常想知道那些药丸是什么,还想知道米尔德里德·玛蒂娜在太阳潜入者项目里的真实工作。

对雅各布而言,玛蒂娜仍是一个谜。打从登上飞船开始,在每次对话中,雅各布都没法参透这女人那可恶的彬彬有礼掩盖下的冷漠。她面对雅各布时那种笑吟吟地居高临下的态度,就跟开普勒博士对他那夸张的信任差不多一样明显。这个阴郁的女人,心思在别处。

玛蒂娜和拉洛克很少看舱门外面。玛蒂娜一直在谈论她的研究,什么色彩和强光对精神病患者行为的影响——雅各布在因圣纳达的会面中听她提过这个。玛蒂娜加入太阳潜入者项目之后,首先实施的几项措施之一就是把环境造成的心理影响降至最低,以防那些"现象"在压力之下令人产生幻象。

她跟拉洛克的友谊随着旅途的进展与日俱增,她全神贯注地倾听拉洛克那一个接一个漏洞百出的故事,什么失落的文明啦、地球上的远古访客啦之类的。她的专注鼓舞着拉洛克充分调动自己的雄辩口才。有好几次,他们俩在休息室里进行的谈话吸引了很多人聚过来听。雅各布自己就听过几次。拉洛克的努力博得了很多人的同情。

不过,待在拉洛克的身边,雅各布还是觉得不自在。他更喜欢和爽快的人在一起,比如库拉。雅各布喜欢上这个外星人了。尽管有着一对复杂的大眼睛和令人恐怖的牙齿,但这位普灵人的品位在很多方面都和雅各布类似。

库拉对地球和人类总是有一大堆问题要问,大多是关于人类是如何对待他们所庇护的种族的。他知道雅各布亲身参与了提升黑猩猩和海豚(最近又添上了狗和大猩猩)达至完全智慧的项目以后,对雅各布就更加尊敬了。

库拉从来没有说过地球技术落后或者过时,尽管人人都知道地球的技术在星系社会中素以繁复古怪著称。毕竟有史以来,没有哪一个种族要像人类一样从零做起,自己发明所有的东西——他们有大数据库帮忙。库拉十分期待大数据库能惠及他的人类和黑猩猩朋友。

有一次,这位外星人跟着雅各布进到飞船上的健身房里,瞪着那对红彤彤的巨眼,出神地瞧着雅各布开始马拉松式的身体训练。类似的训练在这次太空旅行中有好几次。在休息的时候,雅各布发现这普灵人也能听懂荤笑话了。普灵人大概跟现代人类有着相近的性观念,因为当雅各布抖出那个笑话的包袱:"……现在我们只是在讨价还价"①时,两个人都笑了。

正是这些笑话,而不是别的什么,让雅各布意识到瘦长的普灵人已经离家太远了。他不知道库拉是否会感到孤独,换作他自己,一定是会的。

随后他们又讨论了图堡②和L-5③哪个才是最好的啤酒牌子,其间雅各布一直都得努力提醒自己:这是在跟一个外星人说话,而不是个大舌头、过分礼貌的人类。但是教训很快到来,在接下来的谈话中,他们发现两人之间突然出现了一道无法逾越的鸿沟——雅各布讲了地球上一个古老的阶级斗争故事,库拉却无法理解。为了讲明白这件事儿,雅各布试着引用了一句东方谚语:"农夫总在地主门前吊死。"

外星人突然一瞪眼睛,嘴里发出一种激动的咔咔声,那声音雅各布从未听到过。他一愣,赶紧换了个话题。

不过,总体而言,库拉在雅各布见过的所有外星人里面,算是最具有类似人类幽默感的一个了。当然,斐金除外。

---

①传说爱尔兰文豪萧伯纳(亦有将其归在丘吉尔名下的)在一次聚会上与某贵族女士有如下对话:

"给您一百万英镑,您愿意陪我共度春宵吗?"

"……愿意。"

"那给您五英镑呢?"

"你把我当成什么人了?!"

"我们已经知道您是什么人了,女士。现在我们只是在讨价还价。"

②丹麦嘉士伯旗下著名啤酒品牌,创立于1873年。

③普灵人的一种啤酒品牌。

现在,他们快要降落了。普灵人静静地站在他的庇护主身旁——他脸上的表情和巴伯卡的一样,再次变得难以捉摸。

开普勒轻轻拍了拍雅各布的胳膊,指向舱门,"船长马上就要收紧静滞屏蔽板、让空−时流入的速度降下来。你会觉得那情景蛮有意思的。"

"我还以为飞船是滑过空间结构呢,就像踩着冲浪板冲上海滩那样。"

开普勒笑了笑。

"不,德姆瓦先生。那是一种通常的误解。太空冲浪只是科普作品里的形象词语。我说的空−时,可不是指什么'结构'。空间并不是一种实物。

"实际上,随着我们接近行星奇点—— 一个由行星引起的空间扭曲点——我们必须采用不断变化的量度,或者说我们丈量空间和时间的一套参数。就好像大自然要我们逐渐改变我们的米尺长度和时钟快慢。任何时候,只要我们接近一个质量很大的物体,就得这样。"

"我的理解是,船长正在让这种量度慢慢改变,以此控制降落过程?"

"正是这样!当然,过去这种适应过程比现在剧烈得多——要么不断通过火箭来减速,直到安全触地;要么就坠毁在行星上。而现在,我们只需把多余的量度像布料一样卷起来,让它处于静滞状态就行了。啊哈!我又打这种'实物①'的比方了!"

开普勒咧嘴笑了。

---

①此处呼应前文开普勒曾说雅各布空间"结构"的说法错误,因为空间不是实物。而"结构"(Fabric)一词的本义,就是布料的意思,常用来比喻宇宙的空−时结构。

"这项技术的一件有用的副产品就是可作为商品出售的中子素①,但它主要是用来让我们安全降落的。"

"那么,我们要是开始把空间塞进一个袋子,会出现什么景象?"

开普勒指了指舱门。

"你自己看吧,这会儿已经开始了。"

舱外,群星正在渐渐黯淡下去。无数明亮的光束本来甚至能穿透遮光板,现在眼看着也消失了。很快,漆黑一片的天幕中,就只剩下几个微弱的赭色光点了。

飞船下方的行星也变了样子。

水星表面的反射光不再炽热。现在的色调有点偏橙色。地表现在非常暗。

而且,它越来越近了。速度不快,但仍可察觉,地平线正逐渐由曲转直。随着"布拉德伯里号"飞船的下降,水星地表上原来难以辨识的物体也慢慢变得清晰起来。

巨大的火山口舒展开来,里面还套着小型的火山口。飞船经过一片坑坑洼洼的地区,雅各布看见那里也遍布更小的凹坑,形状都跟大型的火山口差不多。

这颗小小星球的地平线终于消失在一片山脊后面,雅各布也随之丧失了距离感。飞船虽然仍在不断下降,地面看起来却没有什么变化。你怎么判断自己的飞行高度呢? 下面那个东西

①指原子中仅含中子、不含质子的元素。这个词最早被用于科幻小说中,代表一种密度极大的奇特元素。1926年,科学家安德利亚·冯·安德罗波夫发明了这个词,那时甚至还没有中子的概念。安德罗波夫将中子素放在了元素周期表最开始,以代表其质子数比氢还要少。在中子被发现后,这个词的含义发生了改变。20世纪末,中子素已主要指代中子星内部存在的一种高密度、无质子的元素。对这个词的使用尚有争议。

究竟是一座山,还是一块巨岩,抑或只是一个石头?我们是不是马上要降落了?

他感觉离它很近,因为它灰色的阴影和地表以上的橙色部分都似乎触手可及。

雅各布本来以为飞船随时就要停下了,这时,地面上的一个大洞突然将飞船包裹,令他吃了一惊。

大伙正准备下船,雅各布突然想起刚才降落过程中自己那一阵恍惚时,手里一直拿着开普勒的上衣。

他偷偷摸摸却手法娴熟地翻了翻开普勒的口袋,每种药片都取了一粒,还拿走了一支小铅笔头,没留下指纹。这些东西装进口袋,使得雅各布的侧兜鼓起了一小块,还好,鼓包还算小,即便是在夹克收腰处也看不出来。

好吧,又要开始了。他暗暗叹息道。

雅各布咬咬牙。

这回,他心想,我要自己解决!

我不需要另一个自我的帮助。我可不要鬼鬼祟祟地寻机破门而入!

他握起拳头捶了捶大腿来驱散痒意,大腿传来一阵舒服的感觉。

第三部

　　日冕和光球层(太阳的表面层,发白光)之间的过渡区在日食的时候呈现为一个鲜红的环绕太阳的圆圈,因此得名色球层。如果我们近距离观察色球层,会发现它并非一个均匀的层面,而是一种迅速变化的纤维状结构。有人称之为"燃烧的大草原"。无数转瞬即逝的喷射线,叫作"日芒",不断地由此冲向几千公里的高空。色球层呈红色,因为氢-阿尔法放射线在这里占据了主导地位。要搞清楚这么一个复杂区域里究竟在发生着什么,可说是困难重重。

——哈罗德·齐林[1]

---

[1]哈罗德·齐林(Harold Zirin, 1929–2012)美国天文学家,著有《太阳天体物理学》。

第七章　干　涉

　　玛蒂娜医生离开她的住处，经过服务区的走廊，来到了外星环境区——她认为自己的行动是谨慎，而非鬼祟。粗糙的毛坯墙面上布满管道和通信线路，有的粘着、有的钉着。赫尔墨斯矿石上挂着闪亮的凝露，散发出一种湿漉漉的岩石味道。她的脚步声在前方的金属通道里回荡。

　　她来到一道压力密闭门前，门顶上有一盏绿灯。这里是通往一个外星人居留区的后门。她按了一下旁边的感应钮，那扇门一下子打开了。

　　一束绿油油的亮光投射出来——这是人工模拟的几个秒差距①的遥远距离之外一颗恒星的光芒。她单手遮住双眼，另一只手从身后的腰包里取出一副墨镜，戴上之后，才开始打量这个房间。

　　她看见墙上挂着挂毯，上面画着空中花园和一座山崖边的外星城市。那城市紧挨着犬牙参差的峭壁边缘，晶莹闪亮，似乎藏身在一道瀑布后面。玛蒂娜医生觉得自己仿佛听到了一曲调子很高的挽歌，就在她的听觉范围之上一点点的位置。自己喘

_____

①天文学长度单位，1秒差距约等于3.26光年。

不过气来就是因为这个,还是她神经过敏了?

巴伯卡从一个软坐垫上起身迎接她。他迈动粗壮的四肢蹒跚前行,那身灰色的皮毛闪闪发亮。玛蒂娜以前还觉得巴伯卡的样子有那么点儿"可爱",但此刻在他房间里充盈的光化光①和一点五倍的重力场作用下,她一点也不这么认为了。皮拉人弯腿站立的姿势力道十足。

外星人的嘴吧嗒了几下。他的声音从脖子上挂着的传译器发出来,平稳而洪亮,不过单词都是一个个蹦出来的:"好。你来了,我很高兴。"

玛蒂娜松了口气。大数据库的负责人听起来声音放松。她微微欠身致意。

"您好,皮拉人巴伯卡。我来问问您对分支数据库还有什么意见。"

巴伯卡露出满嘴钢针一样的利齿,"进来坐。是,你问得好。我有点新情况。不过先过来吃点喝点。"

玛蒂娜走过门口的重力过渡场,脸痛苦地扭曲了一下——这是一种令人心慌的经历。进到房间里,她感觉自己一下子重了几十斤。

"不必了,谢谢。我刚刚吃过饭,我坐着就行了。"她选了一把适合人坐的椅子,小心地坐下。这身上突然增加的几十斤重量可不是闹着玩的!

皮拉人从她面前爬回自己的坐垫,他那熊一般的头颅低着,比自己的脚面高不了多少,两只黑黑的小眼睛盯着玛蒂娜。

"拉巴斯用微波——激射器给我传来了回复。他们没提到太阳幽灵。什么也没说。这简直毫——无——意——义。也许

---

①引起化学作用的光,如由弧光灯、水银蒸气灯等所发出的光。

是因为分支数据库太小了。它很小，就像我说过的，一个小分支。但有些人——类官——僚，就是要利用这种信息的匮乏。"

玛蒂娜耸耸肩，"我不关心这个。这只能说明在数据库项目上的投入实在太小了。要是有个大一点儿的数据库，就像我的团队一直在呼吁的那样，我们肯定能查到些结果。"

"我通过定期通信向皮——拉发出了数——据请求。那里的主数据库肯定能查到结果！"

"挺好，"玛蒂娜点点头，"不过，我担心的是德韦恩在您的数据回来之前就会有所行动。他有些零零碎碎的想法，幻想着怎么才能跟太阳幽灵们进行通信。我担心他笨手笨脚的行动会大大冒犯太阳上那些能够感应心灵的生灵，到时候就算查遍整个大数据库，也找不到弥补的办法了。地球和它最近的邻居搞好关系，这可是头等大事！"

巴伯卡微微抬起头，粗短的前肢放在脑后，"你正在努——力，替开——普勒博士治病？"

"当然。"她生硬地回答道，"实际上，我都不知道他是怎么逃过这次缓刑审查的。德韦恩的脑子一片混乱，尽管我承认他的缓刑审查得分还在可接受的范围内。他在地球上做了一次快速测试。

"我想，现在我已经让他的情况稳定下来了，但是为了找到他的问题究竟在哪儿，我还是伤透了脑筋。他的躁狂抑郁症时常发作，与20世纪末21世纪初的'怒视癫狂'相似。那时，整个社会几乎都被环境噪音对心理造成的影响所摧毁。那种影响达到极致的时候，曾经差点儿毁掉工业文明，最终也导致社会进入一个压抑期，今天的人们委婉地把那叫作'官僚制时期'。"

"嗯。我读到过那段你们人——类打——算自我毁——灭的历史。我觉得,那——之后的一段时期,也就是你刚才提到的,倒是天下太平。但那不是我操心的事。你们很幸——运,因为即便是自我毁——灭,你们也做得——不——太好。

"不过我们别扯远了。开——普勒到底是怎么回事?"

问问题的时候,皮拉人并没有提高声调,但他的鼻拱做出了一个动作——皱起一圈肉褶,就像撅着嘴唇一样——表明他在问问题,不,在要求回答。这令玛蒂娜医生后脊一凉。

他真是太傲慢了,她心想。人们都觉得这不过是个人的怪癖。他们难道看不出来,这个家伙在地球上的存在,代表着一种威胁吗?

在他们看来,这不过是一头拟人化的小熊,甚至挺可爱!难道只有我的老板和他那些邦联议会的朋友才能看出这是一个来自外太空的魔鬼吗?

而且不知怎么,得由我想尽一切办法来讨好这个魔鬼,同时还得让德韦恩闭上他的臭嘴,再努力去寻找一个明智的办法来和太阳幽灵接触!伊芙尼①,帮帮你的姐妹!

巴伯卡还在等着她的回答。

"呃……我确信德韦恩已经下定决心不借助外星人的能量来解开太阳幽灵的秘密。他的手下有些人思想非常激进。我倒不能说他们就是'皮族',但他们有那么一股子傲气劲儿。"

"你能阻止他鲁莽——行事吗?"巴伯卡说道,"他已经给项目带来一些不——确定因——素了。"

"比如请来斐金和他的朋友德姆瓦?他们看起来构不成威胁。德姆瓦与海豚打交道的经验让他有些用处,而斐金则善于打点外星各种族。重要的是,德韦恩可以找人倾诉他的痴心妄

---

①盎格力克语,命运女神的名字,也是无穷大的意思。

想了。我会跟德姆瓦谈谈,让他表现得更热情一点。"

巴伯卡四肢一撑,挺身坐起。他换了个姿势坐定,直直地盯着玛蒂娜的眼睛。

"我不关心他们。斐——金是个消——极的浪漫——主义者,德姆——瓦则像个傻子;斐——金的朋友都是那样。

"我更担心的是那两个已经给基地带来麻——烦的家伙。我不知道怎么说,我到了才发现,飞船上有一只黑猩猩船员。他和那个记——者,打从我们着陆以来就一直在惹麻烦。那个记——者,基地成员都瞧不起他,可他制造了很多噪音。而那只猩猩,一直缠着库——拉……试图劝说他争取'解放',所以……"

"库拉已经开始不听话了吗?我以为他的庇护契约规定……"

巴伯卡从座位上一跃而起,露出利齿,口中嘶的一声:

"别打断我说话,人类!"巴伯卡的原声第一次在玛蒂娜的耳边响起,那是一种很尖厉的吱吱叫声,盖过了传译器里的咆哮,震耳欲聋。

玛蒂娜吓呆了,一动不敢动。

巴伯卡紧张的姿态开始慢慢缓和下来。一分钟之内,他浑身竖起的硬毛就差不多又恢复了平顺。

"抱——歉,人类——玛——蒂娜。我不应该为这么一点小小的过失就怒发——冲冠,你们毕竟还只是一个幼——稚的种族。"

玛蒂娜喘了口气,努力不让自己喊出声来。

巴伯卡又坐下了,"现在回答你的问题,不,库——拉没有乱来。他当然明白,按照契约,在很长一段时间内,他的种族都要尊我的种族为庇护者。

"不过,糟糕的是,这个黑猩猩杰——弗里博——士的确是在不负——责任地推销他这个族权神话。你们人类应该学会管好自己的宠物,因为他们能被称作受庇护的智慧种族,完全是出于我们这些古老文明的优雅风度。

"想想看,如果他们不再是智慧种族,你们会怎么样,人类?"

巴伯卡龇了一下白森森的牙,然后一下子闭上了嘴。

玛蒂娜感到喉咙很干。她小心地斟酌着用词:"对于您可能遭受的任何冒犯,我感到十分抱歉,皮拉人巴伯卡。我会转告德韦恩,也许他可以叫杰弗里别再纠缠了。"

"那个记——者呢?"

"是的,我也会跟皮埃尔谈谈。我相信他的本意绝非是要冒犯您。他不会再给您添麻烦了。"

"那就好。"巴伯卡的传译器轻柔地说道。他矮壮的身体再次慵懒地坐了下来。

"我们有伟大的共——同目标,你跟我。我希望我们能齐心协力。但你记住:我们的做事方法并不一样。请你尽力而为,否则我就不得不试试——用你们的话怎么说来着—— 一石二鸟之计了。"

玛蒂娜无力地再次点了点头。

第八章 倒 影

雅各布任凭思绪驰骋,那边拉洛克正开始一番长篇大论。至少,现在这家伙对打动斐金更感兴趣,而不再想赢得雅各布的欣赏。雅各布很同情斐金,因为他不得不听拉洛克说话。不知他和自己是不是一样的感受,雅各布心想,继而又觉得自己的想法有些罪过。

三个人开着一辆小车穿越隧道,车颠簸得厉害。斐金的两只根足紧紧抓住车厢底部几厘米高处的一根低栏。两个人类则紧握车厢上部的一圈环形围栏。

车子在前行,雅各布有一搭没一搭地听着。拉洛克还在讲他打从登上"布拉德伯里号"就一直在说的那个话题:地球那迷失的庇护主……那些神话人物,几千年前就开始对人类进行提升,随后半途而废……原来跟太阳有点关系。拉洛克认为太阳幽灵可能就是他说的那个人类庇护主种族。

"然后你可以想象地球上的宗教。几乎所有的宗教都把太阳当成圣物!这是贯穿所有文明的同一根线!"

拉洛克的手臂张开,仿佛要划出他的思想疆域。

"这个理论太符合逻辑了,"他说道,"它还能解释为什么大数据库很难找到我们的先祖。太阳上的种族显然以前曾经为地球人所知……这正是这次'研究'的荒谬之处。不过,他们实在是太罕见了,还没人想到要把这种相关性写进大数据库,好一下子揭开两个谜题!"

郁闷,他这该死的理论还真是难以辩驳。雅各布暗自叹息。当然地球上很多早期文明都曾经有过太阳崇拜,因为太阳显而易见是热与光的来源,也是生命之源,是一种神奇的力量!宇宙间每一个原始文明,按说都会发现自己的恒星具有赋予生命的能力,进而对其产生崇拜。

而这便是问题所在。在整个星系中,没有几个"原始文明"有人类这样的经历;他们大多是些动物或野蛮的狩猎–采集(或类似模式)种群,然后就一下子被提升为智慧种族。几乎找不到类似人类这样的"半成品"——这个种族显然是被自己的庇护主抛弃了,还没来得及学习新的智慧。

在这样一种特殊情况下,人类那初具潜能的大脑只得因地制宜、自由发展。他们发明了一堆奇特而拙劣滑稽的科学仿制品——古怪的因果定律,还有迷信和神话。没有庇护主施以援手,这种被遗弃的"狼崽子"种族鲜有能长久的。人类现在"声名远播",多少也是因为这个种族竟然延续下来了。

正是由于缺少其他可资对比的物种,使得各种论断都很容易构建,却很难被辩驳。既然在拉巴斯的小分支数据库中,除了人类之外并无其他整个种族都沉迷于太阳崇拜的情况,拉洛克就可以说这个人类特有的传统正昭示了那场半途而废的提升的秘密。

雅各布又听拉洛克说了一会儿,怕漏过什么新内容。不过很大程度上,他的思绪都在漫无目的地飘浮着。

　　登上水星之后已过了漫长的两天。开始他们待在基地里的重力调适区,然后是正常水星重力区,那里的引力小得多。雅各布已经努力地适应了这种转变。他还被领着见了很多基地工作人员,多数人的名字他转头就忘了。然后,开普勒安排人带他找到了自己的住处。

　　赫尔墨斯基地的首席医师原来是位海豚提升的热心粉丝。他很愿意帮雅各布检查开普勒的药,结果发现竟然有这么多种,感到十分奇怪。事后他专门为雅各布举办了一个宴会,席间几乎所有的医学人员都跑来问他关于玛卡凯的事情。好在那是在祝酒词之间的空隙时间发生的,因此倒也没有造成太大的困扰。

　　车子停了下来,雅各布的思绪一顿。车门滑开,外面就是那个巨大的地下洞穴。那艘探日飞船就停放在这里接受维护。接下来的一瞬间,空间突然扭曲变形了,更糟糕的是,每个人都变成了两个!

　　地下洞穴对面的墙体仿佛拱了出来,变成一个圆球矗立在前方几米处,正对着他们。最近的球体顶点处,站着一个坎顿人,有两米半高,旁边还有一个矮小的红脸地球人,而另一个体型结实、皮肤黝黑的高个子男人正以一种傻乎乎的表情盯着他们看。

　　雅各布猛然意识到他看到的正是探日飞船的船身外壳,这可谓是太阳系里最完美的镜面了。他对面那个带着明显宿醉、一脸惊讶的男人,正是他自己的倒影。

　　这艘长达二十米的球形飞船船体镜面如此光滑,一时很难看出它的整体形状。只有借助边缘轮廓突然的变化,以及船体表面反射的物体倒影弯弯曲曲的走向,雅各布才能看出这到底是个什么东西。

"真漂亮,"拉洛克不得不承认,"你这华丽可爱的迷途小水晶。"他举起手中的微型摄像机,从左往右扫录着。

"令人震撼。"斐金也说道。

是啊,雅各布想,而且大得像幢房子。

尽管飞船很大,然而,跟这个巨大的地洞比起来就算不得什么了:粗糙的岩石洞顶在上方高高拱起,在一片冷凝雾气中若隐若现;他们身处的空间虽不宽,向右也延伸了至少一公里。

他们登上一座升降平台,向上升到跟飞船的中纬线同一高度处,正位于飞船库的工作楼层之上。下面站着一小群人,在这银色大球的映衬下显得矮小了许多。

左边两百米处立着两扇巨大的真空密闭门,起码一百五十米宽。雅各布猜想这外面就是空气隔绝隧道,通往水星那可怕的表面。"布拉德伯里号"那样体积巨大的星际飞船,就得停在外面的自然洞穴中了。

升降台有一架舷梯可以下到工作层。开普勒正在那儿跟三个穿着工作服的人说话。库拉在不远处站着。他的身边是一位穿着考究的黑猩猩,戴着一副惹眼的单片眼镜,站在一把椅子上,好跟库拉的视线平齐。

那黑猩猩屈着膝盖,跳上跳下,还猛敲着胸口的一件仪器,弄得椅子不住颤抖。普灵外交官注视着黑猩猩,脸上的表情是雅各布认识的那种友好的敬意。但库拉的姿势有点令他惊讶——库拉懒洋洋地对着那位黑猩猩,雅各布可从未见过库拉这样子跟人类、坎顿人或是辛西亚人讲话,更不用说跟他的庇护主皮拉人了。

开普勒先向斐金问好,然后转向雅各布。

"很高兴您过来了,德姆瓦先生。"开普勒有力地握了握他的手,让雅各布有点意外。接着,他又把那位黑猩猩叫到身边介绍说:

"这位是杰弗里博士,他的同类里的首位全职空间研究员,也是一位少有的干活好手。我们马上要参观的就是他的飞船。"

杰弗里的脸上挂着新生黑猩猩特有的古怪、迷乱的微笑。两个世纪以来,基因工程已经按照人类的样子改造了星猩猩的颅骨和骨盆结构,因为外观复制其实是最容易的。杰弗里现在看起来就像是一个皮肤棕色,有着一双长长的手臂和一对大龅牙的矮个子男人。

当雅各布跟杰弗里握手的时候,另一个基因工程的特征表露无遗:黑猩猩那根完完全全的对生拇指①摸起来很硬,似乎是为了提醒雅各布它的存在,而这正是人类手掌的标志性结构。

在类似巴伯卡佩戴传译器的地方,杰弗里也戴着一件仪器,左右两边是黑色的水平按键,中间是一个空白屏幕,大约20厘米长、10厘米宽。

新生黑猩猩鞠躬致意,他的手指在那些按键上移动,中间的屏幕上闪出了清晰的字母:

很高兴见到您。开普勒博士告诉我您是好人这边的。

雅各布笑了,"啊,多谢多谢,杰夫②。我会努力做一个好人,虽然我还不知道我是来干什么的。"

杰弗里发出黑猩猩常有的尖声大笑。然后,雅各布头一次

①拇指和其余的指头可以相对活动,手由此能够进行抓握并完成使用工具所必需的精巧动作。

②杰弗里的昵称。

听到他开口说话:"你马——上就会知道了!"

这句话听起来倒不如说是一声呱呱叫,不过雅各布还是很惊讶。对这一代新生黑猩猩而言,开口说话仍是一件非常困难的事情,可杰夫的吐字却十分清晰。

"一会儿我们参观完了,杰弗里博士就要驾驶这艘最新式的探日飞船出发,去进行一次潜日飞行,"开普勒说道,"就等德席尔瓦指挥官回来了,他正在另一艘飞船上指挥勘察行动。"

"很遗憾我们乘坐'布拉德伯里号'到达基地的时候,指挥官却不在。而且看起来我们一会儿做任务简报的时候,杰夫也不能陪着我们了。不过,到明天中午我们快结束的时候,应该就可以收到他的第一份报告了,这倒会是画龙点睛的一笔。"

开普勒接着转身面向飞船,"我有谁忘了介绍的吗?杰夫,我知道你已经见过坎顿人斐金了。皮拉人巴伯卡看来是回绝了我们的邀请。你见过拉洛克先生了吗?"

黑猩猩的嘴唇一撇,做出一副厌恶的表情。他鼻子嗤了声,转过身看自己在飞船上的倒影去了。

拉洛克涨红了脸,尴尬地瞪着眼睛。

雅各布忍俊不禁。怪不得新生黑猩猩有个绰号叫"火药桶"。总算有人比拉洛克还不好惹了!昨晚这两位在餐厅第一次见面时的情景据说更加经典,可惜雅各布没在现场。

库拉那长着六根指头的细手搭上杰弗里的袖子,"好了,杰弗里朋友。我们让德姆瓦先生和他的朋友们看看你的飞船吧。"黑猩猩闷闷不乐地瞥了一眼拉洛克,然后把脸转向库拉和雅各布,展颜一笑。他一手拉着雅各布,一手挽着库拉,领着他们向飞船登机口走去。

几个人登上另一架舷梯顶部,顺着一道短船桥跨过一个缺口,来到了球形船体内部。雅各布的眼睛过了一会儿才适应里面的黑暗。他看到这里是一层宽大的舱板,从飞船的一头直延伸到另一头。

这层舱板就像是一个由黑色弹性材料制成的大圆盘,悬浮在飞船中纬线上。平坦的舱板表面散布着五六个加速座椅,沿着圆周均匀排列在与舱板等高的水平面上,有的座椅上还配有简单的仪器面板,舱板正中是一个直径七米的穹顶形建筑。

开普勒在一座控制台旁边跪下身子,按下一个开关。飞船的墙体一下子变成了半透明。外面巨洞里的朦胧灯光从四面透进来,照亮了飞船内部。开普勒解释说这里的室内照明被控制在最低点,是为了防止飞船壳体内层表面的反射光干扰仪器和船员们。

在近乎完美的外壳之下,探日飞船内部就像是一个实心的土星模型。那层宽平的舱板就是"光环",把这颗小"土星"从中间分成两个半球。雅各布现在看到的是上半球,这里散布着一些舱门和小房间。他读过资料,知道中间的球形建筑里面就是飞船的整个运转装置,包括时间流控制器、重力发生器和冷冻激光器。

雅各布走到舱板边缘,发现舱板是靠力场悬浮着,距离船体外壳大约四五英尺。弧形的船壳高悬在头顶上方,不知怎么却看不出明暗之分。

这时有人喊雅各布的名字,他转过身来。中央的穹顶室一侧有一扇门,参观团就站在那里。开普勒正招手让他过去。

"我们要去看看放设备的那半球了。大家管它叫'翻面'。你得慢点儿,这里有个重力环,小心别吓一跳。"

雅各布站在门边,想让斐金先过去,但那外星人示意自己还是不下去了。一个七英尺高的坎顿人,要挤进一扇七英尺高的舱门,恐怕不会是太舒服的体验。雅各布于是跟在开普勒的后面钻了进去。

还得小心翼翼地前进!开普勒在他前方,正沿着眼前的一条陡路向上走着,仿佛正在登上舱壁夹层里藏着的一座山。看他身体倾斜的角度,简直就像随时都可能倒下来一样。这样都能保持平衡,雅各布不晓得这位科学家是如何做到的。

但是开普勒继续向上前行,经过了椭圆形的通道,消失在上方。

雅各布双手扶着两侧舱壁,试探着向前走了一步。他没有失去平衡的感觉。于是他把另一只脚也向前迈了一步。还是完全直立着。再走一步,他回头看了看。

刚才进来的舱门口看上去向后倒下去了。显然,穹顶室内有一个密度很大的人工重力场。这个力场十分自然完整,欺骗了他的内耳平衡器官。舱内一个工人看着他的样子笑了。

雅各布咬咬牙,沿着弧形的通道继续前行,努力不去想自己正在慢慢地倒立过来。他观察着墙体舱门上印着的指示标识和脚下的路面。快走到一半的时候,他看到了一扇舱门,上面写着:时间压缩舱。

弧形路的尽头是一个缓坡。雅各布来到门口往外一看,感觉世界一下子颠倒过来,尽管他事先知道会这样,但还是咕哝了一声。

"哦,不!"他双手捂住眼睛。

他脑袋上方几米处,机库的地面向四面伸展开去。人们在飞船支架周围走来走去,就像是飞翔在天花板上。

他无可奈何地叹口气，走出去到了开普勒那里。开普勒正在舱板边缘，仔细端详着一台精密机器的内部结构。他抬起头笑了笑。

"我只是在行使老板的职权，管管闲事。飞船当然早就被仔细检查过了，但我还是想再看看。"他深情地拍了拍那台机器。

开普勒领着雅各布来到舱板边上，那里头下脚上的感觉更加明显。雾蒙蒙的巨洞顶部现在看起来就在他们脚下很远的地方。

"我们用几台多极偏振摄像机第一次捕捉到了相干光①的魅影，这就是其中一台。"开普勒指着一台机器说道。它旁边还有几台相同的设备，沿着边沿均匀摆放。"我们能够把幽灵影像从色球层杂乱的光谱中分离出来，是因为不论极化面如何偏移，我们都可以跟踪它，并且证明光的相干性是真实存在的，并且保持稳定。"

"怎么所有的摄像机都放在这下面？我在上面没看到一台。"

"因为我们发现同一机组的观察员和机器会相互影响。还有一些别的原因，所以这些设备都被放在这下半球，我们的工作人员则在上半球工作。

"你看，这样我们就可以让二者一起工作，只要调整飞船的方向，把舱板的边缘朝向我们要观察的对象就行了。这看来是一个很棒的折中办法；反正重力不是问题，我们的身体能以任何角度站立。有生命的观察者也好，没生命的观察仪器也好，我们都能让他们在同等条件下工作，日后就可以对二者的观察结果进行比较分析。"

---

①一种各波相位相同或相位差一定的光，通常可由激光获得。

雅各布想象了一下那种情形,飞船翻转成某种角度,在太阳大气层中颠簸,而里面的乘客和机组人员却泰然自若。

"这种安排最近出了点问题,"开普勒接着说,"杰夫即将接手这艘更新更小的飞船,我们对它做了些改进,希望很快就……啊!有客人来了……"

库拉和杰弗里出现在门口,黑猩猩半猴半人的脸上满是轻蔑的表情。

他在胸口的显示器上打出一行字:

拉拉烦人。恶心地登船了。娘娘腔的混蛋。

库拉轻声地对黑猩猩说着什么,雅各布使劲才能听到:"说句不该说的,杰夫朋友,拉洛克先生可是人类。"

杰弗里更生气了,打字的拼写错误也开始多起来。他说他已经尽了新生黑猩猩的本分,但今天他再也不想讨好任何人类,尤其是一个对黑猩猩种族的提升毫无贡献的人。

"你非得听巴伯卡的废话吗,就因为几十万年以前他的祖先给了你的祖先一点儿帮助?"杰夫对库拉说。

普灵人的眼睛一亮,两片厚嘴唇中一道白光闪过,"请你别再这么说了,杰夫朋友,我完全明白你的意师(思),但巴伯卡是我的庇护主。人类已经将自由赋予你的种族。我的种族却必须继续服务。世事就是如此。"

杰弗里嗤之以鼻,"那可未必。"

开普勒把杰弗里拉到一边,让库拉陪着雅各布四处转转。库拉领着雅各布来到半球的另一端,参观一台机器。正是这台设备使得探日飞船可以像一个深海探测球那样在太阳大气中的半液态等离子流里潜行。他打开几个面板,给雅各布看里面的全息存储器。

静滞场发生器可以控制通过飞船船体的时空流,从而使得太阳色球层剧烈的颠簸对船内的人来说就像是轻微的晃动。对这台发生器的物理原理地球科学家仍然是一知半解,尽管政府要求它一定要由人类自己制造。

说到这种大数据库给地球带来的新技术,库拉的眼睛闪着光,声音里透着自豪。

控制着发生器的逻辑电路区看起来就像是一堆杂乱的玻璃纤维。库拉解释说那些玻璃棒和纤维里存储的光信息密度远超了地球科技,反应速度也更快。最近的那根玻璃棒中上下振荡着蓝色的干涉波形,其实是在飞速传送数据包。雅各布觉得这机器仿佛是有生命的,激光信息流会随着库拉的触碰进进出出,而他们俩正凝视着的原始脉冲信息就是这机器的血液。

尽管库拉肯定见过这台计算机内核不知道几百次了,他看起来还是跟雅各布一样着迷,凝神沉思,明亮的大眼睛眨都不眨。

终于,库拉盖上了机器外壳。雅各布发现外星人看上去有点疲倦。一定是工作得太辛苦了,他想。他们一边聊着,一边慢慢走回穹顶室内,去找杰弗里和开普勒。

黑猩猩和他的老板正在讨论某台摄像机的细微调校,雅各布好奇地听着,却理解不了多少。

杰弗里随后离开了,下到机库底层去安排工作,不一会儿库拉也跟着去了。剩下的两个人待了一会儿,聊了聊那些机器设备,然后开普勒提议雅各布走在前面,他们沿着弧形通道原路返回上半球。

快走到一半的时候,雅各布听到前方传来一阵骚动:有人在怒吼。他努力排除视觉带给他的弯曲重力环假象,加快了步伐。可是这通道还真不能走得太快,他头一次感觉到这复杂的力场正在从各个方向拖曳他,令人晕头转向。

在弧形通道的顶点,雅各布的脚碰到了地上一块松动的门板,旁边还散落着几颗螺栓。他努力保持身体平衡,但这一路上那令人不知所措的方位感还是让他走得跟跟跄跄。等他终于来到通往上层的舱门处、正在谢天谢地时,开普勒已经赶上他了。

那喊声是从飞船外传进来的。

在舷梯底部,斐金正激动地挥舞着他的枝权。几个基地工作人员正跑向拉洛克和杰弗里,那两人已经扭打在一起。

拉洛克的脸憋成了酱紫色,大口喘着气,身体不住扭动,拼命想把杰弗里的双手从自己脑袋上掰下来。他握紧拳头向外击打,但徒劳无功。黑猩猩不住尖啸着,露出满口牙齿,使劲儿把拉洛克的脑袋往自己身前按。两个人都顾不上身边聚集起来的人群,根本不理会别人试图把他们俩分开的努力。

雅各布赶紧下到地面,看到拉洛克正抽出一只手,去够自己腰带上拴着的相机。

雅各布猛地一把推开缠斗在一起的两个人,接着又干净利落地一掌掴落拉洛克手里的相机,同时另一只手下探揪住了黑猩猩脑后的皮毛。他用尽全力猛地向后一甩,把杰弗里抛向开普勒和库拉,两人赶紧伸臂接住。

杰弗里还在挣扎。他有力的长臂阻挡着开普勒和库拉的抓握,同时猛地转过头来,冲着雅各布狂啸。

雅各布这时觉得脑后生风。他转过身子,一掌击在拉洛克的胸口——那家伙正向他冲过来。拉洛克跌跌撞撞后退几步,"哎呀"一声跌坐在地。

拉洛克又要去抓腰带上的相机,雅各布一伸手抢了过来。

拴相机的绳子啪的一声被扯断了。那家伙挣扎着要站起来,雅各布又一把将他拽倒了。

雅各布举起双手。

"都住手!"他喊道。他站在拉洛克和杰弗里中间,挡开两人。拉洛克揉着自己的手,任凭旁人按住他的肩膀,怒目而视。

杰弗里还在使劲儿想挣脱。库拉和开普勒紧紧抓住他。斐金在后面无助地叹着气。

雅各布双手捧住黑猩猩的脸。杰弗里冲着他咆哮一声。

"黑猩猩杰弗里,听我说! 我是雅各布·德姆瓦。我是一个人类,我还是提升工程的负责人之一。我告诉你,你现在的行为非常不得体……你就像头野兽!"

杰弗里的头猛地一颤,仿佛被人扇了一巴掌。他茫然地看了雅各布一眼,脸上怒吼的神态一下子凝固住,然后那双深褐色的眼睛黯淡下来,无力地瘫倒在库拉和开普勒的身边。

雅各布一手搭在黑猩猩毛茸茸的头上,另一只手帮他向后抚平蓬乱的毛发。杰弗里的身体一阵颤抖。

"现在放松下来,"雅各布温和地说道,"控制一下自己。你好好跟我们讲到底是怎么回事儿,我们都听着。"

杰弗里颤抖着,伸出一只手到胸前的打字板,缓慢地按着键,半天才敲出三个字:对不起。然后,他抬头看着雅各布,脸上满是歉意。

"没关系,"雅各布说,"只有真汉子才会勇于承认错误。"

杰弗里伸直身体,努力做出冷静的姿态,向开普勒和库拉点了点头。于是两人放开了他,雅各布也向后退了一步。

雅各布回想起自己过去在提升项目中跟海豚和黑猩猩相处融洽的情形,不禁觉得自己这样摆出一副庇护主的架势训斥杰弗里多少有些惭愧。利用庇护主地位来压制这位黑猩猩科学家，不啻是一次赌博，但却成功了。从早先杰弗里的言谈中，雅各布可以猜到他的内心其实对庇护主的尊严十分在意，但这份尊重只保留给某些人，对其他人就没这么客气了。雅各布虽然很庆幸自己能够获得这份尊重，心里却并不十分得意。

开普勒看到杰弗里冷静下来，便开始发话了。

"这到底是怎么一回事！"他瞪着拉洛克喊道。

"那牲口攻击我！"拉洛克嚷着，"我好不容易克服恐惧从那个破地方出来，正跟尊贵的斐金说着话，这野兽就像一只老虎扑了过来，我只好还手，不然就被他弄死了！"

撒谎。他在搞破坏。我发现时间压缩舱的门板松了。斐金告诉我这个贼人在里面待过，他听到我们来了才刚刚出来。

"我为失礼的话道歉，"斐金哨子般的声音响起，"我可没说过那个侮辱性的词：'贼人'。我只是回答问题，陈述一个事实……"

"他在里面待了一个小时！"杰弗里大声打断斐金的话，脸部因为高声说话的努力而扭曲了。

可怜的斐金，雅各布心想。

"我都跟你说过了，"拉洛克也喊起来，"那个疯狂的地方让我害怕！我一直在努力想抓紧地板！听着，你这个小猴子，别往我身上泼脏水，还是留着给你树上的伙伴们吧！"

黑猩猩长啸一声，库拉和开普勒赶紧上前拉住他。雅各布走到斐金身边，一时不知道说什么才好。

坎顿人没理会那边的喧嚣，轻声对他说："雅各布朋友，看起来，你们的庇护主——不管他们是谁——一定非常特别。"

雅各布木然地点了点头。

第九章　想起了大海鸟①

雅各布观察着舷梯上面的那几个人。库拉和杰弗里正分别用各自的方式，诚挚地跟斐金谈话。旁边聚着一小群基地工作人员——或许是为了逃避拉洛克没完没了的问题。

上次口角之后，拉洛克踏遍了巨洞的每一个角落，如果有人在工作，他就上前连珠炮似的提问；如果有人在休息，他就去抱怨。有一阵子，他因为相机被没收而怒气冲天，不过，慢慢地就衰落成一种雅各布称之为短暂中风的状态了。

"我也不知道我为什么要拿走拉洛克的相机。"雅各布一边对开普勒说，一边把相机从口袋里拿出来。这薄薄的黑色摄录机上有一堆小旋钮和附件，一看就是件完美的记者装备，小巧灵活，而且显然价格不菲。

他把相机递给开普勒，"可能当时我怕他是想拿这个当武器。"

开普勒把相机揣进口袋，"无论如何我们都要查清楚，为了以防万一。另外，我要谢谢你处理这件事的方式。"雅各布耸耸

---

①一种温顺的鸟类，1844年之后就灭绝了。用作本章标题有两层含义：普灵星球上的物种灭绝；海琳的风格十分"古老"。

肩,"别放在心上。我很抱歉,插手你管辖的事情。"

开普勒大笑起来,"道什么歉啊,幸亏你出手了!我那会儿可是完全束手无策了!"雅各布笑了,但心里还是有点不安,"现在你要去做什么?"他问道。

"啊,我准备去看看杰夫的时间压缩系统,当然我只是想确保没出岔子,可不是觉得那儿有什么问题。就算拉洛克真在那机器旁边探东探西,他还能怎么样呢?设备调试都需要特殊工具,他什么也没有。"

"可是我们经过那儿的重力环时,面板的确是开着的。"

"是的,但也许拉洛克只是好奇而已。其实,我还在想没准儿是杰夫自己打开了门板,好找个借口揍那家伙一顿呢!"

科学家说完笑了起来,"别那么一副惊讶的样子。小孩儿就是小孩儿。你也知道,就算是最高级的黑猩猩也没个常性,这会儿是个老实巴交的优等生,过一会儿就变成顽劣无比的捣蛋鬼了。"

雅各布知道这倒是真话。但他还是奇怪为什么开普勒对拉洛克的态度如此宽容,毫无疑问这位科学家也瞧不起那家伙。难道他就这么迫切地要跟媒体搞好关系?

开普勒再次表达了谢意,然后离开了,他在返回探日飞船入口的路上叫上了库拉和杰弗里。雅各布找了个没人的地方,在一只货箱上坐了下来。

他从上衣内层口袋里掏出一叠纸来。

今天早些时候,"布拉德伯里号"的乘员们大多收到了地球发来的微波激射电报。巴伯卡去取电报时,雅各布看到皮拉人和米莉①·玛蒂娜之间那鬼鬼祟祟的眼神交流,忍不住想笑。

①米尔德里德的昵称。

早上吃饭的时候,玛蒂娜特意坐在巴伯卡和拉洛克之间,仿佛要在地球人令人尴尬的外星崇拜症和大数据库主管那冷淡的猜疑之间居中调停。她显得十分热心,想消除两人的隔阂。但电报来的时候,她却和巴伯卡匆匆上楼了,拉洛克只好独自离开。

这对这位记者的情绪似乎没什么影响。

雅各布已经吃完了饭,本打算去医学实验室看看,这会儿他改变了主意,也去取回了自己的电报。回到房间后,他把收到的那些有关大数据库的材料都堆在了桌子上,足有一英尺高,然后坐下来,一头扎进书堆里,进入了"迷读"状态。

迷读是一种在很短的时间里吸取很多信息的技术——雅各布过去也常常使用它,唯一的缺点是迷读时大脑的其他重要功能就会暂时丧失。因此,信息可以被大脑存储起来,但这些死记硬背下来的内容通常还需要再次消化,才能被真正理解。

不一会儿,他结束了迷读状态,所有的材料都翻过了。他很确定自己已经通读了一遍。刚刚吸收的数据都挤在意识的边缘蠢蠢欲动,更有些游离的信息元已经不请自来,任性地跳进了意识深处,只是还未连成一片。这些迷读下来的东西,他还得花上至少一周的时间来消化吸收,这期间他的脑子一直会处在某种恍惚之中。要是不想让这种恍惚状态持续太久,最好趁现在就开始把这些材料再过一遍。

于是,就在这停放探日飞船的巨洞里,雅各布坐在一只塑料货箱上,随手翻阅着他订购的材料,脑中开始梳理这些已经第二次见面的信息。

……基萨种族刚刚结束对索罗人的服务契约,获得了自由。他们发现了皮拉行星，就在最近格莱蒂克文明开始向该行星所处象限移民后不久。有迹象显示，这颗行星在大约两亿年前曾由另一个业已消失的种族所占据。随后，在格莱蒂克文献中就多了这么一条记载：皮拉星球曾经是梅林种族的居住地，持续时间大约六十万年（查看列表，梅林人已灭绝）。

皮拉行星已经不必要地闲置了太久，于是基萨人对其进行了勘探，并顺理成章地将其注册为 C 级殖民地（占据时间：临时，不超过三百万年；对当前生物圈可造成的影响级别：最小）。

基萨人还在皮拉星球上发现了一个未开化种族，就以行星的名字将其命名为皮拉人……

雅各布想象了一下皮拉种族在基萨人到来之前未被提升的样子。一定是原始的狩猎-采集群落。如果基萨人没去皮拉星球，经历了这几十万年，他们是否还会停留在那个阶段？也许就算没有庇护主的影响，他们也会自行进化成另一种智慧文明，就像某些地球人类学者相信的那样？

那条关于已灭绝的"梅林人"的神秘参考条目，正彰显了古老的格莱蒂克文明覆盖的时间跨度和他们那不可思议的大数据库。两亿年！在那么遥远的年代，皮拉行星上就已经有了能够进行行星际飞行的种族，他们在那里居住了六百个世纪之久，而那时巴伯卡的祖先们还只是卑微的穴居动物。

推想起来，梅林人应该已在格莱蒂克社会里占有一席之地，并且拥有自己的分支数据库。他们对自己的庇护种族保持应有的尊重（尽管也许只是嘴上说说），那个种族远在梅林人殖民皮拉星球之前很久就提升了梅林人。当然，梅林人或许也相应地提升了在皮拉星球上发现的某些有潜质的种族……算起来，那些种族还应该是巴伯卡的种族的近亲……只不过现在可能也已经灭绝了。

想到这里,雅各布突然理解了格莱蒂克文明古怪的居留迁徙法律。根据这些规定,每个种族都要把自己的行星当作临时住所,只是替未来的种族代为管理的,尽管这未来的种族目前可能还很卑微愚钝。可想而知,很多格莱蒂克人对人类在地球上的行径深为不满。本来,移民公会是十分刻板守旧的,并且热衷于环保。正是靠了泰姆布立米人和其他友好种族的影响力,人类才得到公会的批准,获得了自己的三个西格努斯殖民地。在这件事上,人类是幸运的,因为"维萨留斯号"给他们带回了足够的警告,他们这才能够销毁自己在地球上的罪证!算上雅各布,总共只有不到十万人知道地球上还曾经生活过类似海牛、大地懒和红毛猩猩这样的动物。

一想到这些人类的牺牲品本来有朝一日或许都能变成智慧种族,雅各布就感到十分遗憾,但同时也十分庆幸:他想到了玛卡凯,想到了鲸类,还想到了他们也曾经命悬一线。

他重新拿起手里的资料浏览起来。另几页材料跃入眼帘,是关于库拉的种族的。

……被皮拉人远征团殖民。(皮拉人已经威胁到了他们的庇护主基萨人,他们向索罗人上诉,要求对基萨人发动一场圣战,由此摆脱了跟基萨庇护主的契约。)在获得居留许可之后,皮拉人开始着手对普灵星球的占领,他们对合约上的"最小影响"条款并没有敷衍了事。皮拉人在普灵星球落脚以后,移民公会的观察员们注意到,他们对本土有智慧潜力的物种保护得比平均水平要好。就算殖民地的建立使得一些种族濒临灭绝,那也只是普灵种族基因上的祖先而已。普灵,这个由其起源的星球得名的种族,得到了应有的保护……

雅各布注意到了皮拉圣战这个事件,他在脑中做了一个记号,准备回头就此了解更多信息。皮拉人是格莱蒂克政坛有攻击性的保守派。"圣战"则被认为是强制星系中各种族遵守传统的最后手段。公会为传统服务,但却把施行强制的权力赋予最大多数者,或者说,最强大者。

雅各布相信,大数据库中肯定充斥着各种合法的圣战,其中也一定有令人遗憾的记录:有的种族会利用传统作为借口,发动由权力或仇恨引发的战争。

历史通常是由胜利者写下的。

他想知道,究竟是什么原因使得皮拉人摆脱了他们跟基萨人的契约的制约。他还想知道基萨人到底长什么样。

雅各布突然被一阵响亮的铃声惊醒,那铃声响彻整个巨洞。接着又响了三次,巨大的声音在石墙间震荡。他站起身来。

眼前所有的工人都放下手中的工具,转身看着那两扇巨门,那后面就是通往水星表面的密封舱和隧道。那两扇门发出低沉的隆隆声,慢慢分开了。一开始,从张开的门缝里只能看到一片漆黑。接着,一个明亮的大家伙从门后拱了出来,就像一只不耐烦的小狗正用它的鼻子撞着门,好快点进来。

这又是一艘闪亮的镜面球形飞船,跟他之前参观过的一样,只不过更大一些。它浮在隧道地面之上,轻若无物。只见这飞船在空中轻轻晃动,等大门一打开,立刻闪进了这间巨大的机库,仿佛是被外面的一阵清风吹进来的一样。飞船的表面欢快地跃动着周围的岩壁、设备和人群的倒影。

飞船越来越近,发出轻微的嗡嗡声和噼啪声。工人们聚集在旁边的一个船架附近。

雅各布正看着,库拉和杰弗里从他眼前匆匆跑过,那黑猩猩还冲他咧嘴一笑,挥手示意他也跟上。雅各布回以微笑,跟了上去,同时把手里的材料折叠好放进了口袋。他四下寻找开普勒,哪儿都看不到他,便估计太阳潜入者项目的负责人一定还在杰弗里的飞船上做最后的检视。飞船在船架上方做着各种机动动作,发出嘶嘶啦啦的声响,然后开始慢慢降落。飞船那镜面般的外壳如此闪亮,很难相信那上面闪耀的光不是它自己发出来的。雅各布站到斐金身旁,他们一起站在人群的边缘观看飞船停稳。

"你好像心事重重啊,"斐金哨子般的声音响了起来,"请原谅我的冒昧,不过我想,人们应该不会介意别人探问吧。"

雅各布离斐金很近,都能闻到他身上那股淡淡的气味,有点像牛至①香料。外星人的枝叶正轻轻摇摆。

"我在想这艘飞船刚才在外面的情景,"雅各布回答道,"那会是什么样子呢,在那下面? 我——我还是想象不出来。"

"不必介意,雅各布。我也一样感到敬畏,真搞不懂你们地球人怎么能取得如此大的成就。我正奢望着能有机会也下去一次呢。"

又让我内疚一次,你这个绿杂种,雅各布心想。我还在想办法不参加这种疯狂的潜日飞行,你却在这里胡说什么迫不及待地要去!

"我不想说你在撒谎,斐金,但是我觉得你有点矫情了吧,你

①一种植物,常作药用,亦可作烹饪香料。

会对这个项目感到惊讶？这种技术以你们格莱蒂克人的标准看来,跟石器时代早期技术差不多。而且,你可别跟我说以前从来没人潜入过一颗恒星！智慧生命在星系里到处分布都差不多十亿年了。每一件值得去做的事情,都早已经被人做过至少一万亿次了！"

雅各布的话音里带着几分苦涩。连他都没有想到自己的感情竟会如此强烈。

"你说的毫无疑问是真实情况,雅各布朋友。我并没有装模作样地说太阳潜入者计划是独一无二的,只是它对于我个人的经历而言是独一无二的。我所接触过的智慧种族都只是远远地研究他们的太阳,然后把结果跟大数据库里的标准进行比较,这样他们就满足了。对我而言,这就是一次彻头彻尾的探险。"

飞船上一扇方形舱门向下滑落,正慢慢变成一架舷梯,伸向船架边缘。

雅各布蹙起眉头。

"但是载人潜入以前肯定有人进行过！要是人们发现这事可行,他们显然会找个时间去尝试一下！我不相信我们会是第一次这么做的人！"

"这一点当然没什么疑问,"斐金缓慢地说道,"就算别人没有,先祖们肯定也做过了。因为据说他们在离开之前把所有的事情都做过了。但有这么多的事情,被这么多人做过,要想搞清楚谁做过什么相当困难。"

雅各布沉吟不语。

探日飞船的舷梯快要完全放下来了,开普勒微笑着向雅各布和斐金走了过来。

"啊哈！你们在这儿。刺激吧？大家都在这儿了！每次有人从太阳回来都是这个样子,哪怕只是这种短期的侦察潜入!"

"是啊,"雅各布说道,"非常刺激。唔……开普勒博士,如果你有空的话,我想问你点事情。我想知道你有没有在拉巴斯的分支数据库里查询过你们发现的太阳幽灵。因为以前一定有人也碰到过类似的现象,我相信那会对我们大有帮助……"

话没说完,雅各布就停了下来,因为他看到开普勒的微笑正渐渐消失。

"这就是为什么我们一开始就把库拉请来的原因,德姆瓦先生。这将检验我们能否很好地把独立研究和来自大数据库的有限帮助结合起来。这项计划在我们建造探日飞船的时候运行良好,我得承认,格莱蒂克人的技术令人震撼,但是在飞船造好之后,大数据库基本就没起什么作用了。

"这事其实一言难尽。我本来想等你先听完一次完整的简报,明天再谈,但是你知道……"

周围响起一阵欢呼声,人群开始向前涌动。开普勒无可奈何地笑了笑。

"回头再说!"他喊道。

船架顶上有三个男人和两个女人,正在向欢呼的人群挥手致意。其中一个女人身材瘦高,留着金色的短发,看到开普勒之后就咧嘴一笑。她开始下船,其他几位机组成员也跟着向下走来。

这一定就是雅各布在过去两天里不断听人说起的赫尔墨斯基地指挥官了。昨晚的聚会上,一位物理学家称她为"邦联水星前哨站有史以来最好的指挥官"。另一位年轻医生这时打断了那位"老水星"的话,插进来说指挥官同时还是……"一只狐狸"。雅各布那时估计他是在说指挥官的头脑很聪明;这会儿他看着这位女子(她看起来比小女孩儿大不了多少)轻快地走下舷梯,突然意识到那个称号显然还含有另一层恭维的意思。

人群向两边分开,那女子向太阳潜入项目主管走来,伸出双手。

"他们在那儿待得好好的!"她说道,"我们下到了2号τ点,就在第一活动区,他们就在那儿! 我们离其中一个只有不到800米远! 杰夫一定没问题的。他们是我所见过的最大一群食磁生物!"

雅各布觉得她的声音轻柔优美,而且充满自信。不过,她的口音却很难听出来是哪里的,发音老式雅致。

"太好了! 太好了!"开普勒连连点头,"羊已经出现了,牧羊人还会远吗? 哈!"

他拉着女指挥官的胳膊,转过来引见斐金和雅各布。

"各位,这是海琳·德席尔瓦,水星这里的邦联指挥官,我的大帮手。这个项目多亏了她。海琳,这位先生是雅各布·阿尔瓦雷斯·德姆瓦,我在微波激射电报里和你说过他。这位坎顿人斐金,你当然认识,几个月前你在地球上见过他。我想打那以后你们俩已经通过一些微波激射电报了吧。"

开普勒拍拍年轻的女指挥官的胳膊,"我这就得走了,海琳。有些地球来的公文我还没处理。为了来这儿等你,我已经耽误太久了,所以我还是现在就走吧。你确认一切正常,船员们都休息好了?"

"是的,开普勒博士,一切都很好。我们在回来的路上睡了。等杰夫出发的时候,我们在这里再会面。"

开普勒向雅各布和斐金打了个招呼,又匆匆向拉洛克点点头——那记者正站在一边,距离近得足以偷听到谈话,却又不必上前表示客气。开普勒向电梯方向离去。

海琳·德席尔瓦向斐金鞠躬致意，却显得比任何人的拥抱都要来得热情。再次见到这位外星人，她的喜悦之情溢于言表。

"你就是德姆瓦先生了，"她一边跟雅各布握手，一边说道，"坎顿人斐金经常提到你。他说你就是那个英勇无畏的小家伙，为了拯救厄瓜多尔的那座高塔，竟然从那么高跳下去。这故事我可要等到我们的大英雄自己讲给我听！"

雅各布有点畏缩，每当有人提到高塔的事儿他都会这样。他用一声大笑来掩饰。

"相信我，那一跳是误打误撞！其实，我宁可参加一次潜日小旅行，也不愿再那样跳一次了！"

女指挥官笑了，但她看着他的样子有点奇怪，毫无疑问，那是一种赞许的表情，雅各布挺喜欢，虽然有点摸不着头脑。他感到有点不自在，一时竟不知说什么好。

"嗯……不管怎么说，您这样一位容貌如此年轻的女士叫我'小家伙'，还是有点别扭。瞧您脸上连一丝皱纹都没有，却已经身居指挥官要职，一定是能力超强。"

德席尔瓦又大笑起来，"真是嘴甜！你真是太贴心了，先生，不过其实我藏着六十五年的皱纹呢。我曾经是'女海神号'上的低级指挥官。你可能还记得，我们几年前回来过一次。我现在已经九十岁啦！"

"噢！"

星舰船员是一群非常特殊的人。不管他们的实际年龄是多少，当他们返回地球的时候，都可以挑选自己的工作……当然，如果他们选择继续工作的话。

"嗯，既然如此，我真得对您放尊重一些了，老奶奶。"

德席尔瓦后退了一步，昂首横眉冷对雅各布，"你别太过分啊！的确，我一直在拼命努力，希望在身为一个女人的同时，还能做好一个指挥官，希望由一个'红颜祸水'一跃成为有社会地位的人。不过，要是因为这样，这几个月里水星上我管不着的男人里最有魅力的那一位就对我敬而远之了，那我可能会一生气就把他铐起来。"

这个女子的用词有很多老旧难懂的地方（如啥叫"红颜祸水"？），但她的话雅各布却全都能听明白意思。他笑着举起双手表示认输，当然是心甘情愿的。不知怎的，海琳·德席尔瓦很多地方都让他想起了塔尼娅。这种对比很微妙。他的内心有一种震颤呼之欲出，虽然同样朦胧难辨，但那感觉却值得去追寻。

雅各布晃晃头，驱散自己的遐想。只要由着自己，他很容易产生这种理智与情感纠结的胡思乱想。明摆着的，面前的基地指挥官是一位魅力无法抵挡的女人。

"好吧，好吧，"他说，"我认输还不行嘛！"

德席尔瓦大声笑了。她轻挽雅各布的胳膊，又转向斐金。

"来吧，我想让你们俩见见潜日的全体船员。一会儿杰弗里准备出发的时候我们就有得忙了。他这个人见不得分别的场面。哪怕是这样一次小小的潜日飞行，他也会哭哭啼啼地拥抱每一个送他的人，就好像大家再也见不到了似的！"

第四部

　　只有借助太阳探测器,才有可能采集太阳内部质量和角动量的分布状态数据……拍摄高分辨率图像……探测太阳表面及其附近发生的核反应所释放出的中子……(或)观察太阳风是如何被加速的。总之,装备上通信和追踪系统,或许还有最好的低频引力波板载氢微波激射器……太阳探测器将是寻找来自宇宙源头的低频引力波的最佳仪器。

——摘自NASA^①太阳探测预备研讨会的报告

---

①美国国家航空航天局。

第十章　热　量

　　就像一颗颗两头糖纸卷着的太妃糖，又像一条条羽毛装饰围巾，一块块赭色的黯淡形体在朦胧的淡红色背景之中，仿佛被一根根看不见的线牵着。那一排纤细的暗色拱形就像一缕缕轻软的烟气，一个个越来越远，在视线里越来越小，直到最远的那一个隐没在升腾着的红色沼气之中。

　　雅各布觉得很难看清楚眼前的全息录影的细节。暗条和流光组成了这幕色球层中央的场景，形状也好，质地也罢，看起来都是那么不真实。

　　最近处的那些暗条几乎填满了全息投影仪左前部的角落。看不见的磁场造就了一缕缕细细的暗色拱形气流，大约一千千米之下，有一个太阳黑子。

　　太阳产生的能量以光的形式释放出来，大部分都集中在上面这个位置。全息影像的分辨率为数万英里。即便如此，他还是很难习惯一个事实，即自己正在观看的这一道磁拱差不多有整个挪威那么大。这一串暗条中细细的一根，其实竟高达二十万千米，悬在下面的一个黑子群之上。

　　而且，跟他们以前看过的很多磁拱比起来，这还只是个比较小的。

一道宏伟的巨大拱形，从一头伸展到另一头，有二十多万千米。这些图像是几个月之前录下的，拍摄的区域是一个已经消失很久的活动区，录像的飞船离得比较远。原因很快就知道了：魔幻般的巨大拱形顶端扭曲在一起，开始喷射，形成了最壮观的太阳活动——耀斑。

耀斑美丽而又恐怖——那光明的大旋涡不停旋转、沸腾，展示着难以想象的巨大数量级上的一次电气短路。在耀斑驱动的核反应骤然释放出的高能中子洪流中，即便是探日飞船也无法幸存，因为有些粒子可以穿透飞船的电磁防护盾，而时间压缩器无法一下子处理如此多的中子。针对这一点，太阳潜入者项目主管开普勒博士特别强调：通常，太阳耀斑是可以预测和避开的。

雅各布觉得，要是开普勒不加那个前提条件"通常"，他的保证本来还挺让人安心的。

除此之外，这次简报都还算中规中矩，开普勒带领他的听众速览了一遍太阳物理学。其中的很多内容，雅各布之前已经在"布拉德伯里号"上自学过了，但是必须承认，那些潜入色球层的真实投影对理解这些知识还是起到了非常棒的辅助作用。如果雅各布还是无法理解这些影像的尺寸概念，那只能是他自己的问题了。

开普勒简要介绍了太阳内部基本活动情况的方方面面——那里才是真正意义上的太阳，跟它比起来，色球层不过是一张薄皮而已。

在太阳的最核心处，由其巨大质量产生的不可思议的重力驱动着一系列核反应，产生热量，使得太阳这个巨大的等离子球体不会被其自身的重力压垮；是压力使得这个球体保持"膨胀"状态。

太阳内核燃烧产生的能量缓慢释放出来，有时是以光的形式，有时又是以下方的热物质与上方回流的较冷物质对流交换的形式。辐射、对流、再次辐射，能量到达几千米厚的光球层，最终在此获得自由，永远离开自己的家园，飞向太空。

恒星内部的物质密度是如此之大，以至于如果那里突然产生一次大地震，要经过一百万年才会在离开恒星表面的光量变化中露出端倪。

不过，太阳的结构并没有止步于光球层；物质的密度和重力继续缓慢降低、减弱。如果算上随着太阳风——地球上的极光和彗星的等离子彗尾都是它的杰作——永远喷射到浩瀚宇宙中去的离子和电子，可以说太阳其实没有什么边界。它向外扩展，已经接触到了其他的恒星。

在日食的时候，可以看到日冕的光晕环绕在月球边缘微微闪耀。摄影底片上那些貌似轻柔的卷须，其实是出高温至几百万度的电子构成的，只不过它们已经扩散开来，差不多跟太阳风一样稀薄（也一样对探日飞船无害）。

色球层就位于光球层和日冕之间。在此，古老的太阳通过奇异的光学表演，写下自己的光谱签名，也就是地球人所看到的阳光。

色球层的温度骤减，"仅"有几千度。光球产生的脉冲向上发出重力波，穿透色球层，在数百万千米的广阔天地中精巧地弹拨着时-空之弦；带电粒子跃上阿尔芬[1]波峰，变成一股强大的风

①H.O.G.阿尔芬（Hannes Olof Gosta Alfven，1908-1995），瑞典物理学家，以研究磁流体力学著称，获1970年诺贝尔物理学奖。阿尔芬波即沿磁力线运动的磁流体切变波，由他发现，并以他的姓命名。

向外横扫出去。

这里就是太阳潜入者计划的目标区域。在色球层，太阳磁场玩起了游戏，简单的化合物在此短暂合成。如果光谱波段选择正确，人们可以观测到超远距离的目标。而且，那里一定有很多值得观测的东西。

开普勒讲起来如数家珍。在这间黑暗的房间里，他的头发和胡子在全息投影仪发出的光线映射下微微泛着红光，声音充满自信。他拿着一根指示棒向他的听众们指示着色球层的种种特征。

他讲述了太阳黑子循环的原理，那是一场高低磁场活动的交替循环，使得太阳磁极每十一年就翻转一次。磁场从太阳中"抛射"出来，在色球层形成复杂的循环——有时通过用氢-阿尔法滤镜观察暗条的走向，可以跟踪这些循环的轨迹。

许多暗条沿着磁力线扭结在一起，产生复杂的感应电流并发光。近距离观察，它们并不像雅各布最初认为的那样轻软。或明或暗的红色带全都顺着磁拱的方向，一根缠着一根，有时还会以复杂的模式涡旋，直到一些绷紧的结挤在一起，向外抛射出明亮的光，就像热锅里的油飞溅出来一样。

此情此景的美丽令人屏息，不过，单调的红色终于还是让雅各布感觉眼睛有点累。他从全息投影仪上移开目光，看着放映室的墙壁，放松眼睛。

两天前，杰弗里向大家告别，驾驶他的飞船起程前往太阳。对雅各布而言，这是混杂了愉悦和挫折感的两天，也是忙碌的两天。

雅各布昨天见到了赫尔墨斯矿。基地北边的巨大山洞中，到处都是五颜六色的巨大矿石。那光滑的纯金属矿石美得令他感到震惊,他敬畏地注视着正沿着矿层两翼开采作业的机器和工人们,跟巨大的矿石比起来,那些机器和工人看上去是那么的矮小。雅各布久久回味着心中震撼的感觉……那冰封之下美丽的金属,还有渺小的人类为了获得这金属宝藏而不惜惊扰它所表现出的蛮勇。

昨天下午跟海琳·德席尔瓦一起度过的那段时光也十分愉快。在她住处的客厅里,海琳开了一瓶外星白兰地,它的价格雅各布都没敢猜。两人分享了那瓶好酒。

短短的几个小时之内,雅各布就喜欢上了这位基地指挥官。她妙语连珠,涉猎广泛,而且风情万种令人愉悦。两人相互讲述一些无关紧要的逸闻趣事,心有灵犀地把最有趣的故事留到最后。为了让她开心,雅各布给她讲了讲自己和玛卡凯一起工作的情形,讲述自己如何用尽各种手段——催眠、贿赂(允许她玩各种"玩具",比如瓦尔多鲸)和关爱——好让那头年轻的海豚能聚精会神地像人类那样抽象思考,来替代(或者说是增补)鲸梦。

接着,他又介绍了人类是如何一点点理解鲸梦的……借助霍皮人①和澳大利亚土著人的传统哲学,人们才通过翻译大致理解了海豚那完全陌生的世界观。

海琳·德席尔瓦是个很好的听众,能让雅各布滔滔不绝地说下去。等他终于讲完了自己的故事,海琳的脸上挂着满足的表情,投桃报李地给雅各布也讲了一个令人毛骨悚然的暗星故事。

她说起"女海神号"的口气,仿佛那艘飞船就是自己母亲、孩

---

①美国亚利桑那州东北部一个印第安部落。

子和爱人的三位一体。她跟飞船和全体船员朝夕相处只有短短三年——当然，那是她主观感觉的时间——但等他们回到地球，飞船和那些船员就成了她跟过去之间的唯一纽带。因为在她第一次起航离开地球时告别的那些人，如今大部分都已作古，只有几个当时尚年幼的活着见到了"女海神号"归来，而他们现在已进入耄耋之年了。

接到太阳潜入者项目的临时指派任务时，海琳毫不犹豫地加入了。能参加一次远征太阳的科学冒险，并且还有机会积累一些指挥经验，这些理由或许已经足够充分，但雅各布还是觉得海琳的选择背后另有原因。

虽然海琳竭力不表现出来，但显然她并不欣赏星舰船员回到地球后的两种极端行为——与世隔绝或是放浪形骸。表面上看起来，她说话斩钉截铁、办事雷厉风行，但她内心却是一个爱笑、顽皮的小女人，可就在这两种印象之外，雅各布还能窥探到海琳身上有某种深层的特质——或许那只能用"羞怯"来形容。他不禁期待这次水星之旅能够让他对海琳有更多的了解。

但是，他们约定共进的晚餐被推迟了。开普勒博士举办了一次正式宴会，在这种场合，所有人都毕恭毕敬、相互恭维，雅各布整晚都没什么机会跟海琳深聊。

不过，最郁闷的事情还是来自于太阳潜入者计划本身。

雅各布问过德席尔瓦、库拉，还有十几个基地工程人员，可每次都得到相同的回答：

"我很乐意回答您，德姆瓦先生，不过，等开普勒博士的介绍会开过之后再来讨论这个问题，是不是会更好？那样会更清楚一些……"

这可真是有点神秘兮兮的。

那一摞大数据库传来的文档还堆在雅各布的房间里。他现在又从头读起,在正常的清醒状态下,每次读一个小时。他艰难地啃着书本,那些孤立的零星片段这会儿读起来似曾相识。

……亦无从得知为什么普灵人会有两只眼睛,而他们星球上的其他本土生物都只长着一只眼睛。通常认为,普灵人和普灵星球其他生物之间的种种区别,乃是皮拉殖民者对他们进行基因改造的结果。虽然皮拉人不愿回答除了公会官员之外任何人的问题,但他们还是承认曾经对普灵人进行改造,使后者从一种在林间吊来荡去的树栖动物,进化成一个智慧种族,从此穿梭于皮拉人的城乡之间,为他们服务。

普灵人独特的牙齿结构与他们早先啃食树木的习惯有关。普灵星球上树木的外皮富含营养,因此普灵人进化出这副牙齿,好用来剥取树皮。对普灵星球上的许多植物来说,这层树皮就起着果实的作用,是它们传播孢子的器官……

原来库拉怪异的牙齿就是这么来的!知道了它的用途之后,再想起普灵人那副捣杵一般的大牙,多少让人感觉舒服些了。而且,了解到这副牙齿是用来吃素的,也非常令人宽慰。

重读这些文章,雅各布饶有兴致地意识到,分支数据库的这份报告做得有多么棒。原来的数据资料产生在大接触之前很久,地球之外几百光年的地方,留存至今,估计全文已经变成了一堆难以理解的外星符号。拉巴斯分支数据库的语义翻译机显然找到了窍门,能够把外星文字翻译成通顺的英文句子,尽管在翻译过程中,无疑还是会有一些语义损失。

在大接触之后不久,大数据库公会即开始尝试设计制造这种翻译机器,但屡遭失败。他们因此不得不转而寻求人类的帮助。这件事让人类获得了某种小小的满足。之前外星人习惯翻译的各种星际语言都起源于同一个源头,现在他们头一次面对人类的语言便束手无策,因为地球上所有的语言结构都是那么"随心所欲"、"毫不精确"。

尤其是英语,令外星人绝望地发出哼哼唧唧(或者叽叽喳喳、叮叮咚咚、噼噼啪啪)的叹息。外星人认为这种语言已经退化到极致,前言不搭后语,十分混乱。而新石器时代后期的印欧语则受到外星人青睐,因为它有着结构严谨的词格和词尾变化。然而,人类冥顽不化地拒绝为使用大数据库而改变自己的通用语言(尽管"皮族"和"衣族"都开始学习印欧语——他们各有各的乐趣),反而愿意派出他们最优秀的男女来帮助好心的外星人适应人类的语言。

皮拉人的各处殖民行星上,几乎都有普灵人在城乡间服务,除了皮拉人的母星:皮拉星球。皮拉星球的太阳是一颗F3等矮星[①],对目前这一代提升后的普灵人而言,它显然过于明亮了(普灵太阳光度为F7等)。这也是为什么皮拉人还在对普灵人的视觉系统进行基因改造研究的原因,而按照惯例,他们的提升许可本该已经过期……

……只允许普灵人殖民A级星球,也就是生命贫瘠、需要改

---

①一类光度较弱、体积和质量较小的恒星。恒星的光度不同,颜色也不同,可按其光谱分为七种类型:O、B、A、F、G、K和M,O型最热,M型最冷,每一种谱型又分为从0到9十个等级(也是按照从热到冷的顺序)。太阳也是一颗矮星,光度为G2等。

造地形的星球。在那里他们可以不受传统公会和移民公会的法令约束。皮拉人已经领导过数次圣战，显然不愿在一个古老而生机盎然的星球上选择提升的种族，因为搞得不好，就可能让自己陷入被动……

关于库拉种族的数据讲述了格莱蒂克文明的方方面面，读起来很引人入胜，但那种操纵和控制的制度，让雅各布感觉不太舒服。莫名其妙的是，他竟然觉得自己应该为此内疚。

正当他的重读进行到这里时，有人来通知他说，期待已久的开普勒博士的讲座终于要开始了。

这会儿他坐在放映室里，琢磨着开普勒什么时候才能进入正题。什么是食磁生物？大家说的跟探日飞船玩捉人游戏、以类人的形状做出姿态威胁飞船船员的"第二类"太阳人，又是怎么回事？

雅各布把目光转回全息投影仪。

开普勒选定一个暗条，放大到充满整个投影仪，接着又继续放大，直到观众们感觉自己都被那轻柔、炽热的物质包围了。这下细节看得更清楚了——纠结着的团块，表明那里有一根紧绷着的磁力线；飘来飘去的细线，像蒸汽一般运动着，由于多普勒效应，热气在镜头里时隐时现；一群群明亮的光点，飘舞在视线的远端。

开普勒仍在独自讲个不停，有些内容对雅各布而言过于专业，但他总会找到简单的比喻来加以说明。他的声音坚定而自信，显然这场演讲让他乐在其中。

开普勒指了指近处的一股等离子流。离子流十分浓密地扭结在一起，发出暗红色，卷动着几星痛苦挣扎的明亮光点。

"第一眼看上去,你们通常会认为这些都是压缩热点。"他说道,"如果我们再看看它们,就会发现谱型完全错了。"

开普勒调了调手中指示棒底部的一个开关,把图像放大到那根分支暗条的中央部位。

那些亮点慢慢变大。随着图像不断扩展,可以看到其中还有一些更小的点。

"现在你们应该想起来了,"开普勒说道,"我们之前看到的那些热点虽然非常明亮,但看起来还是红色的。那是飞船滤镜的作用,在拍摄这些图像的时候,滤镜只允许氢-阿尔法线附近非常窄的一段谱型光线通过。此时此刻,大家应该可以看到那些我们感兴趣的东西了。"

是啊,我看见了,雅各布心想。

那些亮点变成了一团耀眼的绿色!

它们像交通信号灯一般闪烁着,有着绿宝石一般的颜色。

"当然,有些绿蓝谱型的光可能会因为滤镜的拦截工作并非完全有效而成为漏网之鱼,但通常经过这么远的距离,它们也会被阿尔法射线完全'洗白'。所以,我们看到的这种绿色根本不是这些蓝绿谱型的光发出的!

"大家一定可以想象到我们的惊愕。没有任何一种热光源能够发出穿透这重重障碍的光。要做到这一点,这种光不仅要难以置信的明亮,而且还得是完全单色的,而它的温度将会是上百万度!"

雅各布在整个演示过程中一直窝在座位里,此刻却不禁直起腰来——有意思的内容终于来了。

"换句话说,"开普勒继续说道,"它们只能是激光。一颗恒星的确有可能产生自然激光,但是从未有人观察到我们的太阳上有这种事发生,因此我们进行了深入调查。结果,我们发现了谁也想象不出来的生命形式!"

这位科学家扭转指示棒上的控制器,全息投影仪中的视野开始变换起来。

前排观众中突然响起一阵轻柔的铃声。只见海琳·德席尔瓦拿起电话,低声对着话筒说起话来。

开普勒全神贯注于他的演示。慢慢地,那些亮点在投影仪里慢慢扩大,直到扩散成一个个小光环,但还是太小,无法辨认细节。

四周突然安静下来,雅各布听到了德席尔瓦低声讲电话的声音。

连开普勒都停了下来等着海琳,她正低声向电话另一头的人问着一连串的问题。

海琳放下了电话,脸色铁青,表情僵硬。雅各布看到她站起身向开普勒走过去,那位主讲人正站在那里,紧张地转动着手中的指示棒。海琳微微欠身,俯在开普勒的耳边低语,太阳潜入者计划主管的眼睛一下子闭上了;再次睁开眼睛时,他脸上的表情已是一片空白。

突然大家都开始说起话来。前排的库拉离开座位走到德席尔瓦身边。雅各布感到身边有一阵风掠过,原来是玛蒂娜医生快步走下过道,跑去开普勒的身旁。

雅各布也站起身来,转身对着旁边正站在过道里的斐金说道:"斐金,我想过去看看怎么回事儿,你在这里稍等一下。"

"不必了。"坎顿人像个哲学家似的慢慢说道。

"为什么?"

"我刚才听见人类指挥官海琳·德席尔瓦的电话了,雅各布朋友。那不是个好消息。"

雅各布暗自咒骂:总是这么呆头呆脑的,你这个浑身挂树叶的混蛋大茄子冬烘先生,那当然不是个好消息!

"那么到底是怎么回事?"他问道。

"我最深切地表示哀悼,雅各布朋友。看起来科学家黑猩猩杰弗里的探日飞船在你们太阳的色球层里坠毁了!"

第十一章　湍　流

在全息投影仪投出的赭色光线映照下，玛蒂娜医生站在开普勒的身旁，一遍遍呼唤着他的名字，还伸手在他空洞洞的眼睛前晃动。观众们乱哄哄地都跑上了讲台，叽叽喳喳个不停。外星人库拉独自伫立在一旁看着开普勒，他那巨大的圆脑袋轻轻地在瘦削的肩头晃动着。

雅各布对他说道："库拉……"

普灵人似乎没听见他的声音。一双巨眼里神情黯淡，雅各布还听到库拉的厚嘴唇后面传出一种嗡嗡的声音，好像是牙齿在打战。

全息投影仪仍在散发着那冷酷的光线，雅各布皱皱眉，走到呆立在那里的开普勒身前，从他手中轻轻地拿下遥控指示棒。玛蒂娜没有理会他，仍在徒劳地试图让开普勒清醒过来。

雅各布鼓捣了几下那根遥控指示棒，投影仪里的图像慢慢消失，房间里的灯光亮了起来。现在的气氛看起来似乎好多了。其他人一定也注意到了这个变化，因为嘈杂的说话声减弱下来了。

德席尔瓦从电话上抬起头，看见雅各布正拿着指示棒。她微笑着表示谢意,然后又接着对电话那边的人简要地提着问题。

一队医务人员抬着担架跑进了放映室。玛蒂娜医生领着他们把开普勒平放在担架上,穿过门口聚集的人群,轻轻地抬了出去。

雅各布回头看向库拉。斐金推来一张椅子在库拉身后放下,正试图让他坐下。雅各布走过去时,斐金枝头的沙沙声和高调子的口哨声停住了。

"我想他没什么事。"坎顿人语调平静地说道,"他是个容易动感情的人,我担心他失去了他的朋友杰弗里,会过度悲痛。这也是一个年轻种族面对关系亲密的人去世时常见的反应。"

"我们能做点什么吗?他能听见我们说话吗?"

库拉的眼神涣散。但雅各布之前也从未看懂库拉的眼神。那外星人的牙齿犹自颤个不停。

"我想他能听见。"斐金回答道。

雅各布抓起库拉的手臂,那细细的胳膊柔若无骨。

"来,库拉,"他说道,"你身后就有一把椅子。现在你要是坐下来,我们大家都会好受点儿。"

外星人想答话,巨大的嘴唇张开,牙齿打战的声音一下子变得很大。他眼睛的颜色略微变了变,嘴又闭上了。他颤抖着点点头,跟着人找到身后的椅子坐下,那颗浑圆的脑袋缓缓地垂下,双手掩面。

不知这外星人是不是真的太容易动情,总之他对一个地球人——一只黑猩猩的死反应如此强烈,多少有点怪异。归根结底,对他而言,死者是跟他化学构成完全不同的生物;死者的鱼类先祖跟他的先祖遨游在不同的海洋之中;屏息膜拜的也是另一个不同的太阳。

"大家静一静!"德席尔瓦站上了讲台。

"诸位之中有的人可能还不知道,初步报告显示,杰弗里博士的飞船可能已经坠毁在J-12活动区,靠近简氏黑子的地方。这只是初步报告,进一步确认还要等到我们分析完这次事故的遥测数据之后才能做出。"

拉洛克在房间的远处招手,想引起指挥官的注意。他一只手上握着一部微型相机,跟之前在探日飞船机库里被没收的那款并不一样。雅各布有点奇怪开普勒怎么还没把那部相机还给他。

"德席尔瓦小姐,"拉洛克插话道,"媒体可不可以参与遥测数据分析? 那份记录应该是公开的。"兴奋之下,拉洛克做作的口音也不见了。这样一来,那声不合时宜的称呼——"德席尔瓦小姐"——听起来便愈发古怪。

海琳沉吟片刻,并没有看着拉洛克。证人法案写得很清楚,如果拒绝别人查阅一份新闻事件的公开记录,那上面就必须有保密局的"封印"。而即便是对保密局的人而言,诚实公正也甚至比法律还重要,所以他们不会同意封存这些记录。拉洛克显然引起了海琳的担忧,好在他还没有逼人太甚。

"好吧。观察室在控制中心楼上,可以对所有感兴趣的人开放,除了……"她瞪着门口聚集的一群基地工作人员,"那些还有活儿要干的人。"说完这句话,她的眉毛一扬,门口那边的人们赶紧一哄而散。

"我们二十分钟后集合。"她结束讲话,走下了讲台。

赫尔墨斯基地的工作人员立刻开始离开会场。而那些初来乍到、还穿着地球服装的访客则没有那么匆忙。

拉洛克已经离开了,肯定是去找他的微波激射电台,好向地球发回他的报道。

唯独少了巴伯卡。会议开始前他还在跟玛蒂娜医生说着话,但这小熊般的外星人并没有进会议室。雅各布想知道大家开会的时候他在哪儿。

海琳来到他和斐金的身边。

"库拉还是个小家伙,"她轻声对雅各布说道,"他曾经开玩笑说,他之所以跟杰弗里关系这么好,是因为他俩都处在低等地位,还因为他俩都是刚从树上下来不久。"她同情地看着库拉,伸出一只手搭在那外星人的头侧。

那一定让人感觉很安慰,雅各布心想。

"悲伤是年轻种族的基本特权。"斐金的叶子沙沙作响。

德席尔瓦放下手,"雅各布,开普勒博士曾给我留下过锦囊妙计,让我在他万一出事的时候来找你和斐金。"

"哦?"

"是的。当然,那些指导没什么法律效力。我要做的只是让你们参加我们的工作会议。但你们肯定能帮上忙。我希望你们二位一会儿一定要去参加遥测数据回放分析。"

雅各布很欣赏她的态度。作为基地指挥官,她要为今天所做的一切决定负责。历数目前在水星上的重要人物,拉洛克来者不善,玛蒂娜对项目组也不甚友好,而巴伯卡则是神秘莫测。如果日后地球收到了水星上的情况报告,她当然希望有人站在她这边。

"当然,"斐金吹着口哨说,"能帮上忙是我们的荣幸。"

德席尔瓦回过身,柔声询问那外星人是不是好些了。库拉沉默片刻,把脸从手掌里抬起来,缓缓点了点头。他的牙齿不再打战,但眼神还是很呆滞,眼角有泪光闪烁。他看上去筋疲力尽,十分可怜。

德席尔瓦起身离开,去准备遥测回放了。过了一会儿,皮拉人巴伯卡雄赳赳地走进了会议室,他粗短的脖子有一圈褶皱,上面的皮毛油光水滑。他开口说话时嘴巴快速开合,胸前的传译器发出人耳可闻的声音:

"我听到了那个消息。大家都得去参加遥测分析,这很重要。我来领你们过去。"

巴伯卡动动身子,看向雅各布身后。他看到库拉正茫然地坐在那把简陋的折叠椅上。

"库拉!"他召唤道。普灵人抬起头,不太情愿地做了一个雅各布看不懂的动作,似乎是在表达哀求和拒绝。

巴伯卡勃然大怒。他叽里咕噜地发出一连串厉声尖叫。库拉跌跌撞撞地迅速站起身来。巴伯卡一下子转过身去,迈着有力的步伐向外走去。

雅各布、斐金和库拉跟在他身后。从斐金的"头"顶某个地方,传来了一阵奇怪的乐声。

第十二章　重　力

　　遥测室放满了各种设备，显得十分狭小。一面巨大的屏幕下方是两排共十来个操纵装置。受邀的人们正坐在小观众席上的栏杆后面，看着操作人员仔细地复查记录数据。

　　偶尔会有地球人，有男有女，探身凝视屏幕上的某个细部，徒劳地希望能够找出探日飞船还在的线索。

　　海琳·德席尔瓦站在最靠近观众席的几部操纵装置那里。杰弗里最后的语音记录正在那里显示出来。

　　屏幕上出现了几行字，那是数小时前，四千万千米之外的杰弗里在键盘上敲出来的。

　　自动飞行一切正常……在湍流中只好将时间系数调到十分之一……我二十秒就吃完了午饭，哈哈……

　　雅各布笑了。他能够想象那小黑猩猩对着调节差速器来上一脚的情形。

　　现在经过一号τ点……磁力线在眼前汇聚……仪器显示前

方有一群海琳说的那种生物……大概一百个……现在靠近……

这时,扬声器里传出了杰弗里那猩猩的吼叫声,粗鲁而又唐突:"等着看我在树上找到他们,兄弟们! 太阳上的第一次单独飞行! 泰山,你算什么,瞧我的!"

一位操作员忍不住笑了,然后关掉了这段录音。杰弗里的声音戛然而止,仿佛一声呜咽。

雅各布说话了:"他是一个人去的?"

"你不知道吗,"德席尔瓦看上去有点意外,"现在的潜日飞行都已经非常自动化了。只有计算机能够调节静滞场,保护乘客不被汹涌的湍流压得稀巴烂。杰夫……有两台计算机:一台在飞船上,还有一台在水星基地这里通过激光遥控。话说回来,在那种情况下,人类除了东摸摸西看看,还能做什么?"

"那为什么还要冒这个险?"

"那是开普勒博士的主意。"她略带辩解地回答道,"他想看看是不是只有人类才会引发太阳幽灵的感应,并因此逃跑或者做出威胁姿态。"

"他在简报会上可没提这事儿。"

她把一缕金发向后捋了捋。

"是的,好吧,在我们头几次碰到食磁动物的时候,都没有看到放牧者,也就是它们的主人。后来我们发现了放牧者,就离得远远的,好判断他们跟其他生物的关系。

"等我们终于靠近他们时,一开始,食磁动物的放牧者们直接跑掉了。然后,他们的行为发生了变化:虽然大多数还是会跑开,但却有一两个会跑到飞船的上方,就在设备层的可见视野之外,从那里靠近飞船!"

雅各布摇摇头，"我不明白……"

德席尔瓦瞥了一眼最近的控制台，情况没有什么进展。杰夫的飞船发回的报告只是些普通数据——有关太阳情况的例行报告。

"呃，雅各布，飞船近乎完美的镜面外壳之中有一层平坦的舱板。引力发动机、静滞场发生器和冷冻激光器都在位于这层舱板中央的那个小一点的圆形房间里。记录设备放置在'下'半层甲板边缘，而人员则在'上'半层，这样从两个半球都能看到飞船中纬线边缘外面的情形。可我们没想到有东西会刻意避开我们的镜头！"

"如果太阳幽灵跑到飞船顶部，躲在设备可见范围之外，你们操纵飞船做个转体不就行了吗，反正你们能全方位控制重力场？"

"我们试过。等我们转过去，还是看不见他们！更糟的是，无论我们转动得多快，他们总能保持在我们头顶上方。他们就悬停在那儿了！就是从那时起，有些船员开始看见了某种可恶的类人生物！"

房间里突然又响起杰弗里焦躁的声音。

"嗨！那儿有一整队牧羊犬正推着那些线圈滚来滚去呢！我这就去拍拍他们，可爱的小狗狗们！"

海琳耸耸肩。

"杰夫总是眼见为实。他从没看见过那些'头顶上的人形'，所以一直称呼那些放牧者为'牧羊犬'，因为他看不出他们的行为有什么智慧的迹象。"

雅各布不禁莞尔。新生黑猩猩有一份"人类有，我也要有"的执着，而对犬科动物居高临下的态度正是这种执着的表现。

由于狗先于他们与人类建立了特殊关系,也许这样做还能冲淡这一事实给他们带来的小小不痛快——有很多黑猩猩都将狗作为宠物。

"他管食磁动物叫线圈?"

"是啊,它们的形状就像一个大大的炸面包圈。如果简报没有……被打断,你本来能看到的。"她难过地摇摇头,垂下目光。

雅各布调换了一下双脚的姿势,"我想这事儿谁都无能为力……"他说道,但立刻发现自己的话不太吉利。德席尔瓦点点头,转身关注控制台去了。屏幕上充斥着各种数据。人们正在忙碌,或者说正在刻意装作忙碌。

巴伯卡卧在左边靠近栏杆的一只坐垫上。他手里拿着一部电子书,正全神贯注地阅读那小小屏幕上闪动的外星文字。当杰弗里的声音传来时,皮拉人抬起头倾听,然后意味深长地看了看皮埃尔·拉洛克。

拉洛克的眼都红了,正忙着记录这一"历史时刻"。时不时地,他还会对着自己微型相机上面的麦克风兴奋地低声说上几句。

"三分钟了。"德席尔瓦声音沙哑地说道。

接下来的一分钟里,还是什么信息也没有。接着,屏幕上再度出现那大大的文字:

大家伙们这次向我靠近了!起码有好几个。我刚刚打开了特写镜头……嗨!飞船开始倾……倾……倾斜!时间压缩器失灵了!

"准备撤离!"一阵低沉嘶哑的声音突然传来,"迅速上冲……更加倾斜！蛇形坠落！……外星人！他们……"

这时爆出一声很短的静电噪音，控制台操作员放大声音，只听到很大的一声扩音器啸叫，接着就是一片寂静。

好一阵子都没人说话。然后，一个控制台操作员从工位上站起来：

"爆炸已确认。"他说道。

海琳点点头，"谢谢。请准备一份总结报告，发回地球。"

奇怪的是，雅各布此刻最强烈的感情却是一种令人心酸的骄傲。作为提升中心的一员，他注意到杰弗里在生命的最后时刻甩掉了键盘。他并没有在恐惧面前投降，而是选择了一个骄傲而又相对困难的行动。杰夫作为一个地球人，大声地说话了。

雅各布想找人诉说这一感受。要说这里有谁能理解他，那就是斐金了。他起身向坎顿人的方向走去，还没到那儿，却听见皮埃尔·拉洛克尖声嘶叫："都是蠢货！"那记者带着难以置信的表情瞪着大家。

"我是最蠢的一个！所有人里，我最应该看出来送一只黑猩猩独自潜入太阳是多么危险！"

房间里一片寂静。拉洛克本来正夸张地挥舞着两只胳膊，这时脸上的表情一下变得愕然。

"你们看不出来？难道你们都瞎了眼？如果太阳人是我们的先祖——这一点没什么疑问——他们显然已经十分痛苦地避开我们好几千年了。只不过他们对我们也许还多少抱有某种感情，所以还没有把我们毁灭掉！

"他们曾经试图用明显的方式警告你们，还有你们的探日飞船，不要靠近，可你们却执意侵扰他们。突然有一个已经被自己遗弃了的种族,派出他们自己的受庇护种族贸然闯入,试想这些尊贵的生灵会如何反应? 被一只猴子侵犯,你说他们会怎么做!"

几名基地工作人员勃然而起。德席尔瓦不得不高声喝住他们。她看着拉洛克,脸色铁青。

"先生,可否请您把那些有趣的假设留到您的报纸上,少来些恶意谩骂,我们基地的人员会很乐于阅读它。"

"但是……"

"这个话题到此为止! 我们以后有的是时间讨论!"

"不,我们已经没时间了。"

大家循声转身,只见玛蒂娜医生正站在房间门口。"我认为最好现在就讨论这个问题。"她接着说道。

"开普勒博士没事吧?"雅各布问道。

玛蒂娜点点头,"我刚从他床边离开。我已经让他从震惊中苏醒过来。现在他睡了。但他临睡前非常急切地跟我说,我们要马上进行另一次潜日飞行。"

"马上? 为什么? 难道我们不应该等到搞清楚杰弗里的飞船到底发生了什么吗?"

"我们已经知道他的飞船发生了什么!"玛蒂娜断然回答道,"刚才进来的时候我听到了拉洛克先生的话,我不赞同你们对待他看法的方式! 你们都是这么狭隘、自负,就不能听一听不同的意见?"

"你的意思是,你真相信太阳幽灵是我们的先祖庇护者?"德席尔瓦难以置信地问道。

"也许是,也许不是。但他的话言之有理! 不管怎么说,太阳人在此之前也只是威胁我们一下而已吧,现在他们突然变得暴力，为什么？会不会是因为他们觉得杀死一个不成熟种族的成员，比如杰夫，没什么可内疚的？"

她悲哀地摇了摇头。

"你看，人类迟早都会认识到我们不得不做出改变！事实是其他所有呼吸氧气的种族都遵从同一个等级制度……这种尊卑贵贱的排序依据是各个种族的资历、实力和世系。你们有很多人不喜欢这套制度，但这是客观事实！如果我们不想重蹈19世纪非欧洲种族那些人的覆辙，我们就得学习如何以其他更强大的种族愿意接受的方式来对待他们！"

雅各布皱起眉头。

"你是说如果杀掉一只黑猩猩，就可以对人类起到威胁的作用，然后……"

"然后太阳人也许就可以不再被孩子和宠物们缠着了……"这时，一名操作员用拳头狠狠地砸了一下操作台。德席尔瓦瞪了他一眼，制止了他的进一步行为。"……却或许会愿意允许更年长、更有阅历的种族来跟他们谈话。说到底，我们不试试怎么知道？"

"我们的很多次潜日飞行，库拉都跟着去了，"那名控制台操作员小声嘀咕着，"他可是个受过训练的使节！"

"我无意冒犯普灵人库拉，"玛蒂娜向着那高高的外星人微微鞠躬，"不过，他也来自一个很年轻的种族，几乎跟我们差不多。很显然，太阳人并不认为他比我们更值得引起注意。

"不，我们不能指望库拉。其实此时此刻，水星上正好有两位贵客，他们都来自古老而又光荣的种族。我提议我们应该谦恭地请求皮拉人巴伯卡和坎顿人斐金和我们一起潜入太阳，进行再一次、也是最后一次飞行，实现和太阳人的接触！"

巴伯卡缓缓起身。他先环视四周,看到斐金打算等他先说话,便开口道:"如果人类说他们需要我到太阳上去,那么尽管你们原始的探日飞船有显而易见的危险,我也愿意接受邀请。"

他洋洋自得地回到了坐垫上。

斐金的枝叶唰唰响起来,他叹了口气,"我也愿意去。实际上,能有机会登上这么一艘飞船,叫我做什么都可以。我不知道自己能帮上什么忙,但我很高兴一起去。"

"可我反对,可恶!"德席尔瓦喊道,"我可担不起带着皮拉人巴伯卡和坎顿人斐金下去的政治责任,尤其是刚刚出了这么一次事故之后! 刚才你说到了要跟强大的外星种族搞好关系,可是你想过没有,如果他们下去之后死在一艘地球飞船上,会有什么后果?"

"哦,那怎么可能!"玛蒂娜说道,"如果有人能处理得当而不会让地球受到非难,那也只能是这两位智慧生物了。毕竟银河系里处处都有危险。我相信他们肯定愿意给我们写下免责声明。"

"我的声明文件已经记录在案了。"斐金说道。

巴伯卡也宽宏大量地声明他愿意冒着生命危险乘坐地球人原始的飞船,免除可能由此带来的一切责任。拉洛克连声称谢,皮拉人却转过身去。最后,连玛蒂娜都不得不出面请求拉洛克别再说话了。

德席尔瓦看看雅各布,他耸耸肩,说道:

"好吧,我们还有点时间。先让这里的工作人员检查一下杰夫的飞行数据;也好让开普勒博士身体恢复;同时,我们提议咨询一下地球的意见。"

玛蒂娜叹叹气,"要是那么简单就好了,你还是不明白。想想看，如果我们想跟太阳人修好，是不是应该回去找被杰夫的拜访冒犯了的那一伙人呢？"

"嗯，那倒不好说，不过听着也有道理。"

"那么你打算怎么去找那一伙太阳人呢，在太阳的大气层里？"

"估计我们得重返同一个活动区域，就是那群食磁动物被放养的地方……哦，我明白你的意思了。"

"我相信你明白了。"玛蒂娜微笑道，"太阳上的'地形'变化无常，也就根本没有一份地图可供参考。活动区域和太阳黑子几周之内就会消失！太阳本身并没有表面，有的只是不同层次不同密度的气体。哎，它的赤道地区甚至比其他纬度地区都要转动得更快！如果不马上出发，怎么能在杰夫拜访导致的坏影响蔓延到整个太阳之前，找到同一伙太阳人呢？"

雅各布有点迷惑了，转身看看德席尔瓦，"你觉得她说得对吗，海琳？"

海琳翻翻白眼，"谁知道呢，也许吧。这事儿可以考虑。我只知道在开普勒博士恢复清醒能够听取意见之前，我才不会做该死的任何事情！"

玛蒂娜医生蹙起眉头，"我告诉过你了！德韦恩也同意马上出发进行另一次探日飞行！"

"那我得听到他亲自跟我这么说！"德席尔瓦回答道。

"好了，我来了，海琳。"

德韦恩·开普勒站在门口，靠在门框上。在身边搀扶着他的是主任首席医师莱尔德，此刻，他正隔得老远狠狠瞪着玛蒂娜医生。

"德韦恩！你怎么起来了！想得心脏病吗?"玛蒂娜大步朝开普勒走过去,看起来既生气又充满关切。但开普勒挥手示意她离远点。

"我没事,米莉。我只是少吃了一点儿你给我开的药,然后就好了。如果剂量小一点,那药还是挺管用的。只不过就那么把我放倒,可不是什么治病的法子!"

开普勒虚弱地轻轻笑了笑,"不管怎么说,还好我及时醒来,赶得上听到你精彩的演说。我在门口听到了大部分。"

玛蒂娜的脸红了。

开普勒在吃药这件事上没有提到雅各布,令后者感到松了口气。着陆水星之后,雅各布可以找到实验室了,当然对他在"布拉德伯里号"上偷到的开普勒的药物样本进行了分析。

好在没有人过问这些样本是从哪儿来的。他拿着分析结果去咨询基地的医生,虽然医生认为有些药剂量似乎有点高,但大多数药物都只是治疗轻度狂躁症的常规用药,除了其中一种。

这种医生没认出来的药物,雅各布一直惦记着:又一个待解之谜。开普勒有什么病要吃这么大剂量的强力抗凝血剂？基地医师莱尔德知道以后大为愤怒,为什么玛蒂娜开的药方里有华法林①？

"你真的没问题了吗?"德席尔瓦问开普勒。她扶着他坐进一把椅子。

"我没事了,"他回答道,"再说,眼前还有要紧的事。

"首先,米莉认为太阳幽灵们对待皮拉人巴伯卡和坎顿人斐金会比对待我们这些人更加热情,这一点我可拿不准。我只知道,我绝对不会让他们去参加下一次潜日飞行,我可担不起这个

---

①即前文提到的强力抗凝血剂。

责任！原因很简单，要是他们死在那儿，那不会是太阳人干的……一定是死在地球人手上！我们的确需要立刻进行另一次潜日飞行，但是绝对不能带上我们尊贵的外星朋友……不过，正如米莉建议的，要想返回同一地区，必须马上就出发。"

德席尔瓦使劲儿地摇着头，"我坚决反对，长官！杰夫可能是被太阳幽灵杀死的，但也可能是他的飞船出了问题。而我认为是后一种可能，尽管我非常不愿意这么想……在下一次飞行之前，我们应该彻底检查……"

"哦，当然是飞船出了问题，"开普勒打断她道，"太阳幽灵没有杀死任何人。"

"你说什么？"拉洛克叫嚷道，"你瞎了眼吗，怎么能否认这么明显的事实！"

"德韦恩，"玛蒂娜柔声说道，"你太累了，先不要想这些了。"开普勒却再次挥手让她离远点。

"抱歉问一下，开普勒博士，"雅各布说道，"您刚才提到来自人类的威胁？德席尔瓦指挥官也许以为您是在说杰夫飞船的支撑装置出了故障才导致他的死亡。您是另有所指吗？"

"我只想知道一件事，"开普勒缓缓说道，"遥测记录是不是显示杰夫的飞船毁于静滞场突然失灵？"

之前说话的那个控制台操作员上前一步，"怎么……是的，长官。您怎么知道的？"

"我并不知道，"开普勒微微一笑，"但我猜得挺准，当我想到有人蓄意破坏的时候。"

"什么？！"玛蒂娜、德席尔瓦和拉洛克几乎同时喊出声来。

雅各布立刻注意到了这一点，"你是说在我们参观飞船的时候……"他转身看着拉洛克。玛蒂娜顺着他的目光看过去，倒吸一口凉气。

拉洛克后退一步，仿佛被鞭子抽了一下。"你疯了！"他喊道，"还有你！"他哆嗦着指向开普勒，"我怎么可能去蓄意破坏飞船引擎？那个疯狂的地方让我一直都感觉晕头转向的。"

"嘿，你瞧，拉洛克，"雅各布说道，"我可还什么都没说呢，而且，我相信开普勒博士也只是在猜测。"他冲着开普勒扬扬眉毛。

开普勒摇摇头，"恐怕我是认真的。拉洛克在杰夫的重力生成器那儿待了一个小时，旁边没有其他人。随后我们检查了重力生成器，看看有没有人为破坏的痕迹，但什么也没发现。直到后来我检查了拉洛克先生的相机，这才明白。

"我检查他的相机时，发现上面有一个小附件，原来是一支微型声波眩晕枪！"他从病号服的口袋里拿出那架微型相机，"这就是犹大之吻的发出者！"

拉洛克涨红了脸，"眩晕枪是我们记者常用的防身装备。我几乎都不记得还有这么个东西了。再说它也不可能对那么大的一台机器造成什么破坏啊！

"这一切都太离谱了！你们这些地球沙文主义者，食古不化的疯子，我们跟自己的庇护主友好接触的所有机会都快被你们给毁掉了，竟然还敢把这没来由的指控强加在我头上！是他害死了那只可怜的猴子，现在他还要嫁祸于人！"

"闭嘴，拉洛克。"德席尔瓦平静地说道，她转向开普勒，"您知道您在说什么吗，长官？有正式身份的公民绝不会仅仅出于不喜欢，就去谋害别人，只有缓刑犯才可能为一点小事就杀戮。您觉得拉洛克先生有什么理由会做下这么一件极端的事情呢？"

"我不清楚。"开普勒耸耸肩道，盯着拉洛克，"公民即便是出于正义杀了人，事后也还是会感到内疚。而拉洛克先生似乎毫无愧疚之心，所以，要么他是清白的，要么他是位好演员……要么他其实是个缓刑犯！"

"这是在太空里！"玛蒂娜喊道，"那不可能，德韦恩。你知道的，每座太空港都装备了缓刑信号接收器，每艘飞船也都装有探测器！你应该马上向拉洛克先生道歉！"

开普勒笑了，"道歉？最起码我知道拉洛克有一点是在撒谎，那就是他说重力环让他感觉'晕头转向'。我发了一份微波激射电报给地球，想调他的档案看看。那边非常配合。

"拉洛克先生原来是一位专业的宇航员呢！他最终被调离航天局，是因为'健康原因'——这是一个常见的借口，通常意味着某人的缓刑犯测试分数超标，因而被迫放弃敏感岗位上的工作！

"这也许证明不了什么，但至少说明拉洛克在太空飞船里的经验十分丰富，不可能会被杰弗里飞船上的重力环'吓得要死'。我真希望自己能及时发现这个，早点警告杰夫就好了。"

拉洛克还在抗议，玛蒂娜还在反对，但雅各布能感觉到房间里已经没人站在他们俩那边了。德席尔瓦死死盯着拉洛克，凶巴巴的眼神让雅各布都有点害怕。

"等一下，"雅各布举起一只手，"我们干吗不查一查水星这里是否混进了没佩戴信号发射器的缓刑犯呢？我建议大家都把自己的视网膜记录发回地球进行验证。如果拉洛克先生不是缓刑犯，那就该由开普勒博士来解释一位公民为什么会去杀人了。"

"那没问题，看在库库尔坎①的分上，我们现在就这么做吧！"

_____
①玛雅神话中的主神。

138

拉洛克说道，"但我有个条件，要做大家都做，不能只有我一个人！"这时，开普勒却似乎犹豫起来。

为了照顾开普勒，德席尔瓦命令整个基地的人工重力场强度降到水星标准。控制中心回复说重力调整过程需要大约五分钟。她继续对着对讲机宣布，立刻开始对基地工作人员和所有地球来访人员的身份验证，然后起身去监督各项准备工作。

遥测室里的人纷纷离开，向电梯走去。拉洛克紧紧跟着开普勒和玛蒂娜，仿佛想表现他是多么渴望证明自己的清白，他的下巴高昂着，一副殉道者的表情。

这三个人加上雅各布和另两个基地人员，正在等电梯过来，这时重力场开始改变。这种改变恰巧发生在电梯门口，实在令人啼笑皆非，因为大伙儿感觉脚下的地板仿佛突然开始自行下落了。

这些人都早已经习惯了重力变化——赫尔墨斯基地有很多地方都不具有地球重力。然而，通常这种转变都是通过一个静滞场控制通道进行的。尽管待在那里面也并不好受，但至少大家熟悉了那种方式，不会像现在这么不安。雅各布使劲儿咽着口水，而一个基地工作人员都有点儿发抖了。

正在这时，拉洛克突然扑过去一把抢过了开普勒手里的相机。玛蒂娜倒抽一口气，开普勒也惊讶地叫出声来。拉洛克转身一拳打在背后正抓着他的那名基地工作人员脸上，然后像个杂技演员一样扭身逃脱，手里拿着抢来的相机，向大厅跑回去。雅各布和另两个基地人员本能地追了过去。

眼前一道光闪过，雅各布的肩头一痛。他俯身躲闪另一记眩晕电击，脑海中响起了一个声音："好了，这是我的工作，现在看我的吧。"

他跑到一处过道里停了下来。刚才还感觉很兴奋,现在却完全乱套了,眼前的景物一时间竟模糊起来。他大口喘着气,靠在粗糙的墙面上,等着视线重新恢复清晰。

他此刻正独处于一条供给通道中,肩头隐隐作痛,脑中残留着的那种深深的自鸣得意的满足感,正像一个散去的梦一般逐渐消失。他小心地环视周围,叹了口气。

"你不是说现在看你的了吗? 不是说不需要我,你自己就能搞定了吗?"他咕哝着。肩膀开始刺疼,仿佛这会儿才苏醒过来。

自己的另一半意识是怎么跑出来的,雅各布无从知道,也不明白它为什么想要摆脱主体人格的帮助独自行事,但现在它一定是碰到麻烦了。

这想法让雅各布产生了一股恨意。海德①先生对自己的短处很在意,但最终还是没办法,投降认输了。

这就完了? 过去十分钟的记忆潮水般涌上来。他笑了。他那毫无是非观的另一个自我意识碰到了一道无法逾越的障碍。

皮埃尔·拉洛克在通道尽头的一个房间里。他抢回了自己的相机眩晕枪并且逃跑,造成了一片混乱。只有雅各布发现了他的痕迹,悄悄追踪过来。

雅各布像渔夫捕鲑鱼那样戏耍了拉洛克,让他以为自己已经逃脱了所有人的追捕。有一次,一小队基地人员都快要找到拉洛克了,却被雅各布给转移了视线。

现在拉洛克正在一间工具室里穿一套太空服,二十米之外就是一个密封舱门。他已经在那儿五分钟了,大概还得需要十分钟才能穿好——这就是那道无法逾越的障碍:海德先生没有

①化身博士中邪恶的那一半。

耐心等待。他只是一组冲动的集合,不是一个人。而雅各布却很有耐心。一切都在按他的计划进行。

雅各布厌恶地哼了一声,心中却不无酸楚。不久以前,那种冲动还是他日常生活的一部分。他能够理解那个"小我"人格为何不愿等待,因为它只想追求一时的满足。

又过了几分钟。他默默地盯着门口。现在即便是那个完全清醒的自我,也开始感到有些不耐烦了。他努力控制住自己,才没把手伸向门闩。

门闩自己转动起来。雅各布向后退了退,双手垂在身体两边。

门向外打开,门缝里探出一张宇航服头盔的透明面罩。拉洛克左看看、右看看,突然看到了雅各布,不禁吓得龇牙咧嘴。他推开门冲出来,手里握着一根塑料托架样的东西。

雅各布举起一只手,"慢着,拉洛克! 我想跟你谈谈。无论如何你是逃不掉的。"

"我不想伤害你,德姆瓦。快走开!"拉洛克闷闷的声音从胸前的一个扩音器传出,听起来十分紧张。他威胁似的弯了弯手中的塑料棍。

雅各布摇摇头,"对不起。在这里等你出来之前,我把通道那头的密封门撬坏了。你得穿着这身宇航服走一段远路,去找下一个出口了。"

拉洛克的脸扭曲了,"为什么? 我什么都没干,也没招惹你!"

"我们以后再证明这一点。现在跟我谈谈吧。时间不多了。"

"好,我谈!"拉洛克尖叫道,"我用这个跟你谈!"他挥舞着棍子冲了上来。

雅各布身形一矮,侧身,伸出双手想抓住拉洛克的手腕。但他忘记了自己麻木的左肩。他的左手只无力地挥了一下,就落了下来,他只好右手前伸,想阻挡一下砸下来的棍子,却只擦到了棍子的边儿。只听得头上几英寸①处,棍子带着风声呼地砸了下来,无计可施之下,雅各布一缩脖,向前滚倒。

这一滚起到了作用。刚刚调小的重力场帮了大忙,他一纵身就跳了起来。但现在右手也麻木了,上面很大一块瘀青。拉洛克穿着宇航服,却十分灵活地转过身来。开普勒怎么说的来着,拉洛克曾经是个宇航员?没时间细想,这家伙又冲上来了。

拉洛克用标准的剑道姿势双手握住棍子,毫不留情地劈头盖脸砸了下来。雅各布的手如果没受伤,本来应该很容易防住。但现在,他只得弯腰躲过这一击,一头顶在拉洛克的肚子上。他继续前冲,直到两人猛地撞在了通道的墙上。拉洛克"哎哟"一声,手里的棍子滑落下来。

雅各布一脚把棍子踢远,向后一跃。

"住手,拉洛克!"他大口喘着气,"我只是想跟你谈谈……没人有确凿的证据指控你,你为什么要跑呢? 在这儿也没别的地方可去啊!"

拉洛克痛苦地摇摇头,"对不起,德姆瓦。"那装出来的口音完全消失了。他张开双臂,猛地扑了过来。

雅各布接连向后跳了几步,直到距离合适。他慢慢地数着数,数到五的时候,他闭上了眼睛。刹那间,雅各布·德姆瓦身心合一。他后撤一步,循着脑中想象的轨迹,伸脚踢向对方的下巴。他的脚尖画过一道弧线,啪的一声踢出去,仿佛过了好几分钟才碰到对方,那碰触的感觉就像一根鸿毛一样轻盈。

拉洛克飞了起来。雅各布·德姆瓦看着这具穿着宇航服的

---

① 1 英寸 = 2.54 厘米。

庞大身躯向后飞出去,就像慢动作一般。他似乎感同身受,就像那是他自己在半空中划过,带着羞辱和伤痛慢慢坠落,直到坚硬的地板透过宇航服装备包猛烈地撞击自己的后背。

这一阵出神马上结束了,他走过去取下拉洛克的头盔,拉着那家伙靠墙坐起来。拉洛克低声哭泣起来。

雅各布注意到拉洛克腰上还拴着一个包。他摘下来翻开看了看,拉洛克想伸手阻拦,被他一把推开。

"那么,"雅各布撇着嘴说道,"你没有对我使用眩晕枪,是因为这相机太珍贵了。为什么? 我想知道。我们看看里面的内容,也许就能知道了。"

"来吧,拉洛克,"他站起身,把那家伙也拽了起来,"我们这就去找台放映机。除非你现在有话要说?"

拉洛克摇摇头。他顺从地任凭雅各布拽着他的胳膊前行。

走到主通道,雅各布正准备转向放映室,德韦恩·开普勒领着一群人发现了他们。尽管重力场已经减弱,这位科学家还是完全倚靠在旁边一位医护人员的肩上。

"啊哈! 你抓住他了。太好了! 这证明了我说的一切! 这个人想逃脱正义的惩罚! 他是个杀人犯!"

"这件事我们还要继续调查,"雅各布说道,"这次铤而走险只能说明他害怕了。一个合法公民要是恐慌起来,也可能会变得暴力。我想知道的是他打算逃到哪儿去。外面除了一堆破石头,可什么都没有! 也许您应该派人出去搜查一下基地附近的区域,看看到底是怎么回事。"

开普勒笑了起来。

"我想他并不是要去哪儿。缓刑犯从来就是没头苍蝇。他们靠本能行事。他只是想出去找个地方藏起来,就像一只被追捕的动物。"

拉洛克的脸上木无表情。但是,雅各布感觉当他提到派人
搜查外面时,拉洛克的胳膊绷紧了;等开普勒没有采纳这个建议
的时候,它们又放松下来。

"那么说,你认为这不是一起公民犯下的谋杀案了。"雅各布
对开普勒说道,他们正转身朝电梯走去,开普勒走得很慢。

"动机是什么? 可怜的杰夫连一只苍蝇都不愿伤害! 他是
一位正派的、敬畏上帝的黑猩猩! 另外,已经十年没有公民杀人
的记录了! 这事儿就像天上掉金子一样稀罕!"

雅各布并不相信开普勒的说法。那统计数据不过是警方的
说辞而已。但他没有再说什么。

走到电梯旁,开普勒对着墙上的对讲机简短地说了什么,马
上又来了几个人,从雅各布手中接过了拉洛克。

"对了,你找到相机了吗?"开普勒问道。

雅各布敷衍了几句。他想先把相机藏起来,然后过一阵子
再假装发现它。

"Ma camera a votre oncle!"[①]拉洛克喊道。他伸出一只手去
抓雅各布的口袋。几个基地人员拉住了他。另一个人走上前来
伸出手。雅各布不情愿地交出了相机。

"他说什么?"开普勒问道,"那是什么语言?"

雅各布耸耸肩。这时一部电梯到了,更多的人走了出来,其
中就有玛蒂娜和德席尔瓦。

"那只是一句骂人话,"他说道,"我想他可能不怎么喜欢您
的祖上。"

开普勒大声笑了起来。

---

①法语,直译为"我的相机上有你叔叔"。

第十三章　太阳之下

在雅各布看来,通信中心的穹顶室仿佛一层柏油上面鼓起的一个大泡。在那个由玻璃和静滞场组成的半球周围,水星表面散发着昏暗的微光。晶莹的反射阳光,让人更加觉得自己身处一颗深陷泥沼、无法脱身到洁净太空去的大水晶球之中。

近处的岩石显得十分怪异。高温和恒久的太阳风粒子辐射催生出非比寻常的矿物。人们被粉尘和奇特的晶体形状弄得眼花缭乱,更别提去看那些熔岩坑了。

地平线附近还有一样引人注目的东西。

那是太阳。它显得非常昏暗,这是由于强力过滤屏的作用。那个白花花的黄球看起来就像一支金色的蒲公英,触手可及;又仿佛是一枚炽热的硬币。暗色的太阳黑子成群结队,从赤道附近向东北和东南方向散开。太阳表面的质地光滑,让人无法聚焦。

直接盯着太阳看让雅各布有一种奇怪的超然感觉。穹顶室里的人沐浴在阳光之中,看上去容光焕发。阳光仿佛在亲吻雅各布的额头。

雅各布就像一条远古蜥蜴,为了获取更多的热量,伸展开身体的每一寸地方,向着天空之主,在火热的阳光下感受着召唤,渴望向它奔去。

他确信无疑:那个大火炉里居住着一群生命体,他们非常古老,非常冷漠。

在穹顶室之下,人和机器脚下的地板是硅酸铁铸成的。雅各布仰着脖子看着一座巨大的塔楼,它矗立在整个房间的中央,从静滞场顶部探出去,暴露在水星表面炽热的阳光下。

塔楼的顶部是微波激射器和激光发射器,赫尔墨斯基地正是依靠它们与地球保持联络。此外,通过一个环绕在距离太阳表面一千五百万千米高空之上的同步卫星网,它们还能够追踪探日飞船,深入到太阳神的大旋涡之中去。

微波激射通信现在十分繁忙。一个个视网膜记录正以光速发回地球上的计算机。时常有人会不禁幻想自己骑着这电波返回地球,返回那蓝色的天空和大海。

视网膜扫描仪是一部小型机器,安装在由大数据库公会设计的电脑系统的激光装置部分。这台扫描仪其实就是一台大目镜,人们可以把面部贴上去,剩下的光学输入工作会自动完成。

尽管外星人可以不参加这次缓刑犯搜查(他们不可能是缓刑犯,再说肯定也没有他们的视网膜记录),库拉还是坚持接受扫描。作为杰弗里的朋友,他宣称自己有权象征性地参加到这只黑猩猩的死亡调查行动中来。库拉费了很大力气才把他那双巨眼一次一只地塞进目镜口。他一动不动地保持了很长时间。终于,一声音乐响起,这外星人起身离开了机器。

操作员调整了目镜的高度,好让海琳·德席尔瓦接受扫描。

接下来轮到了雅各布。他等着目镜调整好,然后把鼻子、脸颊和前额贴住支架,睁开了双眼。

目镜里除了一个蓝色的光点,别无他物。这让雅各布想起了什么,但却一时无法准确记起。那蓝色的光点似乎能随着他的目光转动、闪烁,仿佛一个幽灵。

音乐声响起,他的扫描也结束了。他退下检测台,回到房间。这时,开普勒由米莉·玛蒂娜搀扶着走了过来。科学家经过的时候冲他微笑了一下。

刚才我就意识到了! 雅各布心想。那个光点很像一个人眼睛里闪烁的光。

哦,好吧,这也挺合理,计算机现在也差不多会思考了,有的甚至被认为已经具备幽默感了。那这一台有什么不可以? 人类给计算机装上眼睛,让它们能闪光;再给它们装上胳膊,让它们能叉着腰。人类让它们的目光有了含义,都能摄人魂魄了。这些机器干吗不直接披上那些被它们摄取了魂魄的人皮呢?

拉洛克坐在扫描仪前面,表情镇定。结束之后,他漠然地坐在一边一言不发,任凭海琳·德席尔瓦和几个手下瞪着他看。

基地指挥官叫了些小吃进来,每一个和探日飞船有关的人都分别接受了扫描。很多技术人员都对自己的工作被打断很是不满。雅各布看着接受检查的队伍通过,不得不承认这事儿花费了太多的时间。他没想到海琳会要求所有人都接受扫描。

德席尔瓦在坐电梯上来的时候曾略略做了一番解释。然后她安排开普勒和拉洛克各上一部车,自己跟雅各布同乘一部车。

"有一件事我想不明白。"雅各布说道。

"才一件事?"海琳苦笑道。

"呃,这件特别突出。开普勒博士指控拉洛克破坏了杰夫的飞船,为什么他不等调查结果出来,就坚决反对巴伯卡和斐金参加潜日飞行呢? 如果这事儿真是拉洛克干的,那我们已经把他抓起来了,下次飞行就应该是十分安全的了。"

德席尔瓦看着他,沉思起来。

"我想,如果这个基地还有谁值得我信赖的话,那就是你了,雅各布。所以,我来告诉你我的真实想法。

"在这个项目上,开普勒博士一直不想接受外星人的帮助。你会知道我现在给你讲的是需要保密的,不过我觉得,绝大多数航天员都会面临的如何平衡地球和外星两种文化的感情问题,在他身上尤其严重。他的背景使得他激烈地反对丹尼肯派哲学,我认为这也导致了他对外星人的某种不信任。而且,他的很多同事被大数据库抢走了饭碗。对他们这种视科学研究为生命的人来说,那的确很悲惨。

"我倒不是说他就是个'皮族'什么的,他和斐金相处得很好,也能在其他外星人面前掩饰自己的感情。不过他可以说,既然拉洛克能跑到水星这儿来,别的危险分子也可以。所以,他会以保护我们外星客人的安全作为借口,反对他们上飞船。"

"但是库拉几乎参加了每次潜日飞行。"

德席尔瓦耸耸肩,"库拉不算,他是个受庇护种族。

"我只知道一件事:我准备去搞清楚开普勒博士到底在想什么。基地里的每一个人类都接受了检查,巴伯卡和斐金应该参加下次飞行,实在不得已,我会把他们绑架上去! 我不能容忍一星半点的流言,说人类基地成员是靠不住的!"

她咬紧牙点了点头。这一刻雅各布觉得她有点严酷过头了。虽然他可以理解她的感受,但看到这美丽女子像个男人般强悍还是不太舒服;同时,他还怀疑海琳的动机是不是真就那么单纯。

微波激射器旁边站着一个接线员,此刻他收到了来自地球的回复。他拆开信封,拿给德席尔瓦。大家都看着她阅读那封电报,房间里一片寂静,充满了紧张的气氛。片刻之后,德席尔瓦表情严峻地转向旁边站着的几个身高体壮的基地人员说道:"把拉洛克先生押起来。他将由下一班飞船遣送回地球。"

"罪名是什么!"拉洛克喊道,"你不能这么做,你,你这个尼安德特女人! 你将为这种侮辱付出代价!"

德席尔瓦轻蔑地瞧着他,好像在打量一只虫子,"罪名是非法移除缓刑信号发射器。其他的指控很快也会加上。"

"撒谎,撒谎!"拉洛克号叫着跳了起来。他被一名基地人员抓住胳膊拖向电梯,狂怒之下竟再也说不出话来。

德席尔瓦没有理会,转向雅各布说道:"德姆瓦先生,另一艘探日飞船将在三小时内准备就绪。我去告诉其他人。

"我们可以在路上睡一会儿。再次感谢您在这件事上对我们的帮助。"

还没等雅各布回答,她就转身离开,低声向聚在那儿的基地人员传达指令,很好地掩饰了她的愤怒:太空里混进了一个缓刑犯!

雅各布看着穹顶室里的人群渐渐散去,又待了几分钟。一起谋杀案,一次疯狂的追捕,现在又多了一项重罪。那又怎么样,他心想,如果我是个缓刑犯,我可能也会那么做,如果这也算一项重罪,那拉洛克当然也有可能会杀人。

尽管雅各布不喜欢拉洛克,但他却从未想过这位记者会冷血地杀人,哪怕对方曾经拎着塑料棍恶狠狠地砸向自己。

在意识深处,雅各布能感觉到他的另一半意识正摩拳擦掌兴奋不已……太阳潜入者计划的迂回曲折令这一半意识异常振奋,此刻正嚷嚷着要跳出来。

忘了他。

玛蒂娜医生从电梯那里向他走过来,看上去非常震惊。

"雅各布……你,你不认为皮埃尔会杀死那个小家伙,对吧? 我是说,他喜欢黑猩猩!"

"我很抱歉,不过证据似乎是这么显示的。我和你一样不喜欢缓刑法案,但被强加了那个身份的人的确很容易有暴力行为,而拉洛克先生移除身上的发射器,也的确是违法行为。

"但是不要担心,他们回到地球会搞清楚这一切的。拉洛克肯定会获得一个公正的审判。"

"但是……他已经被不公正地指控了!"她冲口而出,"他不是缓刑犯,也不是杀人犯! 我能证明!"

"那好极了! 你有证据在手吗?"

他马上又皱起眉头,"但地球来电说他是个缓刑犯啊!"

她咬着嘴唇,避开他的眼睛,说道:"那封电报是假的。"

雅各布有点同情她。现在这位超级自信的心理学家说话结结巴巴、牵强附会,显然是惊吓过度。此情此景令人黯然,他真希望自己赶快离开这儿。

"你有证据说那封电报是假的? 我能看看吗?"

玛蒂娜抬起头看着他,突然显得十分犹豫,欲言又止。

"那个……那个基地人员。你亲眼看到那封电报的内容了吗? 那个女人……我们只是听她说的。她跟这里的人都恨皮埃尔……"

她的声音越来越小，似乎也知道自己的话站不住脚。雅各布心想，毕竟，难道指挥官捏造电文内容传达给大家，就不怕有人会要求亲眼看一看？就算是那样，难道她仅仅为了一点儿私人恩怨，就冒险押上自己七十年的声誉，不怕拉洛克起诉她？

或许玛蒂娜原本想说的不是这些？

"你还是回房间休息一下吧，"他轻声说，"不必担心拉洛克先生。他们需要找到更多的证据，才能在地球的法庭上证明他有罪。"

玛蒂娜跟着雅各布走进了电梯。他回过头，看到德席尔瓦正忙着作人员部署，开普勒已经下去了。库拉愁眉苦脸地站在斐金身边，两个人高高地站在房间里十分惹眼。在所有人头上，是一轮硕大的金黄色太阳。

电梯门关上的时候，雅各布心想，不知道这算不算是一次旅程的好开端。

第五部

生命是物理世界的延伸。生物系统有自己的独特属性,但它们同样要遵守由环境和器官本身设下的物理和化学属性的限制……生物学问题的进化论解决之道……要受到物理化学环境的影响。

——罗伯特·E.里克莱夫斯[①]

《生态学》,凯龙出版社

---

①罗伯特·E.里克莱夫斯(Robert Eric Ricklefs,1943—)生于1943年,美国鸟类学家和生态学家。

第十四章 最深的海

　　那个项目名叫伊卡洛斯,之前已经有三个空间项目曾以此命名,不过这次才是头一个名副其实的[①]。雅各布的父辈出生之前很久——早于大起义和邦联条约缔结、动力卫星联盟成立,甚至要早于旧官僚政府的发展成熟——NASA的老爷爷老奶奶们觉得,向太阳投放一台单次抛弃型探测器去看看里面到底什么样,应该是件有趣的事情。

　　他们发现,探测器靠近太阳的时候,莫名其妙地烧毁了。

　　那时正值美国的"夕阳红"[②]年代,没有什么事情是不可能的。美国人已经把城市建在了太空里,建造一台更加耐用的探测器更是不在话下!

　　新的探测器很快被制造出来。探测器外壳采用的材料可以承受闻所未闻的高压,其表面几乎能把任何光线都反射出去。探测器外包裹的磁场可以引导日冕和色球层中杂乱无章却奇热

---

①伊卡洛斯,希腊神话中的人物,他和父亲代达罗斯一起用蜡和羽毛制成翅膀,飞离克里特岛。途中他飞得过高,翅膀被太阳融化,坠海而死。因此,文中说单次抛弃型太阳探测器项目叫这个名字是名副其实。

②Indian Summer,字面意思是"印第安之夏",原指北美秋末冬初一段风和日丽的日子,引申为快乐恬静的一段时光,尤指生命或职业生涯末期。

无比的离子体环绕并最终离开外壳。强大的通信激光能够穿透太阳大气层，往返发送指令和数据。

然而，这台自动探测器还是被烧毁了。不管镜面反射层和绝热层做得多么好，不管超导体是多么均匀地分散了热量，热力学定律仍然不可动摇——或快或慢，热量总会从高温区域传向低温区域。

要不是蒂娜·麦茜特指出了另一条路，太阳物理学家们可能就只得靠这么接连烧掉探测器，来换取一条条的零星情报。她当时问道："我们为什么不用主动冷却？我们手里有足够的能量，可以用冷却法把热量从探测器的一个部分传递到另一个部分。"

一个同事回答说，使用超导体让整个探测器各部分热量均等应该没有问题。

"我什么时候说热量均等了？"这位剑桥毕业的美女反问道，"我们应该把所有多余热量从探测器上安置仪器的那部分抽取出来，再传送到没有仪器的那部分。"

"可是那个部分就会被烧毁！"另一位同事说道。

"没错，但是我们可以先制造一根这样的'传热链'，"另一位工程师略带兴奋地说道，"然后我们再把这根链条一节一节地抛掉……"

"不，不，你还是没明白我的意思。"那位三次获得诺贝尔奖的女子大步走到黑板前，在上面画了一个大圆圈，然后又在大圆圈里面画了一个小圆圈。

"在这儿！"她指着那个小圆圈说道，"我们把热量传递到这儿，直到在那么一小段时间里，这里比飞船外围的等离子体还要热。然后，在这些热量毁坏设备之前，我们就可以把它传递到外面的色球层去。"

"那么，"一位著名的物理学家问道，"你打算怎么实现这个计划？"

蒂娜·麦茜特微笑着，仿佛已经看到太空航空学奖就要颁发给她了。"我就知道你会这么问！"她说，"我们的探测器上已经装了一部通信激光器，它的亮度温度①达到了几百万度！就用它！"

人类由此进入了太阳探测器的时代。部分依靠浮力、部分依靠冷冻激光器的热量平衡，探测器可以在太阳中悬浮好几天甚至好几周，观测太阳上的细微变化及其对地球天气造成的影响。

那个时代被大接触终结。但是人们很快又有了一种新型的探日飞船。

雅各布想到蒂娜·麦茜特，不知道如果这位伟大的女士此刻正站在这艘探日飞船上，平稳地航行在这颗易怒星球最狂暴的地带，她是会感到骄傲，还是会完全晕掉。她也许会说："我的设计当然就是这样！"但是她又怎能知道，为了让人类能够驾船行驶在这片风暴之中，人们必须给她的设计再补充上一项外星科技呢？

对雅各布来说，这种科技的混合并不让人安心。

他当然知道这艘飞船已经有几十次成功的潜日飞行了。没有理由怀疑它的安全性。

只不过另一艘飞船刚刚离奇地在三天前坠毁，而那艘飞船

---

①若实际物体在某一波长下的光辐射度（即光谱辐射亮度）与绝对黑体在同一波长下的光谱辐射度相等，则黑体的温度被称为实际物体在该波长下的亮度温度。

正是这艘飞船的完美缩小版。

杰夫的飞船此刻可能已经化为一片由熔化的陶瓷碎片和电离气体组成的浮云,散布在太阳大旋涡几百万立方英里的范围里。雅各布试着想象黑猩猩科学家失去了时-空静滞场的保护,在生命的最后时刻见到的色球层风暴是什么样子。

他闭上眼睛,轻轻地揉了揉。他盯着太阳看了半天,都没怎么眨眼。

雅各布正坐在与舱板平行的一张观察座椅上,从他的角度看过去,太阳几乎占据了整个头顶上方的天空。头顶上这颗大球轻柔而缓慢地移动着,上面色彩斑驳,红色、有黑色,还有白色。太阳边缘伸向太空的纤弱日珥,扭结在一起的黑色暗条,还有那些凹陷的太阳黑子,由外向内颜色色越来越深,在氢-阿尔法滤镜的作用下,这一切都泛着暗红色的光。

太阳上的"地形"有着几乎无穷的样式和纹理。从快到肉眼无法辨识的一次闪动,到庄严宏伟的缓慢转动,他视野所及,一切都在运动。

尽管时间一小时一小时地过去,眼前的情景没有什么大的变化,但雅各布现在已经能辨识许多细微的运动了。其中最快的是那些斑驳的巨大米粒组织①边缘林立的细长"针状体"②的此起彼伏。雅各布知道,虽然这种起伏只发生在几秒钟之内,但其实每一根针状体都覆盖了几千平方英里的面积。

雅各布在飞船下半球的望远镜那里花了不少时间,目睹一束束跳跃的超高温等离子体像活跃的喷泉一般喷射出光球层,逃离了太阳的引力,变成混杂着声音和物质的翻腾巨浪,最后又

---

①太阳光球层上面的米粒状斑点。
②色球层表面的针形短暂日珥。

转化成日冕和太阳风。

在针状体包围之中的一个个巨大的米粒组织,正随着其下积压了数百万年的热量突然涌出并转变为光,以复杂的节奏不停振动着。

这些巨大的色块串联起来,它们的振动就构成了太阳这个近乎完美的球体的基本状态—— 一座不断鸣响着的恒星大钟。

色球层就流动在所有这些色块和针状体之上,就像浩瀚的海水在海底之上翻滚。如果可以把针状体之上动荡的区域想象成珊瑚礁,而那些随着磁场四处流动的巨大的缥缈暗条,则是一堆堆的海藻轻柔地随波逐流。只不过,这每一根粉色的拱形都有地球的好几倍大!

雅各布再次恋恋不舍地把视线从那沸腾的球体上移开。他心想:不知道其他人是怎么抗拒这种诱惑的?

整个观察室他尽收眼底,除了挡在四十英尺高的中央穹顶室背后的那一小片区域。

这时,中央穹顶室突然开了一道门,光线从里面泼洒出来。一个男人的侧影出现了,后面还跟着一个高个子女人。雅各布不用仔细看就知道那是德席尔瓦。

海琳微笑着走过来,叠着腿在他身边的椅子上坐下。

"早安,德姆瓦先生。我希望你昨天晚上睡得不错。今天可是会很忙。"

雅各布笑起来,"你口口声声说着什么晚上晚上的,其实用不着这么说,有什么日出日落嘛。"他冲着那占据了半个天空的太阳扬扬头。

"倒转飞船,造出八个小时的夜晚,这可以让那些地球来的笨家伙睡个好觉。"她说道。

"这你不必担心，"雅各布说道，"我任何时候都能呼呼大睡。这是我最大的本事。"

海琳笑了，"没关系，反正这也不麻烦。说到这儿我倒想起来，探日宇航员们还真有个传统，就是每次降落之前，都要翻转飞船一次，我们把那就叫作晚上。"

"才两年，你们都有传统了？"

"哦，这个传统可比探日项目早多了！可以追溯到很久很久以前，那时的人们想不出能够登上太阳的办法，除非……"她停住了话头。

雅各布大声叹息道："除非晚上去，那时候太阳就没那么热了！"

"你怎么知道！"

"这很'暗'显，我亲爱的华生。"①

现在轮到德席尔瓦叹了口气，"其实，我们的确希望在这些即将潜入太阳的人心中能产生一种传统的感觉。我们成立了一个俱乐部，叫作'吞火者'。等回到水星，你也可以加入。不过，我不知道入会的条件都有哪些……"

"我义无反顾，指挥官。我很荣幸能成为一名吞火者。"

"好极了！还有，别忘了，你还欠我一个故事：你是怎么拯救'芬尼拉号'高塔的？我没告诉你吧，在'女海神号'返回的时候看它，我有多高兴。我想听那个保全了它的人给我讲讲它。"

雅各布的目光越过了德席尔瓦。有那么一会儿，他觉得自己仿佛听到了风声呼啸，有人在呼喊……那是人在坠落时发出的难以听清的大叫……他晃了晃头。

---

①此处巧妙移用福尔摩斯在给华生解释推理过程时常用的口头禅。变elementary(明显)为filamentary（"暗"显），这里的"暗"是指暗条。

"哦,我给你留着。这个故事不太适合拿来交换。还有别人也参与拯救了那座高塔,那些人的故事你也许会想听听。"

海琳的脸上露出了一丝同情,说明她知道雅各布在厄瓜多尔的遭遇,也希望他在合适的时候能讲给她听。

"我十分期待听你讲讲这个故事。我也想好了一个故事讲给你听。那是发生在奥姆尼瓦利亚姆的唱歌鸟的故事。那颗行星实在是太安静了,人类定居者不得不小心翼翼,以防那里的鸟类模仿他们弄出来的声音。这使得那里的人类定居者亲热的时候行为发生了有趣的变化,尤其是女人们,具体的表现嘛,就取决于她们是想用那种古老的方式告诉大家自己的伴侣有多'生猛'呢,还是遮遮掩掩、娇羞万分啦!不过这会儿我得回去工作了。等我们过了第一次湍流的时候,我再讲给你听。"

雅各布跟着海琳起身,目送着她走向指挥站。飞往太阳色球层的路上可能并不是一个欣赏女人步态的好时候,但直到海琳走出视线,雅各布还是久久不愿收回目光。星河舰队的成员们走起路来身形曼妙,令他十分羡慕。该死,她没准儿是故意这么走路的。只要不是在忙着工作,海琳·德席尔瓦显然十分热衷于打情骂俏。

不过,她对雅各布的态度却有点异乎寻常。考虑到雅各布在水星上微不足道的贡献和他们之间为数不多的几次愉快的谈话,海琳对他的信任有加好像有点特别。也许她另有所图。要真是这样,雅各布可想不出来会是什么。

另一方面,也许是因为在"女海神号"上远离地球待久了,人们的行事会更加直接。再说她是在奥尼尔殖民地长大的,那时人民正在反省政治的低效和愚蠢,而雅各布则是在高度个人主义的邦联社会中长大的,因而海琳跟他比起来可能会更加相信直觉。

他不禁想知道，斐金是怎么对海琳说自己的。

雅各布来到了中央穹顶室。

走出去之后，雅各布感觉清醒多了。在穹顶室的另一端，他看到玛蒂娜医生和两位直立外星人正站在饮食机旁边。她正微笑地看着他，库拉的眼里也闪着友善的光，连巴伯卡都通过传译器叽里咕噜地向他致以问候。

他按下按钮，要了一份橙汁和煎蛋卷。

"你知道吗，雅各布，昨晚你回房太早了。你回去睡觉之后，皮拉人巴伯卡给我们讲了几个难以置信的故事。真是太吓人了！"

雅各布向巴伯卡微微欠身，"我很抱歉，皮拉人巴伯卡。昨天我很累，不然我一定会非常激动地听您讲伟大的格莱蒂克人，尤其是光辉的皮拉人。我相信这种故事之多一定是数不胜数吧。"

玛蒂娜一下子有点紧张，但巴伯卡却沾沾自喜，看起来挺受用。雅各布知道冒犯这位小个子外星人是很危险的，不过他猜测这位大使或许不觉得别人对他的嘲讽是一种冒犯。

玛蒂娜盛情邀请他和他们共进早餐，沙发都被升起来当作餐桌用了。德席尔瓦那四个贴身手下里，有两人就坐在旁边吃饭。

"有人看到斐金了吗？"

玛蒂娜医生摇摇头，"没有。恐怕他在飞船下半球已经至少待了十二个小时了。不明白他为什么不来跟我一起吃饭。"

斐金可很少沉默寡言。之前雅各布去放置仪器的飞船下半球摆弄望远镜的时候,就看到斐金在那儿了,可他却没怎么说话。现在除了外星人之外的任何人要去那半球,都要经过指挥官允许,因此这会儿那半球只有斐金一个人在里面。

雅各布心想:要是到了午饭时间还没听到斐金的消息,我就得去瞧瞧是怎么回事儿了。

旁边,玛蒂娜和巴伯卡正在谈话,库拉偶尔说上几句,也净是讨好的迎合。普灵人那厚厚的两片嘴唇之间几乎总是叼着一根管子。雅各布吃饭的时候,他也慢慢地啜饮着,把好几根管子里的东西一点点都喝完。

巴伯卡又开始讲述他的一位先祖,那是一位索罗人。星系中同时存在着需氧生物组成的松散文明社会和神秘的需氢生物种族,这位索罗人在大约一百万年前曾经参与了这两个种族和平盟约的缔结。

千百万年以来,需氢族和需氧族之间鲜有接触,也缺乏了解。一旦两边发生冲突,总有一颗行星难逃毁灭的厄运,有时候甚至不止一颗。好在两边实在差异太大,几乎没有什么共同需求,因此冲突倒也很少发生。

这个故事篇幅冗长,情节复杂,但雅各布不得不承认巴伯卡是个说故事的大师。只要他处在大家注意的焦点,巴伯卡也可以风趣而迷人。

皮拉人生动地描述着那些只有为数不多的地球人见识过的东西:雄奇瑰丽的恒星、行星上栖息着的千奇百怪的生物。雅各布也随之浮想联翩,他开始有点嫉妒海琳·德席尔瓦了。

巴伯卡对大数据库推崇备至。它是知识的载体,也为所有的吸氧生物保留着一个共同的传统。它保证了文明的延续性,如果没有大数据库,沟通各个种族之间的桥梁就断掉了。战争将不受约束,会导致种族灭绝;行星也将毁于过度开发。

大数据库公会和其他组织松散的公会,为防止其成员之间发生种族灭绝做出了贡献。

巴伯卡的故事在最高潮处结束,他让这些充满敬畏的听众安静了一会儿。然后,他又十分友好地问雅各布,能否让大家也有幸听听雅各布的故事。

雅各布有些踌躇。也许按照人类的标准来看,他的人生还算有趣,但肯定算不上辉煌!他该讲些什么呢?显然,要么是自己的个人经历,要么就得是他祖先的冒险故事。

雅各布坐在椅子上,汗都流下来了。他想选择某位历史人物的故事:也许可以讲讲马可·波罗或者马克·吐温。但是玛蒂娜可能就不爱听了。

要不就讲讲他的祖父阿尔瓦雷斯在大起义中扮演的角色?但是那个故事政治味道实在有点浓,巴伯卡会觉得那是在公然宣传颠覆行为。他最好的故事只能是自己在"香草号"高塔上的历险了,但那件事情太过私人化,而且充满了痛苦的回忆,并不适合在此时此地与这些人分享。再说他也答应海琳·德席尔瓦要把这个故事留给她了。

拉洛克不在这里真是太糟糕了。不然那位活跃的矮个子一张嘴,或许可以一直讲到连外面的太阳都熄灭了。

雅各布的脑子里冒出了一个顽皮的想法。有那么一个人,历史上没有记载,还是自己的直系祖先,他的故事也挺应景。最有意思的是这个故事可以从两个层面来解读。雅各布不知道自己能不能既把意思表达清楚,又不会因说得太露骨而刺激到某些人。

"好吧,事实上,"他慢慢开始讲述,"我想讲讲一位男性地球人的故事。之所以要讲他,是因为他跟一个合约有关。缔结合约的双方,一个只有'原始'的文化和技术;而另一个却在每一方面都胜过前者。自然,你们都很熟悉这种情形。从大接触开始,几乎每本历史书都会讲这个。

"印第安人的命运就是这一时期的道德剧①。歌颂印第安人的20世纪的老电影,今天看起来就像滑稽剧。米莉在水星上曾经提到过,而每个地球人也都知道,在所有受到欧洲文明冲击的种族之中,只有印第安人适应得最差。骄傲使得他们失去了学习白人先进之处的机会,等到发现的时候已经悔之晚矣。这跟19世纪日本的全盘西化正好形成了鲜明对比……这就是'适者生存'法则时时在提醒我们这些后来者的实例。"

他成功地引起了大家的兴趣。地球人都在静静地看着他。库拉的眼睛亮了起来。甚至连总是漫不经心的巴伯卡,也用他那双小豆眼盯着雅各布。不过,在听到"适者生存"的时候,玛蒂娜皱了皱眉。意料之中的事。

雅各布心想,假如拉洛克在这里,他应该不会爱听这个故事。但是如果我的阿尔瓦雷斯族人能在这里听我讲这些,他们心里的痛苦一定会更加强烈!

"诚然,印第安人没能适应时代的发展,也并非完全是他们自身的错误。"雅各布接着说道,"很多学者认为,西半球文明当时正处在一个周期性的衰退之中,只是不巧欧洲人恰在此时到来。其实,不幸的玛雅人当时刚刚结束了一场内战,人们都搬到乡下躲避战祸去了,城市凋敝,王公贵族和神职人员也只能坐等死亡。等哥伦布来的时候,神庙大多已荒废。当然,他来了之后,玛雅文明发展到'黄金时代',人口翻了一番,贸易额和社会

---

①流行于15至16世纪,以代表善与恶的角色寓意感化的戏剧。

财富更是翻了两番，但这些并不能准确衡量文明的发展。"

留神，小子。别讽刺过了头。

雅各布注意到一个基地成员——他之前见过，知道他叫达布罗斯基——起身离开了。只有雅各布注意到他的脸上带着一丝冷笑。其他人看起来都在认真地听着他讲故事，不过库拉和巴伯卡的表情很难判断。

"我的一位先祖，正是印第安人。他的名字叫作瑟寇伊，是一位切罗基族人。

"当时，切罗基人大多生活在佐治亚州。因为那里是美国的东海岸，比起西部的其他印第安部落，他们和白人打交道的准备时间更少。不过，他们还是按照自己的方式尝试了。他们付出的努力虽然赶不上日本人那么巨大全面，但他们毕竟努力过了。

"他们很快就学会了新邻居的技术。用木头房子取代了棚屋，铁器和锻造成了切罗基人生活的一部分。他们很早就学会了使用火药，还有欧洲式的风选筛谷法。部落里甚至还开始蓄奴，尽管很多人反对。

"在那之前，他们在和白人的战争中遭受了两次重创。在1765年的战争中，他们错误地站在了法国人一方，然后在第一次美国革命战争中又选择了支持英王。即便如此，他们竟然在19世纪早期就拥有了一个初具规模的小小共和国，其中一个原因，乃是有几位年轻的切罗基人掌握了白人的知识，成了律师。他们和北部的易洛魁族人一起，在和白人的条约谈判中起了很大作用。

"就这样过了一段时间。

"我的先祖登场了。瑟寇伊既不愿接受白人提供给他的选择,也不想继续做一名骄傲的野蛮人,更不能全盘接受西方定居者的生活方式,作为一个个体融入白人社会。特别的是,他看到了文字的力量,同时认为如果印第安人只有通过学习英语才能读书识字的话,那他们永远都会处于劣势。"

雅各布心想,不知道有没有人已经产生联想,把瑟寇伊当时的处境和人类目前面临的关于大数据库的困境联系起来了。

玛蒂娜脸上的表情,显得很意外,没想到平时话并不多的雅各布会讲出这么一个长篇的历史故事。她从学校毕业之后,就无从也无意去了解这种书本或演讲里面的历史了,而雅各布和其他的阿尔瓦雷斯孩子却要坚持学习这些。尽管他已经远离政治,可算是家族里不成器的子弟,但他在这方面还是有些本事的。

"结果,瑟寇伊按照自己的心愿解决了这个问题,他发明了一套切罗基语的书写系统。这是一项十分艰巨的任务,他为此经历了一系列的折磨和放逐,因为他自己的很多族人都不认同他的努力。但等到他完成时,整个文学和技术的世界突然向所有切罗基人——不只是那些多年学习英语的有知识者,还包括那些文化水平一般的人——完全敞开了。

"很快,就连主张归化白人文明的族人也接受了瑟寇伊天才的成果。他的成功为后世一代代的切罗基人定下了基调。他们成了印第安人中仅有的一个信奉智者而非武士的部落,并且推崇自己的人生可以有多种选择。

"这就是他们的最大错误。如果他们能够允许本地的传教士按照西方定居者的方式转变他们,或许他们还能归入自耕农阶层,被欧洲殖民者视为略低一等的白人。

"与此相反,他们觉得自己可以变成现代印第安人,同时还保留自己古老文化的精华……这显然是自相矛盾的想法。

"不过,有些学者认为切罗基人可能已经做到了。本来一切发展顺利,直到一队白人在切罗基的土地上发现了黄金。白人定居者们非常兴奋。他们从佐治亚州的立法机构搞到了一份法令,宣称自己有权进入那块土地采掘黄金。

"这时,切罗基人做出了一件奇怪的事情,在其后大约一百年里后无来者。他们以非法攫取土地为由将佐治亚州立法机构告上了法庭!他们获得了一些白人同情者的帮助,成功地把这个案子提交到了合众国的最高法院。

"最高法院最终判决切罗基人可以保留他们的土地。

"然而,就在此时,他们那并不彻底的社会转型害了自己。因为他们并未努力按照白人的模式调整自己的基本社会结构,切罗基人根本没有力量来保证自己的合法权益。他们相信并且聪明地利用了这个新生国家高尚的法律条文,但是却没有意识到社会舆论与法律拥有同等的力量。

"对绝大多数白人邻居而言,他们只不过是另一支印第安部落而已。安迪·杰克逊①根本没把最高法院放在眼里,还是派出军队把切罗基人赶出了自己的土地,让他们无家可归。

"就这样,瑟寇伊的族人们只好草草收拾行囊,开始了他们悲惨的'血泪之旅',向一块新的印第安人保留地进发,那是西边他们全都未曾到过的地方。

"'血泪之旅'可以称得上是一曲人类勇气和忍耐的史诗。切罗基人在这次长征中遭受的苦难深重而又悲惨。有些十分感人的文学作品就以此为题材,这样的传统影响了从那以后的一代又一代切罗基人,甚至一直延续到今天。

---

①美国第七任总统。

"这次驱逐并非切罗基人的最后一次磨难。

"美国内战爆发之时,切罗基人也发生了内讧。他们分成两派——印第安志愿者同盟和印第安联合旅——手足相残,像白人一样狂热好战,只是更讲规矩。这次内战严重破坏了他们的新家园。

"之后各种麻烦接踵而来:匪帮、传染病,还有更多的土地攫取。由于他们的坚忍不拔,切罗基人被称为'印第安人中的犹太人'。当其他的印第安部落面对种种暴行只能在绝望和麻木中逐渐消亡的时候,切罗基人仍然保持了他们自力更生的传统。

"瑟寇伊没有被忘记,作为切罗基骄傲的象征,他的名字被用来命名一种特别的树,它长在加利福尼亚州雾蒙蒙的森林之中,是世界上最高的树。

"不过这些都跑题了,让我们回到切罗基人的讽刺剧。固有的骄傲帮助他们熬过了19世纪的劫掠和20世纪的忽视,也使得他们没有参加到21世纪的印第安人补偿行动中去。他们拒绝了美国政府提供的'文化赔偿金'——那是在官僚政府即将成立之前,开化文明的公众出于自己那娇弱的良知,一掷千金地补偿印第安人的行为。具有讽刺意义的是,今天我们常常把那一时期称作美国的'夕阳红'年代。

"他们拒绝建造文化中心来表演古老的印第安舞蹈和仪式。当其他的印第安复兴运动者重拾前哥伦布时期的手工艺制作来'重温传统'时,切罗基人却在质疑:既然现在他们有机会创造具备自己独特风格的21世纪美国文化,为何还要把这些坛坛罐罐都翻出来呢?

"于是,他们和莫霍克族以及其他几个散居部落一起,以放弃'赔偿金'为代价,加上一半的部落财富作为交换,加入了动力卫星联盟。切罗基年轻人为自己能够参与建造太空城市而骄傲，正如他们的祖辈参与建造了美国的各大城市一样。切罗基人放弃了财富，换取了一份天空的所有权。

"他们再次为此付出了惨重代价。当官僚政府开始变得严酷时，动力卫星联盟起义了。成百上千聪明的青年男女，都是各族的宝贵财富，和他们的太空兄弟——安迪·杰克逊的后代和他的奴隶们的后代——并肩战死。他们亲手建造的联盟太空城大多数遭到毁灭。幸存者们之所以仍被允许留在太空，只不过是官僚政府想要向他们精心选择的子民们展示应该如何过日子。

"地球上的切罗基人日子也不好过。很多人参加了宪政起义。起义失败之后，所有印第安部落里只有少数几支遭到了政府的报复，被迫再次背井离乡。但这其中就有他们，还有越安族和明尼苏达族。这第二次血泪之旅同第一次一样悲惨，只不过，这一次他们不再独行。

"当然，最初一届官僚政府的领导人很快就下台了，继任者是一群真正的官僚。相比报复而言，统治者们更注重生产。动力卫星联盟在监管之下开始重建，在幸存的那些早期建设者的影响之下，奥尼尔殖民地发展成为一个富足的文明社会。

"在地球上，切罗基人仍然聚居在一起，其他的部落都早已融入大同世界或是成为老古董了，而他们仍未汲取教训。我听说他们最近又异想天开地加入了一个项目，要跟越安族和以色列人一起改造金星地貌。这当然很荒谬。

"但这些都不是重点。如果我的先祖，瑟寇伊和他的族人们，能够彻底地按照白人的方式改变自己，他们本可以在社会上获得一席之地，安安静静没有痛苦地被同化吸收；而反过来讲，如果他们像很多其他的印第安部落那样，不加辨别地顽固抗拒一切外来文明，他们还是会受罪，但是拜后世白人的‘仁慈’所赐，他们终究也可以获得一个位置。

"可是他们并没有选择这两条路，而是希望把西方文明中的精华部分，跟他们自己的传统结合起来。他们勇于尝试，并且有自己的主见。六百年来，他们总是挑三拣四，也因此遭受了比其他部落更多的苦难。

"我这个故事的寓意其实很明显。我们人类目前面临的选择，跟当初印第安人面对的情况很类似。面对一个有亿万年历史的文明通过大数据库带给我们的馈赠，是应该有所取舍呢，还是应该全盘接受？我想提醒那些挑三拣四的人，记住切罗基人的故事。他们的血泪之旅很漫长，而且还远未结束。"

雅各布的故事讲完了，大家久久没有出声。巴伯卡那双黑黑的小眼睛依然盯着他；库拉的眼神直直的；玛蒂娜医生看着地板，眉头紧蹙，陷入了沉思。

那个叫达布罗斯基的基地工作人员远远站着，一手抱在胸前，另一只手捂着嘴。他眯着眼睛，仿佛在偷笑。

他肯定是卫星联盟的后人。太空里到处都有这种人。我希望他不要告诉我这个，我可不想知道。雅各布想。

他的嗓子有点干。他喝了一大口早餐剩下的橙汁。

终于，巴伯卡双手抱着脖子坐了起来。他盯着雅各布看了一会儿。

"很好的故——事，"他的传译器终于噼噼啪啪地响了起来，"等回去之后，我希望你能记录一份给我。这对地球朋友们是一堂很好的课。

"不过，我有几个问——题想问问你。现在也行，以后也行。有些事情我不太明——白。"

"随时都可以,皮拉人巴伯卡。"雅各布微微鞠躬,想藏住脸上的笑意。现在得赶紧换个话题,不然巴伯卡真就开始问些琐碎的细节了!

"我也很喜欢我的朋友雅各布的故事,"他们身后响起了一声响哨般的话音,"我走过来听到你在讲故事,就尽量没出声。很高兴我的出现没有打扰你的讲述。"

雅各布如释重负地站了起来。

"斐金!"看到坎顿人缓缓移动过来,大家都站了起来。在飞船外透射进来的一片红光之中,斐金看起来黑黢黢的。他走得非常慢。

"我很抱歉!我刚才不得不离开大家一会儿。指挥官仁慈地同意减弱飞船屏蔽,放进来更多的辐射,好让我吸收一下营养。不过,各位应该都能理解,她只能在没有人的飞船下半球这么做。"

"那当然,"玛蒂娜笑道,"我们可不想晒黑!"

"绝对如此。而且那里空荡荡的,我还是喜欢跟大家待在一起。"

巴伯卡和库拉坐下,斐金也停在了舱板上。雅各布赶紧趁机脱身:

"斐金,我们在这儿交换故事,等着飞船开始降落。你能不能也给我们讲讲发展工会的事情?"

坎顿人抖了抖"叶子",停了一下说道:"唉,雅各布朋友。跟大数据库比起来,发展工会可不是什么重要部门。连它的英文名字都翻译得很差劲,因为找不到合适的词来描述它。

"很久很久以前,当先祖们离开星系的时候,他们给最早的那几个种族留下了一些指令契约。我们这个小单位的设立初衷,就是要履行这些契约中的一条。大致而言,这条指令的内容就是规定我们必须尊重'新种族'。

"你们这个种族,可以说是孤儿,直到最近也没有体味过族系关系和庇护主–受庇护者这一义务关系带来的种种酸甜苦辣,因此对你们而言,要理解我们格莱蒂克文明与生俱来的保守主义是很困难的。这种保守主义并不是什么坏事。因为在一个如此多元化的社会中,对传统和共同遗产的信仰是值得称道的。年轻的种族可以听从年长种族的劝导,因为后者拥有悠久的历史所赋予的智慧。

"借用你们的一句成语,可以说我们都不能'数典忘祖'。"

除了雅各布,谁也没注意到斐金这时挪了挪身体的支撑点。坎顿人疙疙瘩瘩的短短触须——也就是他的脚——抬起又放下。雅各布差点没被橙汁噎着。

"但我们还得面向未来,"斐金接着说道,"先祖们以他们的智慧告诫最古老的那几个种族,不要瞧不起新生的种族。"

斐金的身形被身后巨大的红日——他们的目的地——映照着。雅各布无能为力地摇了摇头。

"所以一听说有人发现了一群吃狼奶长大的野人,你们就赶来了,对吗?"

斐金的"叶子"抖动得更厉害了,"很生动,雅各布朋友。不过您的推测基本上正确。大数据库肩负着教导地球种族学会生存的重任,而敝公会微不足道的工作则是去发现你们这些新生种族的优点。"

玛蒂娜医生开口说道:"坎顿人斐金,据你所知,这种事以前发生过吗? 我是说,有过像我们这样的先例吗:一个种族不记得自己是被祖先提升的,全凭自己闯进了星系?"

"有过,尊敬的玛蒂娜医生。以前发生过不少次。宇宙之大超乎任何人的想象。需氧文明和需氢文明的定期迁徙跨越了巨大的空间,几乎没有哪个定居点被完全开发过。在这些规模浩大的迁徙过程中,经常会有某一小支种族,才从动物被提升为智慧生物,就被自己的庇护主遗弃,只能自谋出路。等到他们发展成文明种族,通常都会对这样的遗弃行为进行报复……"坎顿人说到这里停住了。雅各布突然明白了他想说什么,感到十分惊讶。斐金很快又接着说起来:"不过,由于这种罕见的情况多数都发生在迁徙的时候,这就带来了另一个问题。狼崽子种族也许会以自己庇护主残留的技术为基础,制造出粗糙的航天器,但等到这些飞船进入星际空间,就可能由于其中的庇护主技术而成为别人攻击的目标,因为他们可能稀里糊涂地就闯进了需氢种族的地盘。不管怎样,这种被遗弃种族的确偶有发现。通常这些孤儿都会清晰地记得自己的庇护主。有时候,神话传说掩盖了真实的历史。不过,大数据库几乎总是能找出真实的历史来,因为那里正是我们的真实历史存放的地方。"

斐金朝着巴伯卡弯下了几根树枝,皮拉人也报以友好的鞠躬致意。

"所以,"斐金接着说道,"我们都满怀期待地等着发现,为什么在那么大的一个数据库里,却独独没有提到地球。大数据库里没有这个条目,也没有从前的占领记录,尽管自从先祖离开之后,有五次大迁徙曾涉及这一地区。"

巴伯卡的鞠躬僵住了,猛地翻起那双小黑眼,恶狠狠地盯着坎顿人。但斐金好像根本没看见一样,继续说道:

"据我所知,人类或许是第一个自我进化的智慧种族,这种可能性光想想就够引人入胜的。因为我想你们一定知道,这种观点违背了好几条格莱蒂克生物科学的铁律。可你们的人类学家有些理论的确又是惊人地无懈可击。"

"那种理论完全是无稽之谈，"巴伯卡嗤之以鼻，"就好像永——动——机一样，这些都是你们称之为'皮族'的那帮人的吹——牛——皮而已。智慧生命'自然'出现，这种理论当作笑话听听倒是无伤大雅，地球人——雅各布——德姆——瓦。很快大——数据——库就会给你们这个困——惑的种族送去你们想要的答案，还有终于知道自己从哪儿来的喜——悦！"

飞船引擎的嗡嗡声越来越响，有那么几秒钟，雅各布感到有些迷失了方位感。

"各位请注意，"指挥官德席尔瓦的声音通过扩音器在整个飞船里响起来，"我们刚刚渡过了第一处'险滩'。从现在起，刚才那种震动将会不时发生。我会在到达目的区域之前通知大家。完毕。"

太阳的"地平线"现在几乎是平的了。飞船外面，到处都是红色黑色的稀薄形状物卷曲纠缠在一起，无限延展。那些最高的暗条离飞船越来越近，从黑暗的太空中凸显出来，又融入笼罩着他们头顶的那一片红晕中去。

飞船上的乘客不约而同地来到舱板边缘，这里可以直接看到下面的色球层。大家安静地看着外面的景色，脚下的舱板还在不时震颤。

"玛蒂娜医生，"雅各布说道，"您和皮拉人巴伯卡的实验都准备好了吗？"

她指了指两只矮墩墩的太空箱，就放在她和巴伯卡座位旁边的舱板上。

"我们的东西都在这儿了。我带了一些前几次潜日飞行用过的精神感应装置，但我的任务主要是尽力协助皮拉人巴伯卡。我的脑电波放大器和量子读取仪①跟他箱子里的那些比起来就太小儿科了。不过，我会尽量贡献自己的一分力量。"

"你的帮——助我很高兴接——受。"巴伯卡说道。但当雅各布要求看看皮拉人的精神感应测试装置时，他举起那只有四根指头的手说道："过一会儿，等我们准备好。"

雅各布的手又有点痒痒了。巴伯卡的箱子里到底装着什么？分支数据库里几乎没提精神感应技术，只讲了一点儿现象，但压根儿就没涉及具体的方法。

他想，关于所有智慧种族共同的深层心理基础，一个有数十亿年历史的格莱蒂克文化会知道些什么呢？显然他们也并非无所不知，因为格莱蒂克人也还在目前这个现实层面上行事。而且我知道至少他们有些人的心灵感应能力，也不会比我强到哪儿去。

有传闻说，古老的种族会定期从星系中消失。他们一般是自然消亡，或是因为战争，或是看破红尘。但偶尔他们只是简单地"离开"了……就这么消失了，动机和行为都让他们的受庇护种族或邻居种族莫名其妙。

为什么我们的分支数据库从来不提这些事情，连精神感应装置的样子都没有描述？

雅各布皱起眉头，紧握双手。不行，他下定决心。我要单独和巴伯卡的箱子待上一会儿！

海琳·德席尔瓦的声音再次通过扩音器传出来：

"我们将在三十分钟内到达目的区域。如果大家希望更好地观看我们的目的地，现在就可以到驾驶舱这儿来了。"

---

①作者虚构的一种设备，可以部分读取人类的脑电波。

这块区域格外明亮,等大家的眼睛适应了它,太阳的其他部分倒显得有点模糊不清了。这些光斑由很多亮点组成,在飞船下方遥远的地方忽明忽暗地闪烁着。距离飞船不知道多远的地方,有一大群太阳黑子正向外扩张。最近的黑子看起来就像一个露天矿场,在布满纹路的光球层表面形成一个凹陷。黑暗的本影区静止不动,而黑子周边的半影区则不停地向外波动,就像一枚石子扔进湖里引起的波纹。边界处一片模糊,仿佛一根被人拨动的琴弦在振动。

头顶和四周,一根巨大纠结的暗条赫然耸现。这该是雅各布见过的最大物体之一了。随着磁力线相互融合、扭结、环绕,巨大的云团盘旋飘浮,时不时地就有一股凭空出现,升腾起来,绕着另一股扭转,然后化成稀薄的气体渐渐消失。

他们周围是一个体积略小的气旋,几乎无法察觉,但却把令人心悸的漆黑太空染成了一片粉色。

雅各布不禁想到,如果有一位文人看到此情此景,不知道他会如何描写。尽管拉洛克有很多重大的——也许是可以置人死地的——毛病,他却以写得一手好文章著称。雅各布读过几篇拉洛克的文章,尽管他的结论常常十分可笑,但那流畅的行文倒颇令人欣赏。眼前的景象正需要一位诗人,不管他的政治倾向如何。雅各布觉得,拉洛克不在这里实在是遗憾……不仅仅是由于这个原因。

"我们的仪器捕捉到了一个异常偏振光源。我们就从那里开始搜索。"

库拉走上舱板边缘,专心致志地看着一位船员指给他的地方。

雅各布问指挥官库拉在做什么。

"库拉精确辨别颜色的能力远胜你我，"德席尔瓦说道，"他能分辨只有一埃①的波长差别。而且，他还能记住自己看见的光的相位，我想他可能是借助了某些干扰现象。这些能力让他十分容易辨别太阳生物发出的相干激光。他几乎总是头一个看到那些生物的人。"

库拉的大磨牙叩了一下。他用细长的手指了指，"它们寨(在)那儿，"他说道，"那里有很多光点，是很大的一群，我相信肯定也有牧羊人在。"

德席尔瓦笑了，飞船加速前进。

---

①光谱线波长单位，1埃=10⁻¹⁰米。

第十五章　生与死

　　探日飞船飞行在暗条中心,仿佛被急流卷走的一条鱼。只不过这"水"流是电子构成的,而扫过镜面球体船身的浪潮则是复杂得难以想象的磁化等离子体。

　　一团团一片片炽热的电离气体喷来射去,被它们自身运动所产生的力量所扭曲。发光物质在眼前突然迸出又转瞬即逝,多普勒效应使得喷射的气流时而可见,时而消失。

　　汹涌的色球风横着吹过,飞船急速下降,抢风航行在等离子体中,灵巧地变换着磁力盾……靠着自身那几乎是完美数学化身的外壳前行着。力场防护盾以闪电般的速度收拢、变厚——可以使旋涡产生的来自四面八方的猛烈拉拽都朝着一个方向——能够有助于降低风暴的冲击。

　　同样靠着这层防护盾,飞船可以屏蔽大部分热能,还能把透过的一些热能降低到可以忍受的程度。那些热量被吸收进一个热室中,用来驱动冷冻激光。热室就好比是飞船的肾脏,过滤掉的废物是一束束 X 光射线,这些射线甚至能穿透等离子体。

　　以上这些都是完完全全的地球发明。格莱蒂克人的科技则被用来确保探日飞船的舒适和安全。重力场可以抵御太阳那热情而又危险的引力拖曳,这样飞船才能自由地下降或上升。暗条中心的巨大压力被吸收中和,连耗费的时间也被时间流控制器缩短了。

相对于太阳上一块固定不动的地方(假如太阳上有这么一个部分的话),飞船正以每小时数千英里的速度沿着磁拱扫过。但是相对周围的云而言,飞船看起来只不过是在试探中缓慢前行,东张西望地搜寻着某个猎物。

雅各布有一搭没一搭地看着飞船的搜捕行动,其余时间都在观察库拉。这瘦高的外星人是飞船的瞭望哨。他站在舵手旁边,双眼闪着光,手臂指向外面的黑暗。

库拉指引方向的能力比飞船本身的设备还强一点点,但是雅各布可看不懂设备显示。能有个人给乘客和船员们指引该看的地方,他感到很不错。

他们跟着远方一片迷雾中的零星亮点走,已经有一个小时了。那些亮点极其微弱,德席尔瓦下令打开蓝光和绿光滤镜之后才能看得见,但偶尔会有一两个亮点发出一束绿光,就好像有探照灯突然照上飞船,又扫了过去。

这会儿,这种闪烁发生得更加频繁:至少有上百个物体,大小都一样。雅各布看了看测距表,七百千米。

等到距离变成两百千米时,那些物体的形状变得清晰起来。每个"食磁生物"都是一个线圈。从这个距离看过去,这一群生物就像是一大堆小小的蓝色戒指,每枚戒指都以同样的角度穿在一根细丝般的弧线上。

"它们沿着最强烈的磁场排列,"德席尔瓦说道,"通过绕轴自旋来产生电流。天晓得当磁场变化时,它们是如何跟着从一个活动区域转移到另一个去的。我们还要知道是什么把它们聚在一起的。"

在群体的边缘，有几个线圈一边自旋，一边缓慢地游移着前行。

刹那间，飞船笼罩在一片绿色强光之下。紧接着，四周又恢复了那种赭红的色调。驾驶员抬头看着雅各布，"我们刚刚穿过了一个线圈生物的激光末梢。那种短暂的照射不会造成什么伤害，"他说道，"但如果我们从后面飞上来，在这些生物聚堆的地方通过的话，可能就会有麻烦了。"

飞船前方掠过一丛等离子束，挡住了他们的视线。它的颜色很暗，跟飞船周围的电离气体比起来，它温度更低，移动速度更快。

"它们干吗要发射激光呢？"雅各布问道。

德席尔瓦耸耸肩，"为了保持动力稳定性？用作推进力？也许它们跟我们一样，用激光来做冷却。要是那样的话，我想它们体内甚至可能有固态物质。

"不管是什么用途，这种激光威力一定很强大，发出的绿光能够穿透这些红色滤镜。我们就是这么发现它们的。它们虽然很强大，但在这里就跟风中飘舞的花粉一样。要不是有激光作为线索，我们找上一百万年也发现不了一个线圈动物。在氢-阿尔法滤镜下它们是不可见的，所以要想更好地观察它们，我们就得打开一些波段的蓝绿光滤镜。当然不能打开那种激光所在的波段！我们选择的波长的光比较柔和，这样你看到的只是一只动物发出的绿光或蓝光。这些光不应该让人不舒服。"

"什么都比这该死的红色强。"

飞船穿过了那片黑暗的物质，突然之间，他们就几乎身处那些生物之中了。

雅各布一下子屏住呼吸，闭上了眼睛。再次睁开眼时，他发现自己哽住了。尽管这三天来他一路看到了许多令人难以置信的东西，眼前的景象还是让他不由自主地感到了一股强烈的震撼。

如果鱼儿聚在一起被称为鱼群，是因为它们的纪律性[①]，而狮子聚在一起被称为狮群，是因为它们的姿态[②]，那么雅各布觉得这些太阳生物聚在一起，只能被称作"闪"群。这个群体中的成员闪耀的光辉如此灿烂，照亮了黑暗的太空。

稍近一点的线圈们闪耀着一种类似地球上春天的颜色，离得越远，颜色越淡。它们的中轴下面闪动着微弱的绿光，激光从那里射向周围的等离子体。

它们的周围全都闪耀着一道白色的光环。

"同步加速辐射[③]。"一名基地人员说道，"那些小家伙看来真是在自旋！我能接收到100千电子伏那么大的辐射！"

前方超过两千米的地方，离他们最近的一个宽达二百米的线圈正在飞速旋转。各种几何形状的光芒沿着它的环形身体流转不休，仿佛项链上穿着的珠子，这些形状不断变化，忽而像深色的蓝宝石，忽而又变成紫色的蜻蜓长条，绕着那个翡翠色的明亮环形运动；这一切都是几秒钟里发生的事情。

探日飞船的船长海琳·德席尔瓦站在驾驶台旁，目光飞快地在各种指示器、仪表盘和警报装置间移动，不放过每一个细节。

---

①鱼群(school)与"学校"、"学派"是同一个词。

②狮群(pride)一词，与"骄傲"是同一个词。

③相对论性电子(速度接近光速 c 的高能电子)在外磁场中沿圆轨道或螺旋轨道运动时所产生的一种辐射。这种辐射最早是在电子同步加速器中发现的，因而得名。

远远地看她一眼,就好像是在看着飞船外面那景象的一个柔和版,因为最近的那个线圈变幻出的五颜六色,先投射在她的脸上和白色制服上,再折射到雅各布的眼里时,已经变得温和而弥散了。那光先是很微弱,随着绿色和蓝色混杂在一起,又变得明亮起来,而后变成粉色消失。每当海琳抬起头微笑的时候,这些颜色都变得更加鲜明灿烂。

突然间,那个线圈发出的蓝光一下子强烈起来,映射出一种复杂的图案,仿佛是环织在这个线圈生物环形身体上的一条条神经中枢。

这景象无与伦比。动脉投射出绿色,周围缠绕着的静脉跃动着纯净的蓝色。它们此起彼伏地跳动着,然后像藤蔓般生长,膨胀变大,又剥落释放出一大堆小三角形——仿佛一簇二维的花粉散发成许多小点,相互碰撞着环绕在线圈生物那非欧几何的身体周围。接着,那图案又变成了等腰三角形,面包圈的环形身体也变成了边边角角的杂乱集合。

这五彩缤纷的景象达到了高潮,然后渐渐退去。线圈环形身体上的图案不再那么明亮,它自己也向后退去,在同类中找到一个位置,开始自旋,又恢复了那种红色,驱散了飞船舱板上和观众们脸上的绿色和蓝色。

"那是在打招呼,"海琳·德席尔瓦说道,"地球上有些怀疑论者还认为食磁动物只是某种形式的磁场相差。那就让他们自己到这儿来看看吧。我们看到的是活生生的生命。显然,造物主对他的作品是什么样子并没有做出什么限制。"

她轻轻拍了拍驾驶员的肩膀。那人的手移到控制器上,飞船开始侧飞,准备下降。

雅各布同意海琳的话,虽然她的逻辑不那么科学。那线圈是活的,这一点毫无疑问。那家伙刚才的表演,不管是真的在打招呼,还是仅仅在对飞船出现在它的领地做出反应,总之肯定是一种生命——即便不是智慧生命——的迹象。

至高无上的神性,这个词早已过时,但奇怪的是,用它来形容刚才那一刻的美,却显得恰到好处。

海琳·德席尔瓦再次对着对讲机下达指令,食磁动物们在向后退,飞船也随之转向。

"现在我们要去捉鬼了。

"请记住,我们到这儿来,要研究的不是食磁动物,而是它们的饲养者。要找到那些神出鬼没的家伙,每个工作人员都要时刻注意,不能放过一点蛛丝马迹。碰巧就能看到他们的机会基本上等于没有,因此我们需要所有人的帮助。有任何异常情况,都请向我报告。"

德席尔瓦和库拉开了一个会。外星人慢慢点头,巨大嘴唇中偶尔闪现的白牙透露了他的兴奋。最后,他起身沿着重力环向中央穹顶室走去。

德席尔瓦解释说她把库拉派到了舱板另一面——"翻面",通常那里只摆放仪器设备,库拉过去可以做一名瞭望哨,以防万一那些激光生物在飞船下方出现,沿飞船中纬线安装的那些监控设备无法发现他们。

"我们已经好几次发现他们在下面出现了,"德席尔瓦说道,"这种情况下总能发生最有趣的事情,比如看到人形生物的出现。"

"那些形体总是能够在飞船转向他们之前消失得无影无

踪?"雅各布问道。

"要么就是这些家伙跟着飞船一起运动,总是保持在我们头顶上。这很让人恼火。但正因为如此,我们才想到他们是不是具备精神感应能力。毕竟,不管他们出于什么动机,如果不是能够通晓我们的思想,他们又怎么会知道我们在飞船边缘放置设备的方式,并且如此精确地跟随我们的飞船运动呢?"

雅各布蹙额沉思,"可是为什么不放几台摄像机在这顶上呢? 我想这应该不麻烦吧?"

"不,不算太麻烦,"德席尔瓦附和道,"但是支援组和潜入组都不想破坏飞船本身的对称性。如果在顶上放置摄像机的话,我们就得另外铺设一条管线,穿过舱板连接到主记录计算机。库拉确定地告诉我们,这样做,一旦发生静滞场失灵,将难以挽救……尽管这种可能微乎其微。想想杰夫的不幸遭遇就知道了。杰弗里的飞船,也就是你在水星上参观过的那艘小一点的复制品,从一开始就是设计用来装载记录设备、好观察飞船顶部和底部的。他驾驶的那艘是唯一做过这种设计变更的飞船。我们现在在这艘飞船上,就只能将就着用这里的设备、我们的双眼和一些手持摄像机了。"

"还有精神感应试验。"雅各布指出。

德席尔瓦面无表情地点了点头,"是啊,我们当然都希望能够有一次友好的接触。"

"打搅一下,船长。"

飞船驾驶员从设备中抬起目光。他按下耳朵上戴着的按键式对讲机,"库拉说,在偏北方向,食磁动物群的边缘,发现了一处色差。也许是有食磁动物要产崽了。"

德席尔瓦点点头,"好的。沿着磁场通量切线向北前进。跟上食磁动物群,但不要靠得太近,别吓着它们。"

飞船开始调整侧飞的角度。太阳从左舷升起,直到变成一堵墙,向上延伸直至无穷无尽。一道微弱的冷光盘旋着远离他们,射向下方的光球层,闪亮的光尾跟线圈群体的排列方向保持着平行。

"那是我们向着行进方向发出的冷冻激光留下的超电离尾迹,"德席尔瓦说道,"应该有好几百千米长。"

"那激光有那么强?"

"是啊,我们要释放的热量很多。顺便提一句,正因为如此,我们得十分小心,不能让线圈群跑到我们正前方或者是正后方。"

雅各布一时对这样的技术感到敬畏。

"我们什么时候能看到⋯⋯产崽?"

"对,产崽。我们运气不错。这种情形以前只碰到过两次,两次都看到了放牧者。看起来每当一个线圈要生产的时候,他们都要来帮忙。所以,从这儿开始寻找他们再合适不过了。

"至于我们何时能赶到那里,这取决于从这儿过去的路上情况怎么样,还有我们要做多少的时间压缩才能舒服地到达那里。也许要花上一天。但如果我们幸运的话⋯⋯"她瞥了一眼驾驶仪表盘,"⋯⋯也许十分钟后就能到达。"

旁边站着一名基地人员,手拿一张图表,显然在等着见德席尔瓦。

"看来我得走了,我去提醒巴伯卡和玛蒂娜医生做好准备。"雅各布说道。

"对,好主意。等我知道什么时候能到达了,就通知大家。"

雅各布转身离开,奇怪地感觉到海琳的目光仍在看着自己,直到他绕过了中央穹顶室。

巴伯卡和玛蒂娜听到了即将到达的消息,表情平静。雅各布帮助他们把装有设备的箱子拖到了驾驶室附近。

巴伯卡的设备既让人看不明白,又让人感到惊奇。那是一些复杂、闪亮的多面体,其中一个占据了箱子一半的空间,它那弯曲的尖顶和玻璃窗看起来很是神秘。

巴伯卡取出另两样设备。一个是球形的头盔,尺寸正适合皮拉人的头部;另一个看起来就像是从一个镀镍的铁流星上取下来的一块,尾端是玻璃的。

"精神感应有三种方式。"巴伯卡通过传译器说道。他挥了挥四根指头的手,示意雅各布坐下,"第一种,精神感应只是非常精确的感——觉——力量,能够远距离接收脑电波,并对其进行解码。这台设备就是干这个用的。"他指了指那顶头盔。

"那台大机器是?"雅各布走上前,好看得更清楚。

"那是用来判断所观察到的时间和空间是不是被某个智慧——生物的意志给扭曲了。这种事偶——有发生,但通——常是不允——许的。它被称为'皮-恩格里'。英语里没有对应的词。大多数人,包——括地——球人,没必要知道这个,因为它很少发生。

"大数据库提供了这些'卡-恩格',"他捅了捅那台设备,"送到每一个分支数据库,以防不法之徒偷用皮-恩格里。"

"'卡-恩格'可以抵消精神感应力?"

"是的。"

雅各布摇了摇头。人类竟然对精神感应力一无所知,这让他很郁闷。技术上的落后是一回事,假以时日终究可以弥补,但这种先天的缺陷就让他感觉很受伤了。

"邦联政府知道这个……卡-卡……"

"卡-恩格。是的,我从地球带走这台设备是得到了他们授权的。要是丢了,我会给你们补上一台。"

这让雅各布感觉好一些了,连那台机器都看起来突然变得友善多了。"那最后这个东西是?"他朝那个铁疙瘩走过去。

"那是一台'皮-思'。"巴伯卡一把抓起那个设备,放回了箱子。他转过身,开始摆弄那顶脑电波头盔去了。

"他对那件东西非常敏感,"玛蒂娜看着雅各布走回来,说道,"他只告诉我,那是一件勒萨尼人留下的圣物,他们是他的五世祖先。那件东西是他们'遁入'另一个世界时留下的。"

玛蒂娜的笑脸又绽开了,"你想不想看看老炼金术士的物件?"

雅各布笑了,"好啊,我们的朋友皮拉人还有点金石①呢。您有什么神奇的法宝,可以混合以太②、驱散太阳幽灵呢?"

"除了那些普通的精神感应探测器,比如这些,就没有别的什么了。一部脑电波接收器,一台惯性运动传感器——也许在时间压缩场里就失效了——还有一部视速3D摄像机和投影仪……"

"我能看看吗?"

"当然,就在箱子那一头。"

雅各布走过去,取出那台沉重的机器,把它放在舱板上,观察着摄像头和投影部。

---

① 旧时炼金术士认为能使金属变成黄金的物质。
② 旧时假定传递电磁波的媒介质。

"你知道，"他轻轻说道，"我们可以……"

"怎么？"玛蒂娜问道。

雅各布抬起头看着她，"有了这个，加上我们在水星上用的那种视网膜扫描仪，就可以做一台完美的思想倾向测试仪了。"

"你是说拿这仪器去检测谁是缓刑犯？"

"对。如果在基地的时候我知道有这种东西，那会儿我们就能拿它来测试拉洛克了；也就用不着把微波激射电报发回地球，指望那些昏庸的官僚一层层审批，然后给我们一个没准儿是篡改过的答案了。我们本来可以马上就得到他的暴力倾向指数！"

玛蒂娜静静地坐在那儿没动，垂下了目光，"我不觉得那会有什么区别。"

"可你认为地球发回来的电报有问题！"雅各布说道，"如果你是对的，这样就可以挽救他免遭数月的牢狱之灾了。该死，也许他这会儿就可以跟我们在一起，我们也就能对太阳幽灵的潜在危险多一分了解了！"

"可是他在水星上试图逃跑！你也说了，他对你有暴力行为！"

"那是他在惊慌失措的情形下的行为，并不一定就说明他是缓刑犯。你到底怎么了？我还以为你相信拉洛克是被陷害的呢！"

玛蒂娜叹口气，回避了雅各布的目光。

"在基地那会儿，我恐怕是有点歇斯底里了。现在想想，哪会有什么专门针对可怜的彼得的阴谋呢，完全都是臆想。

"我还是很难相信他会是缓刑犯，也许什么地方搞错了。但我已经不再认为是有人蓄谋陷害他了。毕竟，谁会想去把那只可怜小猩猩的死嫁祸于他呢？"

雅各布盯着玛蒂娜看了看,不明白她的态度因何转变。"嗯……真正的凶手,比如说。"他小声说道。

说完他就后悔了。

"你在说什么呢?"玛蒂娜压低了声音说道。她飞快地四下看了看,确定旁边没有其他人。他们都知道,几米之外的巴伯卡是听不到这种低声讲话的。

"我是说海琳·德席尔瓦,尽管她不怎么喜欢拉洛克,但却认为小小一支眩晕枪不太可能真的毁坏杰夫飞船上的静滞场设备。她认为基地工作人员应该已经把设备修好了,但是……"

"那么彼得就会因为证据不足而被无罪释放,他还可以就此再写一本书!我们将会发现太阳人的真相,皆大欢喜。一旦跟他们建立了友好的关系,我相信他们一怒之下杀死可怜的杰夫这件事也就不那么重要了。他会被当作科学殉道者下葬,这种谋杀之类的话题也就可以一了百了啦。"

雅各布开始觉得跟玛蒂娜的谈话也不是什么令人愉快的事情。她干吗这么局促不安,说的话都毫无逻辑。

"也许你是对的。"雅各布耸了耸肩。

"我当然是对的。"她拍了拍雅各布的手,然后转向脑电波仪器,"你干吗不去找找斐金呢?我要忙一阵子了,再说他也许还不知道产崽的事儿呢。"

雅各布点点头,站起身来。他走在轻轻震动着的舱板上,揣摩着那些令他潜意识里感到猜疑的怪事。刚才自己脱口而出的那句"真正的凶手",让他感到了一丝担忧。

雅各布找到了斐金,这时,光球层已经遮住了周围的天空,像在四面都立起了一堵墙。在长得像棵树的坎顿人前方,飞船身下的那个暗条正向下盘旋,消失成一片红色。左舷、右舷和正下方,密密麻麻的针状体蠕动着,就像一排排兴高采烈的象草①。

他们两人一起静静地看了一会儿外面的景象。

看着一缕摇曳的电离气体飘过飞船,雅各布想起了上一次看到海藻在海浪中飘浮的情形。

他的眼前突然出现了一幅画面,不禁微笑起来。那是玛卡凯,正驾驶着一头由金属陶瓷制成、配备了静滞场的瓦尔多鲸,在四处喷射盘旋的巨焰之间连续跃起、坠落、潜入,和这最深的海里的子民一起嬉戏玩耍。

太阳幽灵们会像我们的鲸类那样用唱歌的方式"与尔同销万古愁"吗?

双方都没有机器(也没有机器带来的焦虑不安——包括病态的野心),因为双方都没有发展机器的机会。鲸类没有手,也无法使用火。太阳幽灵们没有实体,却有太多的火。

这对他们而言,是福是祸?

(应该问问海豚这个问题,因为他们在寂静的海底吟唱。也许他们不屑回答,但有朝一日,他们或许会把这个问题写进歌里。)

"你来得正好。我刚打算呼叫你呢。"海琳·德席尔瓦向着前方的一片粉色薄雾示意道。

十来个色彩缤纷的线圈正在前方自旋。

这一群线圈有些不一样。它们不是随波逐流,而是在围着群体中央的什么东西移动,挤来挤去地抢位置。不远的地方,只有大概一英里左右,有个线圈移开了,雅各布这才看清它们围着

①一种南亚植物,常用来编制绳子或筐。

的东西到底是什么。

那是一个比其他线圈都要大的食磁动物。它的形状并不是变幻的几何多面体，环形身体上一道道条纹明暗交替。它慵懒地颤动着，表面波纹起伏。周围的线圈们绕着它兜兜转转，但都保持一定的距离，仿佛有某种震慑力不让它们靠拢。

德席尔瓦发出一条命令。飞船驾驶员按下控制钮，飞船开始向右转向，很快，光球再次跑到了他们下方。雅各布松了口气。不管飞船上的重力场多么有效，看着太阳在左边出现，总是让他有倾斜的感觉。

那个"大家伙"食磁动物开始自旋，把其他线圈抛在了脑后。它懒懒洋洋、晃晃悠悠地动了起来。

这个大线圈边缘闪烁着朦胧的白色光晕，像即将熄灭的火焰，照亮了旁边的线圈。它身体上的明暗条纹不规律地脉动着。

每一次脉动都会引发周围线圈群的反应。它们环形身体上的图案清晰起来，变成明亮的蓝宝石形状并转动着。每个食磁动物都用自己的变化节奏迎合着中间那个"大家伙"越来越强烈的韵律。

突然，外围线圈中最近的那个冲向满身条纹的"大家伙"，它一路滚过去，闪着明亮的绿光。

那即将分娩的大线圈周围跃出一群明亮的蓝色光点，朝着入侵者飞去。它们很快就来到大线圈面前，在它笨重的庞大身躯边舞动着，就像滚烫的煎锅里跳动着水珠。那些亮点们开始把入侵者逼退回去，直到把它赶到飞船下方。

飞船随着驾驶员的操作转动船体，侧对着最近的那几个蓝色亮点，只有一千米远。于是，雅各布头一遭清清楚楚地看到了那些被称为"太阳幽灵"的生命形式。

单独地看，"太阳幽灵"就像一个鬼魂，优雅地浮动着，又仿佛一只蝴蝶，而狂暴的色球风对他来说只是一缕和风，扇扇翅膀就可以扶摇直上。姿态与那些敦实得如同托钵僧旋舞般转个不停的线圈大不相同。

他看起来好像一只水母，又像一条拴在晾衣绳上的宝蓝色浴巾飘扬在风中。或许更像是一条章鱼，沿着不规则边缘闪现着时有时无的腕足。有时候雅各布又觉得他本身就像是日海表面的一部分，不知怎么飘了起来，又移动到这里，还神奇地保持着潮水般的运动方式。

一个幽灵朝着探日飞船慢慢地飘过来，一分钟之后，停下了。

他也在看我们，雅各布心想。

飞船里的人和太阳幽灵对视了一阵。

接着，那生物转过身来，把他平平的表面向着飞船。突然，一道五颜六色的耀眼光芒投射在舱板上。屏蔽滤镜减弱了光的强度，使得眼睛可以承受，但原来笼罩飞船的那层色球的淡红色还是被驱散了。

雅各布举起一只手挡在眼前，惊奇地眨着眼。他有点走神——原来是这样，就像在一道彩虹里！

来得快去得也快，那道光立刻又消失了。红色的太阳，上面的暗条和黑子，还有那些自旋着的线圈生物，全都重新回到了大家的视线。

但太阳幽灵们却无影无踪了。他们回到了那个大食磁动物那里，再次化为肉眼难辨的小亮点，绕在它身边舞动起来。

"他……他用激光轰击我们!"驾驶员喊道,"以前从没有过!"

"太阳人也从未离我们这么近以真面目示人。"海琳·德席尔瓦说道,"不过太阳人这两种举动我都不明白是什么意思。"

"你觉得太阳人是不是想攻击我们?"玛蒂娜医生迟疑地问道,"也许太阳人就是这么开始攻击杰弗里的!"

"我不知道。也许那是在警告我们……"

"也许他只是想回去干活,"雅各布说,"我们正好挡在他和大个子食磁动物之间。你看他的同伴们也都一起后退了。"

德席尔瓦摇摇头,"说不好。我想我们最好还是待在这儿静观其变,等它们产崽完事儿吧。"

在他们前方,那个大线圈不断转动着,开始颤抖。它环形身体上的明暗条纹益发明显,暗的那部分变窄,亮的部分则随着每一次震动不断向外扩张。

雅各布再次看到一群闪着明亮蓝色光点的"牧人"跃起,把靠得太近的食磁动物赶回去,就像牧羊犬在训导一只任性的公羊,其他的则守在母羊身边。

生产中的线圈身体颤抖得更加剧烈,暗色的条纹开始绷紧。它身下散发出的绿色激光逐渐黯淡下去,最终消失。

那大线圈的颤动变成了一种几乎水平的摆动,幽灵们向它靠了过去。它们聚集在它旁边,以某种方式抓住它猛地一掀,把大线圈翻了过来。

现在,那庞然大物绕着垂直于磁场的中轴线慵懒地自旋着。有那么一会儿,它一直没挪动地方,接着突然开始四分五裂。

仿佛一串断了线的项链,那大线圈裂开了。一根暗色条纹绷断然后消失,随着母体缓缓地转动,那些亮色的条纹依次转到线圈断开的地方,变成了小面包圈形状,一个接一个地挣脱母体冲了出去。一次一个。它们被向上抛出,沿着看不见的磁通量线飞行,就好像划过天空的一颗颗小珠子。而那个大家伙母体,最后什么也没剩下。

在一群明亮的蓝色光点的"牧人"包围下,现在有大约五十个"小面包圈"令人头晕目眩地自旋着。从每个小家伙的中心都试探性地闪出一道小小的绿光。

尽管幽灵们看护得十分小心,还是有几个四处游走的看管对象溜了出来。这几个小家伙比它们的兄弟姐妹更加活跃,跳出了队列。突然,随着一道耀眼的绿光闪过,一只食磁动物小崽跑出了保护圈,朝着潜伏在外围的那些成年线圈移过去。雅各布盼着它能继续向飞船移动。要是那些成年线圈不挡着它的道就好了!

仿佛是听见了他的心声,那成年线圈开始下降,避开了小家伙的行进路线。当那新生小线圈飞过成年线圈的头顶时,后者环形身体上的蓝绿色宝石图案跃动起来。

突然,大线圈借着一股绿色等离子体向上跃起。太迟了,幼崽试图逃掉,它一边逃窜,一边把自己微弱的激光对准了那追捕者的环形身体。

成年线圈可没被吓唬住,一会儿就追上了那个小家伙,把它拉进自己脉动着的中央圆孔里,化为了一道蒸汽。

雅各布这才发现自己一直憋着一口气。他呼出这口气,感觉像是一声叹息。

那些幼崽现在被它们的看护者排成了整齐的队列,它们开始缓慢地离开那些成年食磁动物,只留下几个"牧人"看管着成年线圈群。雅各布看着那些明亮的小线圈远去，直到一束厚重的暗条飘过，遮住了他的视线。

"现在我们开始搞点儿情报。"海琳·德席尔瓦轻声说道，转身告诉驾驶员，"保持舱板对准剩下那些'牧人'。让库拉剥掉他的眼皮①。要是有什么东西从下面冒出来，我可得知道。"

剥掉眼皮！雅各布差点儿打了个哆嗦，赶紧把脑子里的那幕景象赶跑。这女人是从什么样的年代过来的？

"好了，"指挥官说道，"我们慢慢靠过去吧。"

"我们就在这儿一直看着它们产完崽，你说他们注意到了吗？"雅各布问道。

海琳耸耸肩，"谁知道呢？也许他们觉得我们只不过是另一种胆小的成年线圈罢了。也许他们根本就不记得我们之前来过了。"

"也不记得杰夫了？"

"很可能也不记得杰夫了。瞎琢磨也没什么用。哦，我相信玛蒂娜医生的话，她的仪器捕捉到了一种初级智慧生命。但这又能说明什么呢？在这样一个环境下……比地球上的海洋还简单，一个物种要什么技能或者记忆之类的东西有什么用呢？我们之前的潜日飞行碰到的那种威胁我们的生物，并不一定就具有多少智能。

"他们也许跟几百年前我们刚开始进行基因改造试验时的海豚差不多，智力不错，心智却不成熟。见鬼，我们早就该找像你这样的提升中心的人来了！"

"你说得好像进化智能是唯一路径似的，"雅各布微笑道，

---

①此为英文习惯用语的直译，意思是保持警惕。

"将格莱蒂克人的观念先放到一边,你就不考虑一下还有别的可能吗?"

"你是说太阳幽灵也许已经被提升过?!"德席尔瓦一时看起来十分惊讶。然后,她明白了这里面的含义,眼睛一亮,几乎跳起来说道:"可是如果那样的话,就应该有过……"

驾驶员打断了她的话:"长官,他们开始移动了。"

太阳幽灵们在炽热、缥缈的气流中飞舞。他们慢吞吞地盘旋在光球层十万千米之上,荡漾着蓝色和绿色的亮光。他们慢慢地远离飞船,几乎难以察觉,直到一个白色的光环笼罩了每一个人。

雅各布这才发现斐金不知什么时候站在了他左边。

"多美啊,"坎顿人用口哨般的声音轻声说道,"如果它被罪恶玷污,那就太让人伤心了。面对如此令人敬畏的事物,我很难想象他们会是邪恶的。"

雅各布缓缓点头,"光明的天使也许会堕落……"他吟诵道。当然,斐金知道下文:

> 最光明的天使也许会堕落,可是天使总是光明的;
> 虽然小人全都貌似忠良,可是忠良的一定仍然不失他的本色。[1]

"库拉说他们有所动作!"驾驶员举手过耳,凝神向前观望着。

一片更黑的暗条轻轻飘过来,一时遮住了太阳幽灵们。等它移过去,那些幽灵已经退得很远,只剩下一个还留在原地。

---

[1]语出莎士比亚悲剧《麦克白》第四幕第三场,译文出自朱生豪。

那个幽灵等着飞船缓缓移近。他看起来与众不同,半透明,更大也更蓝,还更简单。他看起来是硬的,不像别的同类那样表面有波纹。他的移动似乎更有目的性。

这是一名外交官,雅各布想道。

随着他们逐渐靠近,那个太阳人慢慢开始上升。

"对准他,"德席尔瓦说道,"不要失去信号!"

驾驶员抬头冷冷地扫了她一眼,又回到仪器上继续操作,双唇紧闭。飞船开始旋转。

外星生物上升得更快,向他们靠拢,扇子形的身体拍打着等离子体,仿佛一只鸟儿在向上攀升。

"他在逗我们玩。"德席尔瓦喃喃道。

"你怎么知道?"

"因为他用不着那么卖力来保持高度。"她命令驾驶员操作飞船加速旋转。

太阳从右舷升起,向头顶爬去。那幽灵也继续努力向上方攀升,即使它得跟着飞船一起倒转。太阳跃过头顶,又从另一边落了下去。在接下来不到一分钟的时间里,太阳再次升起又落下。

外星生命仍然停留在他们头顶上。

飞船的旋转开始加速。飞船上几秒钟就会经历一个昼夜交替。雅各布咬紧牙关,努力不去抓住斐金的树干以保持平衡。在飞向太阳的这次旅行中,他头一次感到很热。幽灵令人发狂地悬在他们头上,光球层像盏闪烁的灯一样飞快地忽明忽暗。

"好了,算了吧。"德席尔瓦说道。

飞船旋转的速度减缓了。当他们终于停下来时,雅各布连站都站不稳了。他感觉身上仿佛被冷风扫过,先是很热,然后又很冷：我这是要生病了吗？他心下怀疑。

"太阳人赢了，"德席尔瓦说道，"他总是赢，但我们总得试试。不过我只会这样试一次，而且是在冷冻激光正常运转的时候！"她瞥了一眼头顶上的外星生物，"不知道他要是接近光速了会怎么样。"

"你是说刚才你关掉了我们的冷冻激光？"这会儿雅各布实在支撑不住了，他轻轻扶住了斐金的树干。

"当然，"指挥官说道，"你不会认为我们想烤焦那些无辜的线圈和'牧人'吧？所以我们必须抓紧时间。要不然，我们会一直试下去，直到我们都被冻僵，我就不信不能用飞船边缘的相机捕捉到他！"她向上瞪着那幽灵。

又是这种率真的话语。雅各布都不知道这个女人之所以有魅力，是因为她直率的性格，还是因为她这种特别的表达方式。无论如何，刚才的燥热和后来的冷风是事出有因了。太阳的热量也暂时得以投射进来。

还好，阳光还是从前那样，他心想。

第十六章　魅影重重

"我们只得到了一幅模糊的画面。"那基地工作人员说道，"估计是静滞场屏蔽多少扭曲了幽灵的图像，因为它看起来都变形了……就好像通过透镜发生了曲射。

"不管怎么说，"他耸耸肩，把照片传给周围的人，"这已经是我们用手持相机能够拍到的最好画面了。"

德席尔瓦看着手中的照片。那是一个蓝色斑驳的人形，棍子似的身体，细长的腿，长长的双臂，一双张开的大手。拍下照片的时候，这双手正准备握成拳头，虽然画面粗糙，却可以辨认。

照片传到雅各布手里，他仔细看了看那幽灵的面部。双眼是空空的两个洞，那张不规则的嘴也是。在照片上，它们都是黑色的，但雅各布记得当时看到的其实是色球层那种暗红色：双眼火红，喉咙就像在向外吐着恶毒的诅咒，全都是红色的。

"还有，"那工作人员接着说道，"那家伙是透明的。氢-阿尔法射线可以直接穿过去。照片上只有眼睛和嘴是透明的，那是因为他的那些部分都没有发出蓝光。不过根据我们的观察，他的身体根本不能阻挡什么。"

"好吧，要是真有鬼魂的话，那可不就是符合鬼魂的定义了嘛。"雅各布一边说,一边交回了照片。

他又向头顶上方瞥了一眼,这都快是第一百次了。他问道:"你确定那太阳人还会回来吗?"

"以前总是会的,"德席尔瓦说道,"他从来不满足于仅仅一次攻击。"

玛蒂娜和巴伯卡待在一旁,准备等外星人再次出现时戴上他们的头盔。库拉已经结束了在"翻面"的监视任务,上到舱板,现在正坐在一个坐垫上,慢慢地吮吸着饮料瓶里的一种蓝色液体。那双巨眼这会儿炯炯有神,不过他看起来仍有些疲劳。

"我想大家都应该躺下。"德席尔瓦说道,"这样就不会为了找他们总抬着头,把脖子都累断了。反正他们要来也就是从头顶上方来。"

雅各布找了个靠着库拉的座位坐下,那里可以看到巴伯卡和玛蒂娜。

太阳幽灵第一次出现的时间太短,那两个人仓促之下也做不了什么。那太阳幽灵一到他们头顶,就变成了人形做出威胁的姿态。玛蒂娜还没来得及调校好设备,那家伙已经开始恶狠狠地盯着他们看,挥舞了几下拳头,然后就消失了。

但巴伯卡有时间检查了他的"卡-恩格"。他宣称,太阳人并没有使用什么特别强大的精神感应,自己那专门设计的仪器也无从捕捉并且抵消他们的精神感应力量;起码那会儿是这样。不过小个子皮拉人还是把它开着,以防万一。

雅各布靠在椅子上,通过按钮调节椅背慢慢降下,直到平躺下来,仰望着上方粉色的缥缈天空。

在这里用不上"皮-恩格里",这一点令人宽慰。不过既然如此,那幽灵的古怪行为到底表达了什么意思呢?雅各布不由得再次想到,拉洛克会不会有可能是正确的呢……太阳人知道如何向人类传递信息,因为他们一直以来都了解人类。当然人类之前从未拜访过太阳,但也许这些等离子生物曾经到过地球,甚至曾经培育了那里的文明?这种想法听起来荒唐透顶,不过太阳潜入者计划又何尝不是天方夜谭呢?

另外,如果拉洛克不应为杰夫飞船的坠毁负责,那也就是说太阳幽灵有能力杀死他们所有人,随时。

如果真是这样,雅各布希望那位宇航员记者的另一番观点是对的:太阳人对待人类、皮拉人和坎顿人的态度,会比他们对待黑猩猩的更加克制。

雅各布打算下次那些家伙出现时亲自试试心灵感应。他曾经接受过测试,结果表明自己并不具备精神感应的天分,却有着超凡的催眠术和记忆术。无论如何,也许自己应该试一试。

左边的动静吸引了他的目光。库拉正盯着自己上方四十五度角的地方,拿起一只麦克风凑到嘴边。

"船长,"他说道,"我相信他们赛赤(再次)回来了。"普灵人的声音回荡在飞船里,"注意经度120、纬度30的位置。"

库拉放下麦克风。软线带着麦克风自动缩回插槽,就在他细长的右手和一个空饮料瓶旁边。

外面的红色一下子暗下来,一股暗色的气体掠过飞船,那个幽灵回来了,远远看起来还不算大,但身形正随着逼近逐渐变大。

这次他看起来更亮,轮廓也更清晰。很快,他发出的蓝光就变得刺眼起来。

他再次以一个细长的人形出现,飘浮在头顶上的半空中,眼睛和嘴像燃烧的煤块一样闪着红光。

他停留在那里一动不动,虽然只有几分钟,却感觉很漫长。那样子绝对不友善。他能感觉到什么！玛蒂娜的咒骂声在旁边响起,雅各布这才意识到自己一直在屏住呼吸。

"该死！"她扯下头盔,"噪音太大了！有一瞬间我都快追踪到了……然后又消失了！"

"别捣——乱了。"巴伯卡说道。这小个子皮拉人已经把他的传译器摘下,放在了身边的舱板上,此时他那简洁短促的声音就是从那里传出来的。巴伯卡已经戴上了自己的头盔,一双黑黑的小眼睛正凝神盯着那幽灵,"人——类没有他们那种精神感应能力。你的尝试,其实只会让他们不舒服,甚至激怒他们。"

雅各布迅速地咽了一下口水。"你跟他们联系上了?"他和玛蒂娜几乎同时问道。

"是的,"传译器那机械的声音说道,"别打——扰我。"巴伯卡闭上了眼睛,"如果他移动了,就告诉我。只在他移动的时候!"说完这句,他就一言不发了。

他在跟他们说什么呢?雅各布心想。他看着那幽灵。跟这么一个家伙能说些什么呢?

突然,太阳人开始挥动他那双"手","嘴"也动了起来。这次他的样子更加清晰,没有上次他们看到的那种图像扭曲。这家伙一定已经学会了如何对付静滞场屏蔽,这再次显露了他强大的适应能力。雅各布不敢去想这对飞船的安全意味着什么。

左侧一道彩色的亮光吸引了雅各布的注意。他摸索着身边的控制台,拽出自己的麦克风,调到点对点模式。

"海琳,看看那儿,大约经度18、纬度65那里。我想我们又多了一位客人。"

"是的,"德席尔瓦的声音在他的耳机里响起,"我看到了。他好像还是本身的形状。我们看看他要干什么。"

第二个幽灵从左侧犹犹豫豫地向他们靠近。他那无定形的身体波动着,仿佛漂在海面上的一块浮油。他的形状完全不像人类。

玛蒂娜医生这时也看到了这个入侵者,她猛吸一口气,开始戴上自己的头盔。

"你说我们应该提醒巴伯卡吗?"雅各布迅速问道。

玛蒂娜想了一下,又抬头瞥了一眼第一个太阳人。他还在挥舞"手臂",但并没有移动位置。巴伯卡也一动不动。"他说只有那个太阳人动了,才能叫他。"玛蒂娜说道。

她热切地看着那个后来者,"也许我可以试试这个,不要打扰他,让他接着处理第一个吧。"

雅各布拿不定主意。到目前为止,只有巴伯卡有了一点进展。玛蒂娜不想告诉他第二个太阳人来了,动机很值得怀疑:她是不是在嫉妒皮拉人的成功?

哦,好吧。雅各布耸耸肩,无论如何,外星人总是不喜欢被打扰的。

那新来者一小步一小步、小心翼翼地向他们靠过来,朝着他那更大更亮的表亲飘过去,那家伙还在那里扮演着一个愤怒的人类。

雅各布瞥了一眼库拉。

我是不是应该告诉他呢? 他好像在专心地看着第一个幽灵。海琳为什么不通告大家呢? 斐金又到哪儿去了? 希望他没错过这一幕。

半空中什么地方有光闪了一下,库拉也一激灵。

雅各布抬头一看,后来的那个太阳幽灵不见了,而第一个幽灵也慢慢退却,逐渐隐没。

"怎么回事儿?"雅各布问道,"我就一秒钟没盯住……"

"我不知道,雅各布朋友!我刚柴(才)寨(在)看第一个幽灵,想搞清楚他那副外表下面可能隐藏着怎样的本性,结果突然又来了第二个幽灵。第一个用一道光攻击了第二个,把后者赶跑了,然后他志(自)己也离开了!"

"新来者一出现你就应该告诉我。"巴伯卡说道。他已经站起身来,传译器又挂在了脖子上,"无所——谓了。我已经得到了我想要的信息。现在我要去报——告给人——类德席尔瓦。"

说完,他转身离开了。雅各布赶紧跟了上去。

德席尔瓦正在驾驶席那里,斐金也在。"你看到了吗?"雅各布小声问道。

"是的,看得很清楚。我十分想听听我们亲爱、尊贵的朋友已经知道了些什么。"

巴伯卡夸张地挥一挥手臂,示意大家好好听着。

"他说他很老。我相——信他。这是一个非——常古老的种族。"

没错,雅各布想道,这是巴伯卡首先就要问清楚的事。

"那位太——阳——人说,是他们杀死了那黑猩猩。拉洛克也参与了。如果人类不永——远离开,他们就要开始杀人——类了。"

"什么?!"德席尔瓦喊道,"你在说什么?拉洛克怎么能和幽灵一起害死杰夫呢!"

"我要求你保持镇静。"皮拉人的声音经过传译器的调试,仍然带着一副不客气的腔调,"那位太阳人告诉我是他们让拉洛克那样做的。他们给了他怒气,让他起了杀心,还告诉了他太阳人的真相。"

雅各布把巴伯卡的话扼要转述给玛蒂娜医生。最后他说道:"……然后,巴伯卡说只有一种方法,可以让那些幽灵从那么远的距离影响到拉洛克。如果他们真是在使用那种方法,我们从大数据库查不到相关资料也就可以理解了。任何人在任何地点使用那种力量都是一种禁忌,这是完全被禁止的。巴伯卡让我们再转转看,时间差不多了就赶紧离开这儿。"

"那是什么方法?"玛蒂娜问道。她坐着,膝上摆着那顶原始的地球精神感应头盔。库拉也在一旁倾听他们的谈话,又在喝着一管饮料。

"那不是'皮-恩格里'。'皮-恩格里'在某些时候是可以合法使用的。此外,'皮-恩格里'的有效距离也没有那么远,总之巴伯卡没有发现任何与'皮-恩格里'有关的迹象。我猜巴伯卡打算用他那个石头一样的东西了。"

"勒萨尼人的圣物?"

"嗯。"

玛蒂娜摇摇头。她低垂着目光,摆弄着头盔上的一个旋钮。

"这些事太复杂了。我根本就想不明白。打从我们回到水星起,一切就都不太对劲。每个人都变了样。"

"为什么这么说?"

玛蒂娜停顿了一下,然后耸耸肩,"现在谁也信不过了……我本来以为彼得对杰弗里那愚蠢的不满是出自他的本意,也不会有什么大问题。但现在我知道那是被人操纵的,而且会要人性命。我想他说的有关太阳人的那些话也是对的,只不过那也不是他自己的想法,而是他们灌输给他的。"

"你真认为他们是我们失落已久的庇护者?"

"谁知道呢?"她说道,"如果真是这样,我们以后再也不能回到这里跟他们交流,就太悲惨了。"

"那么,你是完全相信巴伯卡的说法喽?"

"是啊,当然! 这里只有他能跟他们进行交流。再说我也了解他,巴伯卡绝不会骗我们的。寻找真相就是他一生的事业!"

然而,雅各布现在知道玛蒂娜说的"现在谁也信不过了"是指的谁了。玛蒂娜医生害怕了。

"你确信只有巴伯卡才能跟太阳人进行交流吗?"

她的眼睛睁开了,然后看向别处,"看起来这里只有他有这个能力。"

"那为什么在巴伯卡召集我们报告他的情报时,你却留在原地没动,还戴着那顶头盔呢?"

"你这是在干吗?"玛蒂娜激动地说道,"我没义务接受你的盘问! 我留下来是想再试一次。巴伯卡的成功让我十分羡慕,所以也想再尝试一下! 当然,我没有成功。"

雅各布并不相信玛蒂娜的说法。她的愤怒反应似乎毫无来由,显然她在隐瞒着什么。

"玛蒂娜医生,"雅各布说道,"你知道有一种药,叫作'华法林'吗?"

"你也来了!"玛蒂娜涨红了脸,"我已经告诉基地医师了,我从没听说过这种东西,也不知道它怎么会跑到德韦恩·开普勒的药里面去的。更确切地说,首先,我们得确定他的药里真的有那种东西!"她转过脸去,"如果你不介意的话,现在我想休息一下。下次太阳人来的时候,我得保持清醒。"

雅各布并没有在意她不友善的态度,这一定是因为他内心那另一个自我刚才已经强硬地表达了自己的怀疑。不过很显然,玛蒂娜也不会再说什么了。他站起身来。玛蒂娜故意没有理会他,继续在那里放低自己的睡椅。

他在饮食机那里碰到了库拉。外星人说道:"你不高兴吗,雅各布朋友?"

"啊,没有啊,我没有不高兴。为什么这么问?"

那高个子外星人向下盯着雅各布;外星人起来很累,瘦削的肩膀耷拉着,不过那双巨眼还是很有神。

"我希望这不会让你太难以接受,我是说巴伯卡宣布的那些消息。"

雅各布从饮食机前转过身来面对着库拉,"难以接受什么,库拉? 他说的就是些信息而已。倘若太阳潜入者计划真的因此被迫搁浅,我才会感到失望。而且在相信他的话之前,我还打算再想办法验证一下……比方说,起码要再查查大数据库。不过除此之外,我最大的感受也只是好奇而已。"雅各布耸耸肩,对库拉的问题感到有些恼火。他的眼睛很难受,可能是看多了外面的红光。

库拉缓慢地摇了摇他那硕大的头颅,"我觉得不是这么回事。请原谅我的猜测,但我认为你为此感到很烦恼。"

雅各布感到一阵愤懑。他差点冲口而出,但还是忍住了,慢慢说道:"再问一次,你到底是什么意思,库拉?"

"雅各布,你做得很好,在你的种族发生这么大的内部分歧时,还能保持中立。但是,所有的智慧生命肯定都有自己的想法。巴伯卡可以跟太阳人交流而人类不能,这深深斥(刺)痛了你。谁(虽)然你重(从)来没有表达过志(自)己对人类起源问题的立场,但我知道你并不乐意看到人类原来真的有庇护主。"

雅各布又耸了耸肩,"那倒是。我还是没法相信太阳人在遥远的过去曾对人类进行了提升、然后又半途而废这种说法。这根本不合逻辑。"

雅各布感到一阵头疼,他揉了揉右脑的太阳穴,"而且,这个项目里的所有人都行为怪异。开普勒离奇地病倒,还有他对玛蒂娜的过度依赖;拉洛克也不仅仅是粗鲁而已,有时候简直就是在自戕,还有他的破坏行为;然后玛蒂娜本来感情上倾向于拉洛克,后来却变得什么都不敢说,好像生怕会对巴伯卡不利。这些都让我感到奇怪⋯⋯"说到这儿,他停了下来。

"也许这些都是太阳人干的。假如他们能隔那么远超重(操纵)拉洛克先生杀人,当然也可以搞些别的动捉(作)。"

雅各布紧握双手。他抬头看着库拉,几乎难以抑制自己的愤怒。外星人那明亮的双眼令人感到十分压抑,他实在不想再置身于这样的目光之下。

"别打断我的话。"他说道,然后紧闭着双唇,尽量让自己保持冷静。

他感到事情有些不对劲。身边好像围裹着层层迷雾,什么都看不太清,却仍然有某种力量驱使自己说点什么,什么都行。

他环视周围。

巴伯卡和玛蒂娜又在他们的座位那里了。两人都戴着头盔,朝这边看着。玛蒂娜正在说着什么。

这个贱人!她没准儿正在把我刚才对她说的话一五一十地向那个粗鲁傲慢的小个子蠢货转述呢!

这时海琳·德席尔瓦正好巡视到那里，吸引了那两个人的注意，他们不再盯着库拉和雅各布这边了。雅各布感到一阵释然。他希望库拉最好也走开。赶走自己的同伴固然很糟糕，但受庇护种族应该明白自己的位置！

德席尔瓦跟巴伯卡和玛蒂娜说完话，又朝着饮食机这边走过来。巴伯卡那双黑黑的小眼睛又盯上了雅各布。

雅各布愤愤不平地嘟囔了一声，避开那双豆眼，转身面对着饮食机。

去他们的吧。我过来是想找点喝的，现在就让我来弄点东西喝。就当他们不存在。

那台机器在他面前颤动着，里面传出一个声音，像是在喊着什么。但他决定充耳不闻。

好吧，又是一台奇怪的机器，他想。希望它不要像上次在"布拉德伯里号"上碰到的那台卑鄙的机器一样就好。那台机器实在是太不友好了。

不太一样。这一台上面有一堆透明的立体小按钮，一排排醒目地立在那里。

他伸手打算随便按下一个按钮，却半路停住了。啊哈，这回我还是先看看标签说明吧！

嗯，喝点什么呢，咖啡？

机器里的那个声音在叫：吉罗德。嗯，不错。这是好东西，吉罗德。不仅味道好，还能解忧消愁，充满幻觉的世界里的完美饮料。

他不禁想尝尝这种饮料。有点不对劲。怎么周围的一切都慢下来了？

他伸向按钮的手慢得像只蜗牛。前后几次试探之后，他终于对准了那按钮。他刚要按下按钮,那个声音又响了起来,这次是在乞求他停下!

岂有此理!是你给我这个好建议,现在你又退缩了。见鬼,谁还需要你?

他按下了按钮。时间进行得快了一点,他听到了液体流出的声音。

他妈的谁也不需要谁了!去他的暴发户库拉……势利鬼巴伯卡,和他那死鱼一样的人类女伴。还有疯子斐金……把我从地球上拖到这个鬼地方来。

他弯下腰,取出插槽里的饮料瓶。看起来很好喝的样子……

时间走得越来越快,差不多恢复正常了。他感觉好多了,如释重负。原来的抵触情绪和幻觉似乎消失了。他微笑地看着走过来的海琳·德席尔瓦,又转身对库拉笑了笑。

回头我得向你道歉,刚才是我失礼了。他一边想,一边向他们举杯示意。

"……在外面盘旋着,再远一点我们就探测不到了。"德席尔瓦一边走过来一边说着话,"我们随时都可以,所以你们最好……"

"不要,雅各布!"库拉喊道。

德席尔瓦也喊出声来,飞身过来要抓住雅各布的手。库拉也加入进来,用他那微弱的力气想把那个饮料瓶从雅各布嘴边夺走。

真扫兴,雅各布宽容地想。一个没什么力气的外星人和一个九十岁的女人,我让你们见识见识男人的力量。

他把那两人推开,但他们又冲过来。海琳甚至使出了几记阴损招数,不过都被他一一化解,然后耀武扬威地把饮料瓶慢慢举向嘴边。

突然,仿佛一堵墙在眼前倒了下来,他的嗅觉猛地又恢复了。雅各布咳嗽了一下,低头看着自己手里那管乌七八糟的东西。

饮料瓶里盛满热腾腾的褐色液体,看起来好像有毒,一团团蠕动着,还冒着泡泡。他赶紧扔掉了饮料瓶。大家都在看着他。库拉被他摔在了地板上,叫个不停。德席尔瓦小心翼翼地站了起来,其他人则聚在周围。

他听到斐金关切的哨音从不知什么地方传来。斐金在哪儿呢? 他想,然后跌跌撞撞向前走去。只走了三步,就摔倒在巴伯卡身前的舱板上。

雅各布慢慢醒来。前额感觉很难受,那里的皮肤就像鼓皮一样紧绷着。先是汗津津的,然后有什么东西敷了上来,凉丝丝的。

他呻吟着抬起手摸向前额,却碰到了一只手,温暖而柔软。他闻到了香味,是个女人。

雅各布睁开眼。玛蒂娜医生正坐在一旁,棕色皮肤的手里拿着一条面巾。她微笑着递过来一个饮料瓶,送到他的嘴边。

他起初吃了一惊,然后屈身吸了一口。是柠檬水,味道好极了。

他喝光了那瓶水,开始打量周围。舱板四处放置的睡床上,到处都是躺着休息的乘客。

他抬起头看了看。天空一片漆黑!

"我们正在返程的路上。"玛蒂娜说道。

"我……"因为很久没有开口说话的缘故,他的嗓子十分干涩,"我睡了多久?"

"差不多十二个小时。"

"你给我注射镇静剂了?"

她点了点头。那副职业的微笑又回来了,但这次不像是装出来的。雅各布伸手摸了摸额头,还有点疼。

"那么我不是在做梦了。昨天我差点喝下去的那东西,到底是什么?"

"那是一种氨水混合液,我们给巴伯卡准备的。喝下去虽然不会要你的命,但也够你受的。你能告诉我为什么要那么做吗?

雅各布又躺了下来,"呃……当时那看起来是个好主意。"

他摇了摇头,"说真的,我猜自己那会儿有点不对劲。但我真的不知道到底是哪儿出了问题。"

"你一开始说什么谋杀啊阴谋啊之类的古怪话时,我就应该看出来你不对劲了。"玛蒂娜点点头说,"没能及时看出这些迹象,我也有责任。这没什么可愧疚的。我认为这只不过是一种方位感迷失的症状。乘坐飞船进行潜日飞行,常常会让人患上这种糟糕的方位错乱症。"

雅各布揉揉自己惺忪的睡眼,"嗯,你最后那句话说得没错。不过,单单只有我发生了这种事,也许有人会觉我是受到了某种影响。"

玛蒂娜一震,仿佛对雅各布这么快就察觉到了这一点感到十分惊讶。

"是啊,"她说道,"其实德席尔瓦指挥官就认为这是太阳人干的。她说,他们可能是在展示自己的精神感应力量来震慑我们。她甚至还建议我们进行还击。她的观点有一定的道理,不过我另有看法。"

"你的看法就是我自己疯了？"

"哦，不，当然不是！只不过是方位错乱和一时迷糊而已！库拉说你的行为……有些异常，就在你……出事前几分钟。根据他的描述，加上我自己的观察……"

"的确，"雅各布点点头说，"我还欠库拉一个诚恳的道歉……哦，天啊！我没伤着他吧？海琳呢？"他猛地要坐起来。

玛蒂娜拦住他，"没有，没有，大家都没事。别担心。我想大家唯一担心的就是你的状况。"

雅各布躺了回去。他低头看了看喝光了的饮料瓶，"能不能再给我来一瓶？"

"当然。我马上回来。"

玛蒂娜起身离去。雅各布能听到她那轻快的脚步声正向着饮食区走去……他就是在那儿"出事"的。一想起那件事他心里就不舒服，感到又羞又恨，但更多的是难以平息的疑问：为什么？

他身后什么地方，有两个人正在轻声交谈。玛蒂娜医生一定是在饮食机那里碰到谁了。

雅各布知道，他迟早都得对自己的内心世界来一个深层"潜入"——其程度之深，甚至可以让太阳潜入都相形见绌。这次发狂或许可以算是偶然，但要想挖出事情的真相还得更进一步。唯一的问题是什么时候做呢，现在——在这脑袋都要裂开的当口？

或许可以等到返回地球，身边有提升中心的临床医生在的时候，但那样的话，结果可能就对他、对太阳潜入者计划和他的工作都没什么好处了。

玛蒂娜回来了。她在雅各布身边坐下，又递上一管饮料。

海琳·德席尔瓦也来了,坐在了玛蒂娜的旁边。

雅各布花了几分钟跟海琳解释自己已经没事了。她则对他的道歉一笑了之。

"没想到你的徒搏这么厉害,雅各布。"她说道。

"徒搏?"

"徒手搏斗。尽管我得承认自己已经是老胳膊老腿了,不过我的功夫还是不错的,但你比我还厉害。从咱们交手的情况来看,这一点毫无疑问,大家都想既能制服对方又不伤害对方,这非常难,而你精于此道。"

雅各布从来没想过自己会因为这类恭维而脸红,但他这会儿的确觉得自己脸上有点发烧。

"谢谢。我记不太清了,不过好像你的身手也很了得。"

他们相对而视,会心一笑。

玛蒂娜看看雅各布,又看看海琳。她清了清嗓子,说道:"我想德姆瓦先生还不适合说太多话。刚经历了那么一次休克,还是应该好好休息。"

"我只是想确认几件事情,大夫,然后我会听话的。首先,斐金在哪儿?我怎么没看到他?"

"坎顿人斐金在'翻面'那里,"德席尔瓦说道,"他正在补充光照。"

"他很关心你。我想他听到你没事了,一定很高兴。"玛蒂娜说道。

雅各布松了口气。不知怎么,他有点担心斐金的安全。

"现在,跟我说说我昏过去之后都发生了什么。"

玛蒂娜和德席尔瓦对望了一眼。然后,德席尔瓦耸了耸肩。

"太阳人又来了一次,"她说道,"他待了挺长时间,一直跟在我们的视线可及范围边缘，徘徊了好几个小时。直到我们远离了那群线圈生物，还有他的其他太阳人同伴。

"不过好在他没有马上就过来。我们那会儿也正好出了点儿乱子，因为，呃……"

"因为我那出引人注目的闹剧。"雅各布叹了口气，"不过，他在外面飞来飞去的时候，就没有人试着跟他联系吗？"

德席尔瓦看了看玛蒂娜，后者轻轻摇了摇头。

"太阳人也没做什么。"指挥官赶紧接着说道，"我们还在郁闷。不过，到了大约下午两点的时候，他就消失了。过了一阵子，他又回来了，这次是……'威胁'。"

雅各布看着面前的两个女人交换眼神，没有理会，但他突然有了一个想法。

"告诉我，你们能不能完全确定那是同样一种幽灵？也许'正常'和'威胁'状态下的幽灵，根本就是两个不同的物种！"

玛蒂娜愣了一下，"那就能解释……"但她没有往下说。

"呃，我们已经不再叫他们幽灵了。"德席尔瓦说道，"巴伯卡说他们不喜欢我们这么叫他们。"

雅各布感到一阵愤懑，但很快克制住自己，唯恐面前的两个女人看出来。这次谈话看样子要一无所获！

"那他这次以威胁姿态出现，又做了什么？"

德席尔瓦皱起眉头，"巴伯卡跟他聊了聊。之后巴伯卡生气了，就把那家伙赶跑了。"

"什么？"

"他想跟太阳人讲道理，引经据典，搬出了庇护主–受庇护者权利条文，甚至还许诺可以进行贸易。但那家伙还是继续威胁我们，说他会向地球发送精神感应消息，给我们送去无法想象的

第六部

　　有很多种方法(而非一些固定的教条)可以用来判断一个人是(精神)健康的:他应该具有从经验中学习知识的能力……能够接受别人有道理的话……而且具备各种感情……特别是还要能够做到适可而止。精神疾病的本质就是一个人的行为停留在一种不为所动或贪得无厌的状态。

——劳伦斯·库比[1]

---

[1]劳伦斯·库比(Lawrence Kubie, 1896-1973),美国神经病学家和心理治疗医师,以对催眠的研究而闻名。

画了一张《兹威基选择表》^①，平摊在桌面上。这两张粉色的纸上分别写着若干答案为"是/否"的问题，代表两种相对的可能。

左边的纸上写着：巴伯卡对太阳幽灵的说法是对的，是（一）/否（二）。

另一张纸上的话更加古怪：我已经精神错乱了，是（三）/否（四）。

雅各布不想让任何人的观点影响自己对这些问题的判断，所以他才要避开玛蒂娜和其他人。自从回到水星之后，除了出于礼节去探望了一次恢复之中的开普勒博士，雅各布完全变成了一个隐居者。

左边的这个问题关系到雅各布的工作，雅各布不排除它跟右边那个问题的关联。

右边这个问题更加难以回答。必须把所有的感情因素都放到一边，才有可能找到正确答案。

他又拿起一张纸，在上面写下数字"一"，然后把这张纸放到左边那张写着问题的粉色纸下方，开始在上面列出能够证明巴伯卡的说法真实可靠的证据。

表一：巴伯卡的说法是正确的。

这个列表很简洁。首先，皮拉人对太阳幽灵行为的解释是可以自圆其说的。人们早就知道，他拥有某种精神感应能力。人形太阳幽灵的威胁，表明他们对人类颇有了解，而且抱有敌意。太阳人"只"杀了一只黑猩猩，而且只有巴伯卡看起来能够

---

①弗里茨·兹威基（Fritz Zwicky, 1898-1974），瑞士天文学家，出生于保加利亚，一生大部分时间都在加州理工学院进行研究。他发明了一种形态分析方法，能够系统地构建和审查通常不可量化的多维复杂性问题之中包含的所有关系的全集，常用在因果模型和模拟方法不能很好地起作用的场合。文中的《兹威基选择表》就是这种分析方法的一个应用。

成功地跟他们沟通。这一切都符合拉洛克的说法——而这种说法又被认为是太阳人"种"在他头脑里的。

更了不起的是,当雅各布昏迷时,巴伯卡依靠勒萨尼人的圣物做出了令人震惊的事,这有力地证明了巴伯卡的的确确跟太阳人进行了接触。

用一道闪光赶跑一个太阳幽灵,这也许有可能(尽管雅各布想不通,太阳幽灵飘浮在明亮的色球层里,怎么能看到昏暗的探日飞船内部发出的任何光线呢?),但要驱散一整群食磁生物和"牧人",皮拉人就必须具备某种超强的力量(精神感应?)了。

在后续的分析过程中,雅各布还要一个个重新审视这些因素。但从表面上判断,雅各布不得不承认,表一看起来是真实可信的。

这样一来,表二就非常棘手了,因为它的论点与表一恰恰相反。

表二:巴伯卡的说法是错误的——(二甲)他判断错误/(二乙)他在撒谎。

二甲似乎不合道理。巴伯卡看起来是那么确定、那么自信。当然,他也可能是被太阳幽灵们给骗了……雅各布在纸上写了几笔,把这一点给记了下来,列在了二甲里。这其实是很重要的一种可能性,但雅各布想不出有什么办法可以查明这一点到底是真是假,除非再做几次太阳潜入飞行。而在目前的情势下,这是不可能的。

巴伯卡坚持认为,没有他和他的勒萨尼圣物,再想对太阳进行任何更进一步的探索,都是徒劳甚至有致命危险的。玛蒂娜也这样认为。令人感到奇怪的是,开普勒博士并没有对此提出异议。实际上,正是在他的命令下,探日飞船被停放在机库里,

须变回自己曾经的样子:冷酷、严厉、极度自信还爱管闲事。

雅各布之前曾为自己那另一半心智总是不受控制地冒出来而感到忧虑,同时也觉得很难为情。比如那次在"布拉德伯里号"上,他偷取了开普勒博士的药片样本。尽管更希望有别的办法可以达到同样的目的,他还是根据当时的情形,选择了偷窃这种方式。

但是,他在探日飞船上跟玛蒂娜医生说的那些话能够表明,他潜意识里纠结着许许多多的猜疑,甚或是更深的问题。

3. 在探日飞船上的行为:企图自杀?写下这一行的时候,雅各布并没有自己原先预想的那么不舒服。这个插曲的确让他感到不安,但奇怪的是,他为此产生的愤怒远多过羞愧,仿佛他是被别的什么人操纵才做出了那种傻事一样。

当然他这么想可能有各种原因,比如惊慌之下的自我安慰,但他的直觉告诉自己并非如此。雅各布顺着这条思路想下去,感觉不到任何的心理障碍,有的只是否定。

第三条可能是智力全面衰退的一种迹象。也有可能仅仅是一次方向知觉丧失症的表现,就像玛蒂娜医生诊断的那样(自从回到基地之后,她就一直追着雅各布,要对他进行全面治疗)。同样,正如他想到的,这也有可能是被外部的什么东西诱发的。

雅各布推桌起身。他需要时间。唯一的解决办法就是找到更多的缺口,让潜意识里的想法都冒出来——就是他正在研究的那个潜意识。

好吧,那并非唯一的办法,但在他能够回答自己的心智是否正常这个问题之前,雅各布不准备另觅他途。

雅各布后退几步,打了一套太极拳来放松身体。在凳子上歪着坐了这么久,他的脊梁骨都要断了。他舒展身体,把精气送回身体的各个部位,唤醒它们。

身上穿的那件薄夹克不够宽松,他停住身形,把衣服脱了下来。

在总工程师办公室那边有个衣架,就在维修室对面的自动饮水器旁边。雅各布踮着脚轻快地走了过去,刚才那套太极拳打过,他感到自己的身体变得紧致有力。

雅各布经过的时候,总工程师没好气地点了点头,显然不太高兴。那间办公室四面墙上都嵌着塑料泡沫板,他坐在桌子后面,脸上挂着的那副表情,正是雅各布自打回到基地以来就随处可见,尤其在低级别的基地工作人员脸上最常见的表情。正是这副表情,时时提醒雅各布别再幻想。

雅各布刚在自动饮水器前俯下身子,突然听到了一阵咔嗒咔嗒的声音。那声音是从飞船的方向传过来的。他抬起头,半个飞船都在视野以内。他朝着岩壁角落走过去,剩下的那一半也慢慢露了出来。

探日飞船的楔形门正缓慢向下开启。库拉和巴伯卡站在飞船外等着,两人抬着一台圆柱形机器。雅各布蹲在岩壁后面心想,他们俩在干什么?

他听到舷梯从探日飞船舱板边缘放了下来,然后是皮拉人和普灵人把机器拖进飞船的声音。

雅各布背靠着岩壁,摇了摇头。够了,要是这样的怪事儿再来一桩,他就真的要疯掉了——如果他现在还没疯的话。

飞船里发出一阵声响,听着就像是一台空气压缩机,或是一台真空吸尘器在工作。从那一阵哗啦哗啦的物体滑动的声音,间或还有吱吱嘎嘎的皮拉语咒骂声中,可以听出那台机器被拖着转遍了整个飞船内部。

缩回墙后。巴伯卡低吼了一声,发出指令,让库拉回到电梯那里。

雅各布回到工作台那里,发现总工程师正在看散落在桌面上的分析表。看到雅各布走进来,那人抬起了头。

"那边是怎么回事儿?"他冲着探日飞船扬了扬下巴。

"哦,没什么,"雅各布回答道,轻轻咬了咬牙,"就是些外星人在飞船旁边晃悠。"

"在飞船旁边?"总工程师站起身来,"你那会儿来找我就是为了这事儿吗? 你怎么不早说!"

总工程师说完,转身就要向支船架走去。"等等,别急!"雅各布一把抓住他的手臂,"太晚了,他们已经走了。何况,要搞清楚他们到底在干什么,光抓住他们在做怪事儿是不够的。做怪事儿可是外星人的专长!"

总工程师看着雅各布,仿佛不认识他一样。"也对,"他慢慢说道,"你说得有理。不过现在,你是不是该告诉我你到底看到什么了?"

雅各布耸耸肩,讲述了他看到的一切,从听到飞船舱门打开的声音开始,讲到那些撒出来的粉末。

"这到底是怎么回事儿呢?"总工程师挠着头。

"好了,别想了。我说过,我们还需要更多的线索。"

雅各布重新在凳子上坐下,开始认真地在那几张纸上写了起来:

库拉拿了粉末样本……为什么? 找他要一点,有没有风险?
库拉也是自愿的同谋? 从什么时候开始的?
拿到一份样本!

"嘿,你到底是在搞什么鬼呢?"总工程师问道。

"我在追查线索。"

总工程师沉默了片刻,拍着远端桌角上摆着的纸张,说道:"兄弟,要是我觉得自己快要疯了,肯定不能这么冷静! 那是什么感觉? 我是说,当你丧失理智、准备喝那毒药的时候?"

雅各布的目光从纸面上离开,眼前出现了一幅画面。氨水的气味充斥在他的鼻孔里,太阳穴强烈地跳动。那感觉就好像已经在聚光灯照射下被人审问了好几个小时。

那场景他记忆犹新。倒在地上之前他看到的最后一幕就是巴伯卡的脸,小小的黑眼睛从精神感应头盔下望着他。当时在场的人中,只有这位皮拉人看着雅各布跟跄前行,摔倒在距离自己几步之遥的舱板上不省人事,却无动于衷。

想到这里,雅各布感觉身上有点发冷。他想把这个感觉写下来,但又停下了。这太复杂了。他简略地记了几笔,用的是混杂三音海豚语,然后丢在了标着"四"的那张纸上。

"对不起,"他抬起头看着总工程师,"您说什么?"

总工程师摇了摇头,

"哦,那其实也不关我的事。我不该乱打听,我只是好奇你在这儿搞什么。"

总工程师停了停。

"你在试图挽救这个项目,对吗?"他最后问道。

"对。"

"那你一定是这里唯一乐观的人了。"他苦涩地说道,"我很抱歉之前对你发牢骚了。我不会再打扰你的工作了。"他起身准备离开。

雅各布想了一下问道:"你想帮我吗?"

"好,好。"雅各布点点头,"向你道歉。那你能把那个小工具递给我吗? 不对,是那个,头上有个钩子那个。对,就是它。

"现在,你能不能出去守在门口? 万一有人来了,我也好来得及把这儿收拾干净。小心别绊倒!"

唐纳森走开了一段距离,然后停下来看着雅各布重新开始工作。唐纳森倚在冰凉的门框上,擦去脸上和额头的汗水。

德姆瓦看起来头脑清醒,说的话也合情合理,但是他那狂野不羁的想象力在过去几个小时里已经让唐纳森感到晕头转向。

最糟糕的是,目前的情形令人百感交集。他们正在追查线索,这事儿很刺激,而且他之前发现的一些蛛丝马迹,在碰到德姆瓦之后也得到了印证。不过,这件事情同时也令人害怕,因为眼前这人很可能真的疯了,哪怕他的话听起来合情合理。

唐纳森叹了口气。他转过身来,不再理会那金属刮擦的细微声音和忙碌中的雅各布,慢慢地朝着相片库的外门走去。

无所谓了。水星上已经出了问题。如果还没有人开始行动的话,很快就再也没有什么探日飞船了。

这就是一把简单的弹子锁,用的是普通那种带齿槽的钥匙。简单得不能再简单了。实际上,雅各布发现,水星上几乎找不到几把高级的锁。在这颗行星上,磁鞘①直接扫过几乎毫无保护的地表,所以要在这里用电子锁,还得加上专门的电磁屏蔽罩。虽然并不是太昂贵,但一定会有人觉得就为了几把锁花上这笔钱未免荒唐。毕竟,谁会想要闯入相片库呢? 而且,谁又能知道如何进到这里来呢?

雅各布就知道。但这好像没什么用。不知怎的,他就是找

---

①行星磁层外围的薄层。

不到感觉:工具不是那么得心应手,他的双手也不那么利索。

按照这个速度,他得花上一整夜才能打开这把锁。

让我来吧。

雅各布咬咬牙,慢慢把开锁的小钩子从锁芯里抽出来,放在一旁。

别装得像个人似的,他暗暗说道,你只不过是一堆自私习惯的集合体而已,我把你深埋在潜意识中有一阵子了。你要是还这样扮演另外一个人,就会把我们……把我彻底搞成精神分裂症了!

看看,谁在装得像个人似的。

雅各布笑了。

我就不该来这儿。我本该在家里待满三年,平平安安地把内心世界清扫干净。我喜欢的那些行为模式……过去我必须压制,而现在要对付眼前这些事,它们就需要被彻底唤醒了。

那干吗还不使用它呢?

我当初对自己的心智做出这种安排的时候,并没说那就是金科玉律。那种压制真的会带来麻烦!那种不考虑道德评判、冷血的专业人员品质正慢慢流露出来。本来我都打算好了,一到危急时刻,它就会发挥作用。

对于这种潜质,最近我一直在压制和试图将之拟人化,这可能已经给我带来了一些麻烦。在我努力弥合塔尼娅之死造成的创伤之时,你这邪恶的另一半需要沉睡……而不是留在手边备用。

那就让我来吧。

雅各布另取了一只钩子,在指间转动着。那金属工具轻轻划过他的手,感觉光滑而冰冷。

可以给我们的理论些许支持,好让他们看看。"

雅各布犹豫了一下,然后点点头,说道:"让我看看你的手。"

唐纳森摊开手掌,上面覆盖着的一层弹性塑料膜完好无损。所以他们应该没留下什么化学痕迹或指纹。"好吧,"雅各布又说道,"我们尽量按照记忆中的样子,把这些东西都放回原处吧。没碰过的东西就别碰了。弄完了我们就离开这里。"

唐纳森正准备按照他的吩咐开始工作,相片库外面突然传来一声撞击声,好像有什么掉在了地上。那声音透过门传进来,有些发闷。

那是雅各布在大门那里设下的圈套。这说明有人进到相片库来了。他们离开的路被堵死了!

两人连忙向暗房那昏暗的门口跑回去。他们刚刚跑过七拐八弯的避光区,就听到一声金属钥匙捅进锁眼的刮擦声传进了狭小的房间里。

雅各布听到门慢慢打开的轧轧声,盖过了自己急促的喘息声。他拍了拍自己工装裤的口袋,不好,他那些小偷工具有一半都在外面放着,就在一个文件柜顶上。

还好,他那牙医小镜子还在胸前的口袋里。

外面那人的脚步声轻轻地从不远处传来。雅各布仔细权衡了一下利弊,然后慢慢地把那只小镜子从口袋里取出来。他跪在地上,捏着小镜子的把手,把圆圆亮亮的小镜子那端从离地几英寸高的地方探出门去。

玛蒂娜医生正站在一个文件柜前,一把把挑选着一串钥匙,还不时往门外鬼鬼祟祟地看上一眼。尽管是一面这么小的镜子,而且是在她脚边两米外的地面,画面看不太真切,但还是可以看出她似乎心烦意乱。

雅各布感觉身后的唐纳森靠了过来,也想从门口向外窥视一下。雅各布有些不舒服,就摆手让唐纳森快回去,那家伙却一下子失去了平衡,虽然他赶紧探出左手想支撑住身体,却还是摔倒在雅各布的背上。

"嗷!"总工程师的体重一下子压下来,雅各布肺里的空气都被挤出来了。他左臂运力挺住,牙咬得咯咯响,总算没有让两人都摔出门外,可那面小镜子还是从他手中跌落到地板上,发出一声脆响。

唐纳森赶紧缩回阴影之中,重重地喘息着,却还可怜巴巴地想压抑住声音。雅各布无奈地笑了笑:谁要是连这么大的声音都听不到,那一定是聋了。

"谁……谁在那儿?"

雅各布站起身来,装模作样地掸了掸尘土。他不满地瞥了一眼总工程师唐纳森,那人正郁闷地坐在那儿,不敢看雅各布的眼睛。

外面传来一阵快速后退的脚步声。雅各布走出了门。

"别急着走,米莉。"

玛蒂娜医生的脚步一下子在门口停住。她双肩耸起,慢慢地转过身来,她的脸上本是一副惊慌失措的表情,一看到是雅各布,脸就不红了,取而代之的是她一贯的阴郁、倨傲。

"你在这儿干吗?"

"看你,米莉。这一直都是一种愉快的消遣,尤其是现在,更有趣了。"

"你在监视我!"她倒抽一口气。

雅各布向前走了几步,暗自祈祷唐纳森不要傻到在这个时

"他现在还被关着,是吗?"

"是的。他们觉得这样最安全。你也知道,太阳人已经操纵了他一次,他们可能还会这样做。"

"那是谁的主意,要把相机还给他?"

"当然是他自己的主意。他想要回这些记录,我觉得这也没什么害处……"

"让他手里重新得到一件武器也没什么害处?"

"不是的!那上面的眩晕枪会被关……关掉。巴伯……"她的眼睛突然睁大了,声音也越来越小。

"继续,说出来吧。我已经知道了。"

玛蒂娜垂下了目光,"巴伯卡说他会和我在彼得的房间碰头,然后把眩晕枪关掉,作为对彼得的一个帮助,也可以表明他并无恶意。"

雅各布叹了口气,"这就露馅了。"他喃喃道。

"什么?"

"让我看看你的手。"玛蒂娜稍一犹豫,雅各布不容分说抓住她的手,打开检查起来,她那细长的手指颤抖着。

"你要找什么?"

雅各布没有理会她。他在狭小的房间里来回踱步。

脑中有一个完美的圈套吸引着他。如果它真能实现,那么水星上就没有一个人能独善其身了。这是他能想到的最好办法了。现在只剩下一个问题:什么时候触发这个圈套?

他转过身,看着暗房的门口。唐纳森的脑袋再一次缩了回去。

"没事儿了,总工程师。出来吧。你来帮助玛蒂娜医生把这里的指纹都擦掉。"

　　唐纳森那胖乎乎的身影闪了出来,他难为情地看着玛蒂娜傻笑,玛蒂娜不禁大吃一惊。

　　"你要去干什么?"唐纳森问道。

　　雅各布并没有回答,而是拿起门口的一部语音电话,开始拨号。

　　"喂,斐金吗? 对,我准备好了,现在可以'会客'了。噢,是吗……呃,还是先别这么肯定吧。这得看看接下来的几分钟里我有多少运气。能不能请你招呼这里的重要人物们,让大家在五分钟之内都赶到拉洛克的监禁室去? 我要在那里开个会。是的,马上,也请你一定要态度坚决。不用找玛蒂娜医生了,她就在我这儿。"

　　玛蒂娜正在擦拭一个文件柜的把手,听到雅各布说话的腔调,吃惊地抬起头来。

　　"没错,"雅各布接着说,"请你先找巴伯卡,还有开普勒。你一定请得动他们。这会儿我得先忙起来了。好的,谢谢。"

　　收拾完现场,他们一起朝门口走去。"现在怎么办?"唐纳森问道。

　　"现在你们俩要结束学徒生活,开始做些一流大盗该做的事情了,而且你们的手脚得快一点儿。开普勒博士马上就会离开他的房间,你们也得去参加会议,最好别耽搁太久。"

　　玛蒂娜停下脚步,"开什么玩笑,你不会真的指望我去搜查德韦恩的房间吧!"

　　"有什么不可以?"唐纳森愤愤不平地嘟囔道,"你不是一直在给他投鼠药嘛! 你还偷了他的钥匙,溜进相片库。"

　　玛蒂娜鼻孔都要张开了,"我没有给他投鼠药! 谁跟你这么说的!"

历史事件。"

巴伯卡喷喷鼻息，转过身去。他一反常态，没有待在散布在房间各处、铺在地毯上的软垫子上面，而是一直在房间里踱来踱去。皮拉人在库拉面前停下脚步，站在墙边，用一种复杂的拍子弹着他那四四方方的手指头。库拉点点头，说道：

"我的主人说，拉洛克先生的相机已经带来了太多的麻烦。皮拉人巴伯卡还说，他最多寨（再）等五分钟。"

开普勒没有理会库拉的话。他不紧不慢地揉着脖子，好像那里不太舒服。最近几周，他瘦了很多。

拉洛克以法国人特有的方式耸耸肩。斐金沉默不语，连他那郁郁葱葱的树枝末梢上挂着的银色亮片都纹丝不动。

"进来坐下吧，海琳。"基地医生说道，"我想其他人很快就会到了。"他的眼神里满是同情。走进这间屋子，不啻蹚进了一摊冰冷的污水。

海琳找了一处离其他人尽可能远的地方坐下。她闷闷不乐地寻思着，雅各布·德姆瓦到底葫芦里卖的是什么药。

但愿别又是那件事，她想。如果说坐在这里的这群人有什么共同点的话，那就是他们都不希望再听到"太阳潜入者"这个词。他们其实已经恨不得要互相把对方的喉咙掐断，却都像串通好了似的一言不发。

她摇了摇头。谢天谢地，这趟旅行就要结束了。下一个五十年或许会更美好一点。

她对此其实并未抱太大期望。现在连披头士的歌都只能由交响乐团来演奏，别提多难听了；而好的爵士乐谱更是出了图书馆就根本找不到了。

我为什么要离开自己的家园呢？

米尔德里德·玛蒂娜和总工程师唐纳森一起走了进来。在海琳看来,他们假装相互冷淡的表演实在是太拙劣了,不过似乎其他人都没有注意到。

有意思。他们俩怎么搞到一起去了?

他们环视房间,找了一个边缘角落坐下,前面就是那唯一的沙发,开普勒和拉洛克正剑拔弩张地坐在那儿。拉洛克抬眼看着玛蒂娜,笑了笑。这是什么秘密暗号吗? 玛蒂娜避开了他的目光,拉洛克看起来有些失望,又接着点自己的烟斗去了。

"我可等——不下去了!"巴伯卡终于宣布。他转身朝门口走去,但还没走到那里,门就被打开了。雅各布·德姆瓦站在门外,肩上扛着一只白布口袋,轻声吹着口哨走进了房间。海琳难以置信地眨着眼睛,那曲子听起来像是《圣诞老人来到了城里》;没错,肯定是。

雅各布把那只袋子从肩上甩下,砰一声扔在了咖啡桌上,惊得玛蒂娜医生从椅子上跳了起来。开普勒眉头更加紧蹙,双手紧紧地抓住沙发扶手。

海琳实在忍俊不禁。雅各布吹的那不合时宜、老掉牙的小调,弄出来的这一声巨响,还有他这副做派,打破了房间里的紧张气氛,就好像你扔出一张蛋奶糕饼,正中一个不太招人喜欢的人面门一样。

"你是来闹着玩的吗?"巴伯卡质问道,"你浪费了我的时间! 必须——赔——偿!"

雅各布微笑道:"啊,当然,皮拉人巴伯卡。希望我一会儿的展示能让你不虚此行。不过,您干吗不先坐下来?"

巴伯卡的上下颚猛扣了一下,那双黑黑的小眼睛仿佛一下

刑犯检测,而这本可以彻底洗刷他的罪名。也许,他认为测试的结果也一定会搞错。"

"对极了,"拉洛克点点头,"那不过是另一个谎言而已。"

"如果有莱尔德医生、玛蒂娜医生和我一起监督这次测试,都不行吗?"

拉洛克咕哝道:"那会对我的审判不利,尤其是如果我准备起诉的话。"

"干吗要审判? 你并没有动机去杀害杰弗里,虽然的确是你打开了飞船控制系统的面板……"

"我没有那么做!"

"……而且,只有缓刑犯人才会一怒之下就要杀人。所以干吗要监禁你?"

"也许他在这儿待得挺舒服。"那名医护人员插话道。海琳皱了皱眉。最近飞船上可真是纲纪废弛、军心涣散了。

"他不接受测验,因为他知道自己肯定通过不了!"开普勒大声说道。

"这也是为什么太阳——人会选择他来替他们施行杀——戮,"巴伯卡补充道,"他们就是这么跟我说的。"

"那我是不是缓刑犯呢? 不是也有人认为太阳幽灵控制了我,要我自杀吗?"雅各布说。

"你那是压力太——大。玛蒂娜医——生是这么说的。是吧?"巴伯卡转向玛蒂娜问道。她那苍白的双手紧握着,一言不发。

"我们一会儿就会谈到这个。"雅各布说道,"不过在咱们开始之前,我想单独跟开普勒博士和拉洛克先生说几句话。"

莱尔德大夫和他的助手礼貌地回避开。巴伯卡因为被请求离开而吹胡子瞪眼，但还是听从了雅各布的话。

雅各布绕到沙发后面。他在沙发上坐着的两人之间弯下身子，双手背在身后。唐纳森凑上去，把一个小东西放到他手中，雅各布紧紧地握住。

然后，雅各布看看开普勒，又看看拉洛克，"我想你们俩可以省省了。特别是你，开普勒博士。"

开普勒嘘了一声，"你到底在说什么？"

"我想这里有件东西属于拉洛克先生。且不论他携带这东西是否合法，他实在是太想要回去了，想得足以听从某人的指示，去搞一下他觉得无伤大雅的破坏。他以后也肯定会把这里的一切都写成文章，当然那人还可以借此要挟他妥协，改改那些文章的基调。

"我想这笔交易不再成立了。你们看，那东西在我手上了。"

"我的相机！"拉洛克急促地低声说道，眼睛亮了起来。

"的确是一架很小的相机。一架完整的微型声波摄谱仪。没错，就在我这里。我还有你拍摄记录的所有拷贝，它们原本被藏在开普勒博士的房间里。"

"你个叛——徒，"开普勒由于激动，说话都磕磕巴巴了，"我还把你当朋友……"

"住口，你这个'皮族'混蛋！"拉洛克几乎喊了起来，"你才是叛徒！"轻蔑之情仿佛积压了太久的蒸汽一般从这小个子记者身上爆发出来。

雅各布把双手分别放在两人背上，"你们小点声音，别再争吵不休了！拉洛克可能被指控犯下间谍罪，开普勒则在这起间谍案之后犯下了勒索和串谋的罪名！实际上，拉洛克犯下间谍罪的证据同时也间接证明了他根本没有时间去破坏杰弗里的飞船,这项罪行的嫌疑立刻就落在了最后一个检查飞船发动机的人身上。噢,我没说是你做的,开普勒博士。不过如果我是你,我会小心的!"

拉洛克哑口无言。开普勒则咬着自己小胡子的末梢。

"你想怎么样?"他终于说道。

雅各布想要抗拒,可是体内那被压制的另一半蠢蠢欲动,让他不由自主地想要继续探究下去。

"哎哟,我还没想好。也许我是该考虑要点什么。只是你别异想天开了。我地球上的朋友们已经知道了一切。"

这不是真的,但海德先生却真是这么认为的。

海琳·德席尔瓦竭力想偷听一下三个人之间的谈话。如果她相信灵魂附体,就会发现眼前这几张熟悉的面孔已经受控于入侵的心魔了。温文尔雅的开普勒博士,自从回到水星,就变得不苟言笑、讳莫如深,像一个愤世嫉俗的哲人,整天喃喃自语;拉洛克则变得深思熟虑、小心谨慎,仿佛不这样他的整个世界就都无法运转了。

而雅各布·德姆瓦……之前的几次接触,给人的印象都不错,在他安静甚至有些平淡的缜密心思之下,蕴含着一种超凡的魅力,若隐若现,引得她时忧时喜。可现在,这种气质却像摄人心魄的火焰一般散发出来。

雅各布直起腰宣布:"现在,开普勒博士已经宽宏大量地同意,撤销皮埃尔·拉洛克身上所有的罪名。"

巴伯卡从软垫上一下子站了起来,"你疯了。如果人类打算对杀——戮自己受庇——护种族的行为加以赦免,这我管——不着。可是太阳人也许会驱使他再——次危害大家!"

"太阳人从未驱使他做过任何事情。"雅各布慢慢说道。

巴伯卡厉声说道："我说过,你疯了。我跟太阳人通过话。他们可不会撒谎。"

"随您怎么说,"雅各布鞠躬致意道,"不过我还是想继续我的总结发言。"

巴伯卡响亮地喷了喷鼻息,然后重重地在软垫上坐下。"疯了!"他怒斥道。

"首先,"雅各布说道,"我要感谢开普勒博士慷慨地允许总工程师唐纳森和玛蒂娜医生,还有我本人,进入相片库去研究上次潜日飞行拍摄的影像资料。"

听到玛蒂娜的名字,巴伯卡的脸色一变。原来皮拉人懊恼的时候是这副样子,雅各布心想。他理解这小个子外星人此刻的心情。这本来是个完美的骗局,现在却全被戳穿了。

雅各布按照事先的编排,把他们在相片库的发现讲述了一遍。他告诉大家,上次潜日飞行任务中飞船"翻面"的摄像机录下的磁带盘,最后的三分之一都不见了。房间里寂静无声,只听得到斐金的枝叶在叮当作响。

"有一阵子我在想,这些磁带会到哪儿去了呢?我大概猜得出是谁拿走了这些磁带,但他是已经毁掉了它们,还是冒险把它们藏匿起来,我还不能确定。最后,我决定赌一把,我猜一位'数据收集癖'患者绝不会轻易丢掉任何东西。所以我搜查了某一位智能生物的房间,果真找到了那些丢失的磁带。"

"你好大的胆子!"巴伯卡尖叫道,"你要是有主人,我可以让他抽了你的筋! 你这个胆大包天的家伙!"

海琳惊愕地摇了摇头,"皮拉人巴伯卡,您这是承认,是您把潜日飞行数据磁带藏起来了? 为什么?!"

雅各布咧嘴一笑，"哦，这就清楚了。单看这案子的情形，我原以为事情远比现在要复杂得多。其实很简单。你看，光是这些磁带就已经证明皮拉人巴伯卡在撒谎了。"

巴伯卡的喉咙里发出一阵低吼，一动不动地站在那里，仿佛不会走路了一般。

"好吧，那些磁带在哪儿？"德席尔瓦质问道。

雅各布抓起桌子上的袋子，"不过，公平地说，我也是碰巧才发现，磁带正好能装进一个空的气罐里。"他拿出一样东西举起来。

"勒萨尼圣物！"德席尔瓦倒吸一口气。斐金身子一颤，看样子也吃了一惊。米尔德里德·玛蒂娜更是站起身来，双手捂住自己的颈部。

"没错，正是勒萨尼圣物。很自然，谁也不敢对这个来自古老而又强大的种族的准宗教圣物不敬；尤其是这么一块看起来毫不起眼的陨石和玻璃组成的东西！"他把那东西在手里翻了个个儿，"现在看好了！"

那圣物转动了一下，打开分成了两半。其中一半里面嵌着一个像罐子一样的东西。雅各布把另一半放下，使劲儿往外拽着那个罐子；里面有什么东西在微微作响。接着，罐子一下子松动了，十来个黑色的小物体滚落在地板上。库拉的大磨牙咔吧一声响了一下。

"磁带盘！"拉洛克摩挲着烟斗，满意地点了点头。

"正是。"雅各布说道，"在这件'圣物'的外壳上，还能找到一个按钮，可以把之前里面装的东西释放出来。虽然这个圣物现在是空的，可里面仍有残留物的痕迹。我敢说，那就是总工程师唐纳森和我昨天交给开普勒博士的物质，我们当时没能说服……"雅各布停下了话头,耸了耸肩,"……那是一种不稳定的单分子物质,在某位智慧生物的娴熟操控下,可以在'一道闪光、一声巨响'的掩护下,覆盖整个探日飞船上层的内壳表面……"

德席尔瓦站起身来。雅各布不得不提高嗓门,才能盖过库拉的牙齿发出的越来越大的咔嗒声。

"……以及有效地阻挡所有的绿光和蓝光——我们正是靠这两种波长才能把太阳幽灵从周围的环境里区分出来!"

"这些磁带!"德席尔瓦喊道,"它们应该显示……"

"它们的确显示了那些线圈生物和太阳幽灵……有好几百个!有意思的是,这些影像没有人形,我们的精神感应模式表明我们看不见他们。

"哦,你们可能会想起那个迷乱的时刻,也就是当我们连'借光'都不说就稀里糊涂闯进那群食磁生物中时,线圈生物们和'常态'太阳幽灵就散布在我们的路线周围……这全都是因为我们看不到自己其实就在他们中间!"

"你这个疯狂的外星人!"拉洛克喊道,他冲着巴伯卡晃动拳头。皮拉人回以嘶嘶的叫声,但并没有别的动作,他紧攥手指,盯着雅各布看。

"这种单分子物质被设计成随着我们离开色球层而逐渐衰减。它最终减退成薄薄的一层灰尘,覆盖在舱板边缘的力场之上,谁也不会注意到它们。然后巴伯卡可以带上库拉,回到船舱来把这些灰尘吸干净。对吗,库拉?"

库拉可怜兮兮地点了点头。

雅各布隐约感到一阵欣喜:同情就跟之前毫无是非观的愤怒一样不期而至,自己体内的一部分开始担忧起来。他安慰性地笑了笑,"没关系,库拉。我没有什么证据能把你也牵扯进来。你们在那儿吸尘的时候,我看见了。很明显,你是被迫的。"

普灵人的眼睛一亮。他再次点点头,厚厚的嘴唇后面传来的咔嗒声渐渐平息了。斐金朝着他靠拢过去。

唐纳森捡起地上的磁带,站起身来说道:"我想我们应该把这些东西看好了。"

海琳已经走到了电话旁边,"现在我来保管它们。"她轻声说道。

玛蒂娜凑到雅各布身边低声说道:"雅各布,现在这已经是一起外交事件了。我们得让他们就此接手了。"

雅各布摇摇头,"不,还没完。我还有东西给大家看。"

德席尔瓦放下电话,"他们马上就过来。雅各布,你继续说啊,还有什么?"

"好的。两样东西,这是其中一样。"

雅各布从桌上的袋子里拿出了巴伯卡的精神感应头盔,"我建议这样东西也要好好保管起来。不知道大家是否还记得,我在探日飞船上表现失常的时候,巴伯卡正戴着这个东西盯着我看。被别人操纵可真是惹火了我,巴伯卡。你不应该那么做的。"

巴伯卡抬手做了一个姿势,雅各布没有理会。

"最后,就是黑猩猩杰弗里的死亡事件。其实这是最简单的一部分。

"巴伯卡了解探日飞船上使用的所有格莱蒂克技术:驱动装置、计算机系统、通信设备……而这种种技术,地球科学家连摸都没摸过。

"这只是一个间接证据,杰夫那艘主要由遥控操作的小飞船发生爆炸时,巴伯卡恰好就在激光通信塔楼里工作,没有参加开普勒博士的演示会。这并不能当作是呈堂证供，不过这也无关紧要了，因为皮拉人拥有治外法权，我们能做的也只是把他驱除出地球而已。

"另一件无从查证的事情就是，巴伯卡在空间身份识别系统——这个系统与拉巴斯的大数据库分支直连——里做了手脚，伪造报告指认拉洛克是一个缓刑犯人。这就完美地转移了大家的注意力。如果人人都认为是拉洛克搞的破坏，就不会有人费力气去好好地核查杰夫潜日飞行的遥测数据了。现在我想起来，杰夫的飞船出问题时，几乎就正好是他打开飞船上的特写镜头那一刻，如果这就是巴伯卡使用的技术，那真是一个非常好的延迟触发器。不管怎样，我们可能永远也没法知道了：那些遥感数据现在或许已经遗失或者被毁掉了。"

斐金哨子般的声音响起："雅各布，库拉要求你不要再说了。请别再让皮拉人巴伯卡更加难堪了。这样做毫无意义。"

三名全副武装的基地工作人员出现在门口。他们充满期待地看着指挥官德席尔瓦。她示意他们先等一等。

"再等一会儿，"雅各布说道，"我们还没说到最重要的部分呢，那就是巴伯卡的动机。作为一位身份显赫的智慧生物，一位享有崇高威望的格莱蒂克公会代表，他为什么会醉心于偷窃、造假、精神攻击和谋杀呢？

"首先，巴伯卡对杰弗里和拉洛克都抱有个人成见。对他而言，杰弗里就代表了恶劣——一个一百年前才被提升的种族，却已经敢跟他顶嘴。而杰夫骄傲的性格和他跟库拉的友谊，更让巴伯卡恼火。

"不过，我认为他其实痛恨黑猩猩代表的一切，还有海豚，正是他们为人类赢得庇护主的地位。皮拉人奋斗了几十万年才爬到现在的位置。我猜巴伯卡一定对我们如此'轻易'就得到这样的地位而感到愤愤不平吧。

"至于拉洛克,呃,我得说巴伯卡只不过是不喜欢他而已。吵吵嚷嚷,爱出风头,我想……"

拉洛克大声地嗤之以鼻。

"而且,拉洛克有一次还说索罗人可能是我们地球人的庇护主,这也许冒犯了巴伯卡。格莱蒂克社会的'上流阶层'对遗弃受自己庇护种族的人可没什么好印象。"

"可这都是些私人的理由,"海琳提出了异议,"你就没有更好的解释了吗?"

"雅各布,"斐金开口道,"别……"

"巴伯卡当然还有别的理由,"雅各布说道,"他想终结太阳潜入者计划,而且要以一种既可以使地球人的独立研究活动落得坏名声、又能提升大数据库地位的方式来做到这一点。他让事情看起来是这个样子:他,一个皮拉人,能为人类所不能为,跟太阳人进行接触。他先编造一个故事,让太阳潜入者计划变成一次搞砸了的行动;然后再伪造一份大数据库报告,来证明他关于太阳人的那些话,好确保以后再也不会有什么潜日飞行!

"大数据库没有查到任何关于太阳人的资料,这可能是最让巴伯卡恼恨的一点。伪造那种信息,会让他回家之后吃不了兜着走。他们为此要对他施加的惩罚,可比我们因为他杀害杰夫而施加的惩罚要严厉得多了。"

巴伯卡缓缓起身。他仔细地抚平自己身上的皮毛,然后双手一拍。

"你非——常聪明,"他对雅各布说道,"但语——义混乱……这对你们而言太遥不可及了。你用你那渺小的语言构建了太多含义。人——类永——远是这么渺小。我再也不要说你们的臭大粪地球语言了。"

说完,他扯掉脖子上挂着的传译器,随手丢在了桌子上。

"对不起,皮拉人巴伯卡,"德席尔瓦说道,"在得到地球的下一步指示之前,我们得限制你的行动自由了。"

雅各布以为皮拉人会点点头,或者耸耸肩,但那外星人却转过身去,生硬地走出门外。身材粗壮矮小的他,倨傲地走在那几个高大的人类卫兵前面。

海琳·德席尔瓦托起"勒萨尼圣物"的底部,拿在手里仔细掂了掂,然后一咬嘴唇,使尽浑身力气把那东西朝门上丢了过去。

"杀人犯!"她咒骂道。

"我现在记住了,"玛蒂娜缓缓说道,"永远不要相信任何有三千亿年历史的种族。"

雅各布站起身,脑袋有点眩晕。那种兴奋的感觉流失得如此迅速,就好像毒品一样,只留下无尽的空虚——理性的回归,以及整体感的丧失。也许很快他就应该开始怀疑,自己这样一下子把所有事情都揭开来,到底是对是错。

玛蒂娜的话让他抬起头来。

"任何种族都不相信?"他问道。

斐金正扶着库拉坐进一张椅子。雅各布朝他走了过去。

"我很抱歉,斐金。"雅各布说道,"我应该事先提醒你,先跟你商量一下。这件事或许……比我想象的更复杂,影响更深远。"他摸了摸额头。

斐金哨子般的声音柔和地响起:"你仅仅是释放了心中积郁已久的东西,雅各布。我只是不明白你最近为什么总是不愿意发挥你的潜能。在这种情况下,你必须竭尽全力以维护正义。

很幸运,你这次没再那么约束自己。不必太担心这里发生的事情。真相最重要,热心过度或是使用休眠已久的能力所造成的损失,相比起来就不算什么了。"

雅各布很想告诉斐金他错了。雅各布释放出来的"能力"远不止那些,那是他体内一种致命的力量。他感到恐惧,不知道这力量是不是过大于功。

"你觉得接下来会怎么样?"他疲惫地问道。

"啊,我相信人类会发现自己有了一个强大的敌人。你的政府会就此发出抗议,具体的方式当然十分重要,但并不会改变基本事实。皮拉星球官方会否认巴伯卡那些令人遗憾的行为。不过请容我说句不该说的,他们可是一个脾气暴躁又心高气傲的种族。

"这只是随之而来的一系列事件中的一环而已。不过也不必太担心,做错事的又不是你们。你所做的只不过是提醒人类注意危险。这种事情注定要发生。狼崽子种族总会遇到类似的事情。"

"可是为什么?!"

"我最尊敬的朋友,搞清楚这一点,正是我来这里的目的。尽管这可能不那么让人舒服,但请记住,还是有很多人希望看到人类生存下去的。我们有些人……对此非常在意。"

第二十章　现代医学

　　雅各布双眼紧贴着视网膜扫描仪上眼托的橡皮边缘，又看到了那个蓝点，在一片漆黑的背景里它正在独自闪烁跃动。这会儿他努力不再盯着它看，不理会它发出的进行交流的逗弄，等待着第三幅图片出来。

　　一幅图片一下子闪现出来，占据了他的整个视野，那是一幅昏暗的深褐色3D图片。还没等眼睛完全聚焦看清楚，他就从这幅图得到了一个整体印象：是一幅田园风光。画面前景是一个妇人，丰满漂亮，她身上穿着一件老式的裙子，正随着她的奔跑飘扬着。

　　黑压压的云涌现在天际，下面是坐落在山顶上的一间农舍。画面左边有些人在……跳舞？不，是在打架。有些士兵。他们的脸上充满兴奋和——恐惧？那妇人看上去很害怕。她双臂抱头拼命奔逃，后面有两个身着17世纪铠甲的男人，高举上着锋利刺刀的火绳枪，在追赶着她。他们的……

　　眼前的景象突然暗淡下去，那蓝点又回来了。雅各布闭上双眼，从眼托上抬起了头。

　　"行了。"玛蒂娜医生说道。她正俯身操作着旁边的一台计算机终端,身旁还有基地医师莱尔德,"一分钟之后我们就能得到你的缓刑犯测试数据了,雅各布。"

"你确定这些就够了? 我才看了三幅图。"其实这时他也感觉解脱了。

"这些就够了。我们让彼得看了五幅图,是为了复核。你只是一个对照实验目标。现在你干吗不坐下放松一会儿,等我们弄完这里的数据?"

雅各布走到旁边的一张躺椅旁,举起左手的袖口擦了擦额头上的一层薄汗。这测试虽然只有三十秒,却真是一次折磨。

第一幅图是一个男人粗糙面部的肖像,线条十分细致,仿佛讲述着岁月的故事。他仔细看了两秒钟,也许三秒,然后画面又消失了,像一只蜉蝣在记忆中枯萎。

第二幅图是一堆令人困惑的杂乱抽象形状,突出、隆起、毫无秩序地停在那里……有点像太阳上那种线圈生物环形身体上的迷宫似的图案,只是没有那么明亮,也缺乏整体的协调感。

第三幅图就是那幅深褐色的风景画,显然灵感来源于一幅描绘三十年战争①的铜版画。雅各布想起来,那幅画面充斥着暴力,正是缓刑犯测试里常见的那类东西。

刚刚经历了楼下那戏剧性的"会客厅一幕",雅各布再也不想进入哪怕是轻微的出神状态,来让自己的神经冷静下来。但是,他发现自己离了那状态还真就放松不下来。他起身走向计算机终端。穹顶室对面,拉洛克正在静滞场防护层旁边晃悠着,盯着外面水星北极那大片的阴影和满是砂眼的巨岩。

"我可以看看原始数据吗?"雅各布问玛蒂娜。

---

①三十年战争(1618－1648),由神圣罗马帝国内战演变而成的全欧洲参与的一次大规模国际战争。

"当然可以。你想看哪一幅的?"

"最后那幅。"

玛蒂娜敲了几下键盘。屏幕下方的一道槽口里吐出一张纸。她撕下那张纸,递给了雅各布。

纸上正是那幅"田园风光"。现在他当然能看清楚画面上的内容,但之前的快速展示,目的就是要追踪他看到画面时的最初反应,必须是下意识的反应,因为一经考虑,就可能影响结果。

画面中,一条曲曲折折的线段上蹿下跳。线段的每一个波峰点或波谷点都标着一个小小的数字。这条线显示的是视网膜扫描仪通过记录他的眼球移动而探测到的他最初观察图片时视线焦点移动的路径。

线段的开端是数字1,靠近画面的中央。这条视线焦点线一直上升到数字6,然后停在那奔跑妇人丰满的乳沟上。数字7在那里被画上了一个圈。

那里聚积了一大堆数字,不止是从7到16,还有30到35,以及82到86。

从20开始,那串数字从妇人的脚上一下子移到了农舍上空的乌云那里,然后又在画面上的人物和物体之间快速移动,有时候被套上一个圆圈或方块,表明瞳孔的扩大程度和焦点深度,以及他视网膜毛细血管血压的变化程度。他用玛蒂娜的视速仪和其他一些零碎物件做出来的这台改进版的斯坦福–浦肯雅[1]眼睛扫描仪,显然十分有效。

雅各布了解这种测试,因此并没有为他对画面中妇人胸部产生的本能反应而感到难为情或是耿耿于怀。如果他是女性,那他的反应将大相径庭——虽然也会更长时间地注意那妇人,

---

[1]捷克生理学家。

但更多的是聚焦在头发、衣服和脸上。

他更关心的是自己对整个画面的反应。在画面左部，靠近那几个打架的男人那里，有一个数字标着星号，那代表他是在该点才意识到画面是暴力而非田园风光的。他满意地点点头。那数字相对还算较低，他的视线焦点立刻移开了大概五次心跳的时间，然后才又回到同一点上。这是一种健康的反应，先是厌恶，然后隐蔽的好奇心马上占据了上风。

初看上去，似乎他可以通过这次测试了。当然，他并不曾真正怀疑过这一点。

"不知道以后有没有人能在缓刑犯测试中蒙混过关。"他说道，把那张纸递还给玛蒂娜。

"也许终有一天会有人做到的。"她一边整理手中的材料，一边说道，"但是那需要一个人能控制自己的条件反射，以改变他对即时刺激的反应。而面对一幅以如此之快的速度闪过的画面，只有潜意识才来得及做出反应。这种对潜意识的控制会带来太多的副作用，而且如果有人真这么做了，他在测试中也会不可避免地展示出其他新的特征。

"最终的分析很简单：受试人的心智如果遵从零和或正和博弈①，那么他就是合法公民；如果他的心智沉迷于负和博弈带来的病态快感，那么他就是一个缓刑犯。这项测试里的其他任何指数其实都不重要，只有这一点才是测试的核心所在。"

玛蒂娜转向莱尔德医生，"对吧，大夫？"

莱尔德耸耸肩，"你是专家。"他现在已经能够慢慢做到以常

---

①零和博弈是博弈论的一个概念，指参与博弈的各方在严格竞争下，一方的收益必然意味着另一方的损失，博弈各方的收益和损失总和永远为零。双方不存在合作的可能。与之相对应的是非零博弈，又可以分为正和博弈和负和博弈。

态对待玛蒂娜,但仍然对她未向他咨询就给开普勒开药耿耿于怀。

楼下那场对质发生之后,事实变得很清楚:她压根儿没有给开普勒服用过华法林。雅各布回想起来,在"布拉德伯里号"上,巴伯卡有个习惯,就是躺在垫子或椅子上别人随手放下的衣服上睡觉。皮拉人一定是以此为掩护,在开普勒的备用药品里投了毒,让后者的情况更加恶化。

这就讲得通了。开普勒由此被排除在上次潜日飞行之外——如果他在,以他那敏锐的洞察力,也许当时就能察觉巴伯卡在"勒萨尼圣物"上要的诡计——而且这样一来,开普勒的异常行为最终也可以令太阳潜入者计划蒙羞。

线索都串联在一起了,但对雅各布而言,这些推断味同鸡肋,全都是假想而已。

巴伯卡的有些罪行已经被证实。其余的就只能停留在推测阶段了,毕竟这位大数据库的代表拥有外交豁免权。

皮埃尔·拉洛克进来了。法国人的态度很谦卑:"测试结果怎么样,莱尔德大夫?"

"很明显,拉洛克先生不是一个反社会的暴力分子,也不符合缓刑犯的特征。"莱尔德慢慢说道,"其实,他倒显示出挺高的社会良知指数。他显然已经在努力净化自身,我强烈建议他回家之后到住家附近的诊所继续寻求专业医生的帮助。"莱尔德严厉地盯着拉洛克。拉洛克顺从地点了点头。

"那我这个对照物呢?"雅各布问道。他是最后一个接受检测的。开普勒博士、海琳·德席尔瓦,还有随机选择的三名船员也依次接受了检测。海琳对测试一点儿也不上心,做完就领着那三名手下离开了。她要赶去督导探日飞船发射前的最后检查,时间紧迫。开普勒的检测结果由莱尔德医生单独对他宣讲,其间博士一直绷着脸,最后更是拂袖而去。

莱尔德抬起手,捏着鼻梁。

"哦,看了你在楼下的那场演讲之后,没人会认为你是缓刑犯,测试结果的确如此。但还是有人认为,你有一些问题和令人困惑的地方。你知道,一个像我这样的医生,却不得不倒退回去,借助当实习医生时学的那点儿东西窥视别人的心灵,这可不是那么容易的事情。要不是有玛蒂娜医生的帮助,有好几个细微之处肯定就被我给漏掉了。实际上,解析别人深藏的阴暗面,特别还是我敬重的人,我觉得这实在是太难了。"

"我的测试结果没有什么大问题吧?"

"要是有的话,海琳下令进行的这次紧急潜日飞行任务就不会带上你了! 德韦恩·开普勒被我禁飞,可不是因为他为人不热情!"

莱尔德摇摇头,表示了歉意,"请原谅,我有点不太习惯心理分析。没什么好担心的,雅各布。你的测试结果中的确有一些非常古怪的地方,但基本上跟我所见过其他人的结果一样正常。明确地符合正和博弈,也很现实。

"不过,其中还是有些地方令我深感困惑。我就不再细说了,那会让你更加担忧。你能参加这次潜日飞行,这才是最重要的,我只期望你和海琳回来之后能都来找我再看看。"

雅各布感谢了医生,两人和玛蒂娜、拉洛克一起朝着电梯走去。

头顶上方就是静滞场穹顶,上面耸立着通信塔。房间里满是人员和设备,外面包围着遍布砂眼的水星岩石,表面闪烁着昏暗的光。太阳像一颗炽热的黄色大球,低悬在一座小山丘上。

电梯到了,玛蒂娜和莱尔德走了进去,拉洛克却伸手拽住了雅各布的胳膊。电梯门关上,只剩下了他们两人。

皮埃尔·拉洛克小声对雅各布说道:"我想要回我的相机!"

"没问题,拉洛克。德席尔瓦指挥官已经拆下了相机上的眩晕枪,你随时都可以去取,反正你现在已经清白了。"

"那相机的记录呢?"

"在我这儿。这个得由我保管。"

"你无权……"

"行了,拉洛克,"雅各布叹息道,"你怎么就不能别再装模作样,尊敬一下别人的智商呢!我还想知道你为什么要拍摄杰弗里飞船上静滞振荡器的声波照片呢!还有,你凭什么认为我的叔叔会对这些照片感兴趣!"

"我欠你一个大人情,德姆瓦。"拉洛克缓缓说道,几乎听不到原来那浓重的口音了,"但是在我回答你的问题之前,你必须告诉我你的政治立场是不是跟你叔叔完全一样。"

"我可有好几位叔叔,拉洛克。杰里米叔叔在邦联议会工作,但我知道你不可能是他的人!胡安叔叔眼高手低,干不了什么非法的勾当……我猜你说的是詹姆斯叔叔,我们家的怪人。"哦,我和他在很多事情上观点一致,甚至包括一些其他家族成员不认可的事情。但如果他卷入了某起间谍阴谋,我不会帮着去深入调查他……特别是你的这个拙劣阴谋。

"也许你不是谋杀犯或缓刑犯,拉洛克,但你的的确确是一名间谍!唯一的问题是搞清楚到底谁才是你暗中窥视的目标。我会把这个谜一直留到我们返回地球以后。等到那时,也许你可以来找我;你和詹姆斯可以一起劝说我不告发你。这样好不好?"

　　拉洛克赶紧点点头,"我能等,德姆瓦。只是千万别把那些记录弄丢了,行吗?我为了搞到那点东西,可是去地狱走了一遭。有机会我还是想劝你把它们交出来。"

　　雅各布正看着太阳,"拉洛克,别再跟我无病呻吟了。你可没去过地狱……目前为止没有。"

　　他转身朝电梯走去。时间还早,可以在睡眠机里睡上几个小时。出发之前,他谁也不想见。

第七部

在所有的进化过程中，没有其他任何转变和飞跃能与这一次相比。之前从来没有一个物种的生命形式和它的适应之道能如此彻底而迅速地发生改变。在大约一千五百万年的时间里，人类都跟其他的动物混迹在一起，没什么两样。但从那时起，事情出现了爆炸性的发展……第一批农耕村落……城市……超级大都会……所有这一切都被压缩进了进化史上一个很短的时间段里，只有区区一万年。

——约翰·E.费弗[①]

第二十一章　似曾想过

"你想没想过，为什么我们的星际飞船起航的时候，船员中女性的比例大都在百分之七十？"

海琳先递给雅各布一瓶热咖啡，又转身继续拍打着咖啡机，给自己也来了一瓶。

雅各布撕开瓶子外面的密封包装，里面是一层半渗透膜，可以在让蒸汽逸出的同时封住里面黑色的咖啡液。尽管外面有隔热层，但饮料瓶还是太烫了，简直没法拿住。

海琳这一定是又想出了一个挑逗性的话题！尽管探日飞船的舱板是开放式的，没什么遮掩，但只要他们两人单独在一起，海琳·德席尔瓦每次都不会错过可以让雅各布想入非非的机会。奇怪的是，他一点儿也不介意。他们离开水星已经十个小时了，一路上，这种考验令他保持了十足的精神头。

"在我十几岁的时候，我们想都没想过这个问题。我们就以为那是对飞船上男性船员的一种额外奖赏。'青春期幻想就产生于这类思想'……这是谁的话来着，约翰·图克劳兹？你读过他的东西吗？我记得他是伦敦人，所以没准儿你还认识他父母呢。"

271

海琳嗔怪地瞪了他一眼。无数次了,雅各布不得不竭力克制自己对她说"你这副表情很招人爱"的冲动。她的表情真的是很可爱,但是,一个成熟的职业女性难道会愿意听到别人说她还长着酒窝吗?不管怎样,自己犯不上冒着一条胳膊被打断的风险去尝试。

"好吧,好吧,"他大笑道,"我还是接着你的话题说。我想那样一种男女比例应该跟女人的特点有关吧。相比男人而言,女人对高加速度、高温和高寒的反应都更好一些……女人还有更好的手眼协调能力和超强的不受外界干扰的能力。我猜,这些特点让女人比男人更适合当宇航员。"

海琳啜了一下她饮料瓶里的吸管,"的确,你说的这些都是原因。而且,女人似乎比男人更能忍受时空迁跃带来的不适感。不过,你应该也知道这些男女差异并不重要,它们解释不了一个事实:为什么有更多的男性报名应征太空战机飞行员;此外,超过一半的在编飞船船员是男性,作战舰上这个比例更是达到了百分之七十。"

"呃,我不知道商船和科研船上的情况怎样,但我觉得军方挑人看的是作战才能。我知道这还未经证实,不过我猜……"

海琳笑起来,"哦,你用不着拐弯抹角,雅各布。男人当然比女人更擅长战斗……统计数据是这么证实的。像我这样的女战士是例外情况。其实,那也是军方选人考虑的因素之一:我们也不想星舰上的船员都是武夫类型的。"

"可这说不通啊!星舰船员前往那广袤无垠的星系,甚至连大数据库里都没有那里的完整数据。你们必须面对千奇百怪的外星物种,其中很多都是极度喜怒无常的种族。而公会又并不禁止种族间战争。当然,从斐金所说的话来看,就算他们想禁也禁不了;他们能做的也只是让战事不那么暴虐而已。"

"那人类驾驶的星舰只能准备迎接一场乱战了?"海琳微笑着说道,她的肩膀靠在穹顶的墙上。在氢-阿尔法滤镜的作用下,头顶上的色球层发出斑驳的红光,笼罩在她的金发上,看起来就像一顶正合适的棒球帽。"好吧,你说得当然不错。我们是得准备好战斗。但是,你再考虑一下我们在遥远的星系面临的情况。

"毫不夸张地说,我们要跟几百个不同的物种打交道,他们唯一的共同之处正是我们所缺失的:一条绵延二十亿年的传统和提升之链。他们已经使用大据库不知道几千几百万年了,而且一直在向里面添加更多的信息,尽管更新速度不那么快。

"他们绝大多数都脾气古怪,十分在意自己的特权,对来自太阳系的这帮傻乎乎的'狼崽子'心存疑虑。

"比如有那么一个本来根本不入流的种族,他们现已灭绝的庇护主种族当年提升他,只是要把他们当作会说话的坐骑;而现在他们却拥有两个经过改造适宜居住的小行星,还正好扼守在我们前往奥姆尼瓦利亚姆殖民星球的必经之路上。你说如果他们要找我们的碴儿,我们能做什么? 这些胸无大志、毫无幽默感的生物截住我们的飞船,要求我们献上一首绝无仅有的四十头鲸鱼大合唱,作为过路费。你说我们能怎么办?"

海琳眉头紧皱,摇了摇头。

"在那种时刻,作战不是上策!'女海神号'如此美丽,里面还装满了我们这个苦苦奋斗着的小小地球紧缺的物资……我们只好卡在太空中进退维谷,因为前面挡着两艘老旧的小破船,一看就是买来的而不是自己建造的,上面的驾驶者是一群'智能'骆驼!"想起当时的情形,海琳的声音都变粗了。

"想象一下。一个美丽的新文明，但还很原始，只会使用格莱蒂克科技中很小的一部分，这些科技还是我们趁着每次他们做修订的时候学到的，我们主要是靠自己的努力发展自己的科技……现在却被两艘老掉牙的破飞船挡住，动弹不得，就因为它们的制造者一辈子都在使用大数据库。"

海琳停了下来，转过身去。

雅各布深受触动，但更多的是感到荣幸。他对海琳已经足够了解，知道她这样向自己敞开心扉，意味着怎样的信任。

他同时意识到，两人交往中海琳一直都是主导。问题都是她提出的——关于我的过去、我的家庭、我的感情——不知为什么我却很少去问问她的情况，去了解她的内心。是什么阻挡了我？我不能再这样了！

"那我想我们最好还是不要去打这一仗，因为我们很可能会输。"他轻声说道。

海琳回过身来，点点头。她举起紧握的手挡住嘴，咳嗽了两声。

"哦，我们倒有一些招数，什么时候拿出来使一下也能吓某些人一大跳，因为他们对我们的所有了解，也就是我们没有大数据库而已。但是，那些招数还是得留到真正需要它们的时候。

"所以我们只得奉承讨好、唱圣歌……还跳踢踏舞……如果这些都不起作用，我们就只好逃掉了。"

雅各布想象了一下碰到一飞船的皮拉人是什么情形。

"有时候选择逃跑是不是也没那么容易？"

"是的，不过我们女人自有办法保持冷静。"海琳的情绪好了一些，一时间，那一对充满魅力的酒窝又出现在她微笑的嘴角，"这才是星舰船员大多是女性的最大原因。"

"得了吧。女人和男人一样,睚眦必报。我不觉得女人多了飞船上就一定会更和平。"

"不不,一般都不会。"她又用那种品鉴的目光看着雅各布,似乎还想继续说下去,但最后只是耸了耸肩。

"先坐下,"她说道,"我给你看样东西。"

海琳领着雅各布绕过穹顶室,穿过舱板,来到飞船上一处没有其他船员和乘客的所在,圆形舱板就悬浮在离飞船外壳两米远的地方。

静滞屏蔽层就在他们脚下弯曲延伸,诡异地折射着色球层闪耀的光辉。光线可以穿过这道狭窄的屏蔽场,但会发生一些扭曲。从他们站着的地方可以看到太阳上那个巨大的黑子,它的样子和上次潜日飞行时比有了很大的变化。静滞屏蔽场的干扰,给那太阳黑子原有的闪烁波动又添加了另一种新的节奏。

海琳缓缓蹲下,直到坐在了舱板上,然后挪动身体到舱板边缘。她先是双手抱膝坐了一会儿,双脚在闪烁的光线下一点点前伸,然后她双手撑着身后的舱板,把双腿完全伸进了静滞场中。

雅各布吃了一惊。

"我还不知道你能这么做。"他说道。

雅各布看着海琳十分缓慢地摆动着双腿,仿佛陷进了一层浓浓的糖浆里,她那紧身制服的表层泛起了波纹,好像活了过来。

然后,她一下子抽出双腿,悬在舱板上方,看起来毫不费力。

"嗯,我的腿看起来还好,起码伸在里面没有感觉上下颠倒。不过我也不能伸得太靠里了。搞不好我双脚的质量会把静滞屏蔽场踩出一个坑来。"她再次把双腿伸进了静滞屏蔽场。

雅各布膝盖一软,"你难道是头一次这么做?"

海琳抬起头看着雅各布,露齿一笑。

"我有点儿炫耀了吗?好吧,我可能是想给你一个深刻的印象。不过我可不是疯子。你告诉我们巴伯卡和真空吸尘器的事儿之后,我又仔细研究了一下静滞场的方程式。它是绝对安全的,你干吗不也来试试?"

雅各布木然地点点头。自从离开地球,他已经经历了太多的事,眼前这个根本算不上什么奇迹了。

雅各布把腿向下伸进去,感觉的确像伸进一层厚厚的糖浆,而且越向下感觉它越浓稠,弹力十足地往回顶着。

而且,雅各布制服的裤腿仿佛也活了过来,有点吓人。

海琳沉默了一会儿。雅各布也没去打扰她。她显然是在想着什么事情。

"你们那关于'芬尼拉号'的故事是真的吗?"她终于开口问道,却没有抬头。

"嗯。"

"她一定是个很特别的女人。"

"是啊,她的确是。"

"我是说她不光勇敢。在二十英里的高空中,她从一个气球跳到另一个,这需要莫大的勇气,不过⋯⋯"

"她当时想吸引他们的注意力,好让我把点火装置熄灭。我不应该让她那么做的。"雅各布听见自己的声音,遥远而又微弱,"可我以为我能兼顾她、保护住她⋯⋯我本来都想好了计策,你明白吗?⋯⋯"

"⋯⋯但是她在其他方面一定也有过人之处。我真希望能见见她。"

雅各布这才意识到自己几乎一直在喃喃地说着话。

"嗯,是啊,海琳。塔尼娅会喜欢你的。"他甩了甩头,自己说这种话有什么意义呢?"我们不是在讨论另一件事吗,呃,星舰上的男女比例问题,对吗?"

海琳低头看着自己的脚,"我们就是在讨论这个话题,雅各布。"她轻声说道。

"是吗?"

"当然。我刚才说过,有一个办法,可以让以女性为主的星舰船员团队,在跟外星人打交道的时候会更加慎重……这种办法可以确保他们选择逃跑,而不是作战。你还记得吗?"

"记得,但是……"

"人类到现在已经有了三个殖民地,但是运输费用太过高昂,无法搭载太多的乘客,所以,如何在一个孤立的殖民地扩充基因库,这是个大问题,你知道吗?"她说这段话时语速很快,似乎有些难为情。

"当我们第一次返回地球的时候,发现又回到了大宪章时代,邦联政府允许女性自主选择是否还要参加下一次迁跃飞行,而不是强制我们必须服役。不过,我们绝大多数还是报名参加了。"

"我……我不明白。"

海琳抬起头,微笑地看着雅各布。

"好了,也许现在还不是时候谈这个。但你应该意识到,再过几个月,我就要登上'女海神号'出发了,之前还有些准备工作要提前做。而且,我随时可能会变得很挑剔。"

她直勾勾地盯着雅各布的眼睛。

雅各布惊讶得下巴都差点儿掉了。

"好吧!"海琳双手在腿上搓了搓,准备站起身来,"我想我们该回去了。就快到活动区域了,我得回到岗位去监督大家工作了。"

雅各布赶紧站起来,向海琳伸出一只手。这是种古老过时的礼仪,但两人都没觉得有什么可笑的。

雅各布和海琳一起向指挥台走去。途中他们停下来,想去检查参数激光器。他们走近机器时,总工程师唐纳森从设备后面抬起头看着他们。

"嗨!我想它已经准备好了。要来试试吗?"

"当然。"雅各布在激光器旁边盘腿坐下。那机器的底座铆在了舱板上,通体细长,主体由好几根金属发射管组成,在一个球形转节上晃动着。

海琳走过来站到雅各布身边。雅各布感到海琳裤子右腿那柔软的织物表面轻轻蹭过自己的手臂。这让他有点儿分心。

"使用这台参数激光器,"唐纳森说道,"可是我的主意,可以用来跟太阳幽灵进行接触。我想,既然精神感应装置给不了我们什么帮助,干吗不试试他们跟我们交流时使用的方法——视觉通信呢?

"你们或许已经知道了,大多数激光器都在一到两个很窄的光谱频段里工作,主要涉及某几种特殊的原子和分子转换。但这个宝贝能够发射你想要的任何波长,只需要通过这个控制器键入数字就好。"他指了指机器外壳上三个控制器中间的那一个。

"是的。"雅各布说道,"我知道参数激光器,不过我从来没见过。我想,它的功率必须足够强劲,可以穿透我们的屏蔽场,而且还能被太阳幽灵们看到。"

"在我上辈子的时候……"德席尔瓦故意拉长强调,语带嘲讽地说道(她经常在提到自己随"女海神号"迁跃飞行之前的生活时,带上一种自我保护式的讽刺意味),"……人们已经可以用荧光染料制造彩色、可调的激光了。它们可以释放很强的能量,非常高效,也极其简单。"

她笑了笑,"当然,你要是把染料洒出来,那可就是一团糟了! 格莱蒂克科技带给我们的好处里面,我最最感激的就是再也不用清理地板上的一摊若丹明①6–G啦!"

"你们真的能够在整个光谱范围内调节激光,就用单单一个分子?"唐纳森将信将疑,"你们到底是怎么给一种……'染料激光'……加上能量的?"

"哦,有时候会需要闪光灯泡。一般都是使用有机能量分子——比如糖——来引发内部化学反应。

"要覆盖整个可见光谱,你得使用好几种染料。比如要表现光谱的蓝绿端,我们经常会用聚甲基香豆素;若丹明和其他几种染料则被用来把激光调整为红色。

"管他呢,那都是过去的历史了。我要知道你和雅各布这回想出了什么歪点子!"她在雅各布身边的舱板上坐下,却并没有看着唐纳森,而是用那种令人不安的鉴赏目光紧紧地盯着雅各布。

"呃,"雅各布咽咽口水,"这其实很简单。我登上'布拉德伯里号'的时候,随身带了一套鲸歌和海豚小调的曲库,心想没准

①一种红色荧光染料。

儿太阳幽灵可能会喜欢吟诗作曲什么的。所以当总工程师唐纳森提出用一束光照过去跟它们通信时，我就把那些磁带贡献出来了。"

"我们还可用一种古老的数学通信代码。雅各布把那个也装上了。"唐纳森咧嘴一笑，"如果我是太阳幽灵，即使有个人走过来咬我一口，我也还是不知道什么是斐波纳契数列。不过他说那是一种古老的标准。"

"的确如此，"德席尔瓦说道，"不过，'维萨留斯号'退役之后，我们就再也没用任何数学协议来做通信了。大数据库已经保证了大家在太空中可以相互沟通，大接触之前的古老协议也就没有用武之地了。"

她轻轻推了推那细细的金属管。它下面是个转节，平稳地旋转着。"等激光器打开的时候，你们不会还让这个玩意儿在这儿随便转动吧？"

"当然不会。我们会上紧螺栓把它固定住，这样激光束就可以从飞船中心沿着船体的一条半径发射出去。你大概是担心激光会在船体内部反射，这样就可以避免这种情况发生了。实际上，等激光器打开，我们都得戴上这种护目镜。"唐纳森从激光器旁边的一个袋子里拿出一副厚厚的大墨镜，"尽管这种激光对视网膜没有危险，玛蒂娜医生还是坚持要大家戴上这个。她认为强光会对人的认知和人格造成影响。她几乎把整个基地翻了个底朝天，到处找寻别人根本就从未察觉的亮光。她来的时候，指责大伙儿有'群体幻觉'。好嘛，她看到那些小幽灵的时候怎么腔调就变了呢！"

"好了，我该回去工作了。"海琳说道，"在这儿待得太久了。我们应该快到太阳了。到时候我会通知你们。"她微笑着离开，两个男人都站起身来。

唐纳森看着海琳的背影说道："你知道吗,德姆瓦,一开始我以为你不正常,然后我觉得你其实心里有数,不过,现在我对你的看法又开始变回从前了。"

雅各布又坐了下来,"怎么说?"

"我知道男人,如果有这么一个女人对他青眼有加,一定都只有摇着尾巴讨好的份儿了。你的自控能力可真是令人难以置信,就是这样。其实也没我什么事。"

"你说得不错,这不关你的事。"雅各布有点郁闷,没想到别人都看出来了。他开始暗暗希望这次任务早点儿结束,这样他就可以专心处理这个问题了。

雅各布耸了耸肩。自从离开地球之后,他就不停地做这个动作。"换个话题吧。我刚才在想这个内部反射的事情。你想没想过,可能之前有人会在这上面捣鬼呢?"

"捣什么鬼?"

"冒充太阳幽灵啊。如果有人想这么做,他只需要偷偷带上一台类似全息投影仪的设备就行……"

"甭想了,"唐纳森摇摇头,"我们一开始就考虑过这一点。另外,那群线圈生物那么复杂美丽,谁能伪造得出来?无论如何,如果真有那样一种占据我们整个视野的投影,飞船'翻面'外沿的摄像机也会捕捉到它的!"

"好吧,也许别人无法伪造那群线圈生物,但是'人形'幽灵呢?他们可是很简单,也很小,而且,他们能避开飞船外沿摄像机,比飞船转得更快,可以保持悬停在我们头顶,这些都很奇怪。"

"我该说什么好呢,杰克?就是怕有这种情况,所以带上飞船的每一件设备都经过仔细的检查,每个人的个人用品也是如此。从来没发现过有什么投影设备,再说谁能在这么敞亮的飞船上藏东西呢? 我也不是没想过这种可能,但我不觉得有人能捣什么鬼。"

雅各布缓缓点了点头。唐纳森的话不无道理。而且,就算有人在操作投影仪,他又怎么能跟巴伯卡的勒萨尼圣物配合得那么好呢? 这想法很诱人,但看起来不太可能有人在这上面捣鬼。

远处密密麻麻的针状体此起彼伏,仿佛跃动的喷泉。一个超米粒组织①缓缓震颤着,遮住了半个天空。沿着它的边缘,一股股喷气交织在一起。在它的中央,是那个大黑子—— 一只巨大的黑眼,边沿是一圈炽热的明亮区域。

在他们的侧面九十度方向,有几个人影,或站或跪,挨着驾驶席。迎着光球明亮的深红色烈焰,只能分辨出他们的轮廓。

指挥席旁边可以看出两团黑影。瘦高的那个是库拉的侧影,他站得略靠边上,正指着前方,那里的大黑子上空悬停着一个细长的暗条拱。那拱形慢慢变大,雅各布看着看着,觉得它离自己越来越近。

另一团黑影正远离人群,悄无声息地朝着雅各布和总机械师移动过来,它顶上是圆形的,上大下小。

看着那团笨重粗壮的黑影摇摇晃晃左扭右扭地朝他们走来,唐纳森努努嘴,"这下我们可找到一个能藏一台投影仪的地方啦!"

"你说谁,斐金吗?"

雅各布小声说道,倒也不怕坎顿人听见了会怎么样:"你开

---

①太阳光球大尺度水平运动所导致的流场结构,直径可达 16,000～32,000 公里,可持续超过一天时间。

什么玩笑！天啊,他不过才参加了两次潜日飞行!"

"是啊。"唐纳森若有所思地说道,"不过,那些枝枝杈杈的可真是……我宁愿去搜查巴伯卡的内裤,也不想到那里面去追查违禁物品。"

一时间,雅各布觉得自己听到了总工程师声音里的一丝颤抖。他瞟了一眼身边的唐纳森,对方的脸上却毫无表情。

两人起身迎向斐金。坎顿人报以愉快的口哨般的声音,看起来并没有听到两人刚才的谈话。

"海琳·德席尔瓦指挥官刚才说,太阳上的天气条件出奇地好。她说这对于解决一些跟太阳幽灵不相关的普通太阳研究问题大有裨益。涉及的度量问题只需要花很少的时间,比好天气为我们省下的时间要少得多。

"换句话说,我的朋友们,你们有大约二十分钟可以用来做准备工作。"

唐纳森吹了声口哨。他叫上雅各布,两个人又投入到激光器的调试工作中去,装配就位,上紧螺栓,检查投射信号要用到的磁带。

几米之外,玛蒂娜医生正在翻查她的太空行李箱,找出小部件。她的精神感应头盔已经戴在了头上,雅各布都听见了她的轻声咒骂:"该死的,这回你可得跟我说话了!"

第二十二章　委　托

"'这些光之生灵,他们的目的是什么?'记者提出了这样的问题。但他还有一个更深的问题要问:'人类的目的是什么?'我们的工作,难道就是像一个跪在地上爬行的人,出于孩子气似的虚荣,不顾一切地扬起下巴,对着整个宇宙说道:'看看我!我就是人类!别人会走的时候我只会爬!可是我爬着也哪儿都能去,这难道不是很了不起吗?'

"'皮族'的人声称,适应能力是人类的专长。人类没有猎豹的速度,但能跑;游泳赶不上水獭,但会游。人类眼睛没有老鹰锐利,更不会用腮帮子来储存食物,所以人类须锻炼眼力,用从饱经沧桑的地球上找到的零碎来制造各种工具。不仅是为了更好地看东西,还为了跑得比猎豹还快,游泳游得比水獭还好。人类能够行走穿越北极的荒原,涉水游过热带的河流。在旅途的末尾,人类还会爬上树,建造一间漂亮的旅馆。人类会在那儿把自己洗干净,然后在就餐时跟朋友夸耀自己的非凡成就。

"可是有史以来,我们的英雄一直壮志未酬。他渴望知道自己在世界中的位置。他大声地喊了出来。他想知道自己为什么要在这里!满天繁星的宇宙只是微笑地俯看着他,报以深奥暖昧的沉默。

"他渴望得到一个理由。被拒绝之后,他把火气发泄在了自己的地球同伴们身上。他身边那些各有所长的动物都知道自己在大自然中的角色,他因此十分嫉恨。它们变成了他的奴隶、他的食物来源。它们变成了他那种族灭绝狂暴症的牺牲品。

"很快,'适应能力'就意味着我们不再需要任何别的动物。人类只顾自己,造成了大规模的物种毁灭。有些物种,本来或许日后会大有发展,现在却化为一片尘埃。

"我们能在大接触之前变成环保主义者,这真是万分幸运……否则其他年长种族的暴怒一定会降临到我们头上。这真的是我们运气好吗? 恰恰在人类第一次确信无疑地观察到外星人之后,约翰·缪尔[①]和他的追随者们就出现了,这真的只是巧合吗?

"现在,记者就站在这里,在一个大泡泡里,外面包围着令人迷惑的粉色蒸汽。他在想,人类的目的会不会是想做一个标本。不管是什么样的原罪让我们的庇护主在多年以前抛弃了我们,这种原罪现在正以一种可笑的方式被偿还着。

"可以想见,我们的邻居们看到我们四处乱爬、惊讶得目瞪口呆、还总是嫉妒别人是完美的化身、自己却不思进取,肯定会感到大开眼界,同时也一定会觉得好笑。"

皮埃尔·拉洛克从录音键上松开大拇指,皱着眉。不,最后那段不好。听着有点儿怨恨的味道。牢骚太盛,却不够沉痛。事实上,整个录音都得从头再来。通篇都太不自然了,遣词造句

---

①约翰·缪尔(John Muir,1838-1914),出生在苏格兰的美国早期环保运动领袖。

过于刻意。

他啜了一口饮料，然后开始心不在焉地抚摸自己的小胡子。在他的前方，随着飞船前倾成直立状态，那群灿烂的线圈正转动着缓缓上升。飞船的这个机动动作没有他预想的那么久就结束了，因此现在他没时间去展开讨论人类的困境了。毕竟，他哪天都可以做这件事。

但是眼前的情景实在是太过不同寻常了。

他再次按下录音开关，拉出麦克风。"重写提示，"他说道，"语气要更加讽刺，着重说人类某些特性的好处。还要提到泰姆布立米人……他们是如何比我们更具适应能力的。篇幅要短小，要对全人类都参与的结果持乐观态度。"

到现在为止，这缓缓上升的一群线圈个头都比较小，它们离飞船有五十公里甚至更远。现在，线圈群的主体也映入眼帘。最近的那个线圈十分明亮，不停地自旋着，像一个蓝绿相间的怪物。沿着它的环形身体，细细的蓝色线条迅速地混合、移动着，呈现出仿佛满是小眼的网纹状图案。它的身体周围闪耀着一圈白色的光晕。

拉洛克叹了口气。这应该是他面临的最大挑战了。等到这些生灵的全息影像日后公开播放的时候，每一个人类和他的黑猩猩跟班都会收看，验证他写的东西是否准确。然而，他此刻的感觉却和应该告诉读者们的相反。飞船越是深入太阳，他就越感觉到疏离。就好像这一切都不曾发生。这些生灵看起来根本就不像真的。

而且，他承认，自己感觉很害怕。

"它们是意外发现的珍珠，穿在一条晶莹剔透的翡翠项链上。仿佛有是一艘格莱蒂克巨型飞船'沉没'在这里,船上的金银财宝都留在了这些轻软炽热的'暗礁'上,而它们完好无损,各个光彩依旧。没人能把它们一网打尽。

"它们藐视逻辑性,因为如果按照逻辑,它们本不该出现在这里;它们藐视历史,因为它们从未被历史记载;它们藐视我们的技术,甚至也不在乎那些比我们更古老的格莱蒂克人。

"它们像庞巴迪①一样沉静,根本不理会身边急速流过的氧气和氢气,它们从一眼永不枯竭的圣泉里汲取养分。

"它们是否还记得……在星系刚刚诞生的时候,它们可能就是先祖中的一员? 我们想问问,但它们只把想法埋藏在心里。"

雅各布停下手头的工作,抬起头来,看到那群线圈又出现在眼前。第二次看到它们,感觉已经没有第一次那么强烈。要想再次体验首次潜日飞行时那种感觉,除非眼前再出现别的什么新鲜事物。而要在这附近看到新鲜的东西,他就得借助迁跃飞行了。

这就是人类从自己的猴子祖先那里继承下来的先天缺陷之一。

不过,雅各布还是可以花上好几个小时的时间看着这些线圈展示的美丽图案。而且有一次,他又想到了自己看着这东西的重大意义,不由得再次感到强烈的敬畏。

雅各布膝上的电脑显示板上正显示着一幅变换的图案,上面是许多弯弯曲曲、相互连接的线条,那是他们一小时前看到的太阳幽灵的等照度线②。

①托尔金《魔戒》三部曲中的人物,曾持有魔戒,并且魔戒对他不起作用。
②指给定光源的被照面上把相同照度的所有点连接起来的曲线。

其实那算不上一次接触。当时飞船正从线圈群边缘一束厚厚的暗条背后冲出，结果惊奇地发现了一个孤零零的太阳人。

太阳人飞速离开他们，然后疑心重重地在几公里远的地方逡巡。德席尔瓦指挥官命令飞船掉转方向，好让唐纳森的参数激光器能够照见那飘动着的生物。

一开始，那太阳幽灵向后退去。唐纳森咕哝着咒骂了几句，调整激光发射器的发射频率，开始发送雅各布的通信磁带内容。

这时，那生物做出了反应。他的触角（或是翅膀？）从身体中间伸出，紧张地拍打着。他开始有节奏地变换颜色。

然后，一道耀眼的绿光闪过，太阳幽灵不见了。

雅各布检查了计算机记录的太阳幽灵反应的数据。位于飞船"翻面"边缘的摄像机这次视野不错，正对着那太阳人。最初的记录显示，它颜色的波动变化正好跟磁带上的鲸歌低音节奏合拍。雅各布这会儿正在研究太阳人最后消失前复杂的显示是否代表着某种回答。

他已经编制出计算机程序来进行分析。程序可以根据鲸歌的主旋律和节奏寻找太阳幽灵体表在三方面发生的变化：颜色、时间和亮度。如果这项分析能有确定的结果，下次再碰到太阳人的时候，他就可以用计算机实时解读太阳人的反应了。

当然，如果还有下次的话。

雅各布原本打算向太阳人发送一系列的音乐和数学信号，鲸歌只是个开头。不过，那太阳幽灵并未留下来"倾听"剩下的内容。

雅各布把电脑显示板放到一边，放低沙发椅，这样他不用转动脑袋就能看着最近的那些线圈了。有一对线圈，正在和舱板成四十五度角的方位，缓缓地自旋着。

显然,线圈生物的"自旋"比大家原先想象的要更为复杂。每个线圈的环形身体上那快速变换的繁复图案飞速扫过,表现着它们的某种内部结构。

当线圈们因为要抢夺磁场中更好的位置而两两碰到一起的时候,它们那旋转的身体并没有什么变化。它们之间交互的方式似乎跟这种自旋没什么关系。

当飞船穿过线圈群的时候,它们之间的这种推搡变得更加明显。海琳·德席尔瓦说这是因为飞船经过的这个活动区域的磁场正在逐渐衰竭——这里的磁场越来越弱。

库拉一屁股坐进了雅各布身边的沙发椅,大磨牙咔嚓一声碰了一下。雅各布已经开始能够辨识在不同的场合库拉的牙齿弄出的不同声音了。他过了这么久才明白,这也是普灵人的基本交流手段之一,就好像人类的面部表情一样。

"我能捉(坐)这儿吗,雅各布?"库拉问道,"我这柴(才)有机会跟你说谢谢,感谢你在水星上的合作。"

"你用不着谢我,库拉。我同意在两年之内保密,因为那是礼仪上的需要,毕竟我们面对的是这样一桩事情。不管怎么样,等德席尔瓦指挥官收到地球发来的指示,大家肯定都得签署那份保密协议才能下船回家。"

"当然,你完全有权将真相公之于众,告诉整个世界,整个星系。大数据库公会已经因为巴伯卡的行为而蒙羞。你真了不起,发现了他的……错误,而且你没有逼人太甚,只是让他们自己改正。"

"公会会怎么做……除了惩罚巴伯卡之外?"

库拉啜了一口他那仿佛无所不在的饮料瓶。他的眼睛亮了起来。

"他们可能会免除地球的债务,寨(再)提供一段时间的分支数据库免费服务。时间可能更长,如果邦联政府同意不把这件事说出去的话。种(总)之,他们为了掩盖丑闻,什么都肯捉(做)。

"尺(此)外,他们可能还会嘉奖你。"

"我?"雅各布感到有点晕。对于一个"原始"的地球人来说,格莱蒂克人给予的任何嘉奖,可能都跟一盏神灯差不多。他简直无法相信自己的耳朵。

"是的,尽管他们可能不喜欢你没有更低调一点。你会发现,他们的慷慨程度,可能正和巴伯卡这件事造成的恶劣程度成正比。"

"哦,我明白了。"梦想破灭了。与其说这是论功行赏,不如说是行贿。当然,贿款会更多、更有价值。

会不会呢?外星人和人类的想法总是不太一样。大数据库公会的主管们到底是怎么想的,他从来就搞不清楚。他只知道这帮人十分在乎舆论。他想,不知道库拉现在是以官方身份在说话,还是仅仅在预测一下即将发生的事情。

库拉突然转过身去,看着飞船外经过的线圈群。他的眼睛发亮,肥厚的嘴唇后面发出一种短促的嗞嗞声。普灵人从沙发旁边的插槽里拽出一只麦克风来。

"失陪了,雅各布。我看到了点东西,我得向指挥官报告。"

库拉简要地对着话筒说着,目光一直没有离开他们右前方大约三十度角、向上二十五度角的位置。雅各布看看那里,却什么也没发现。他能听见海琳的声音在库拉的沙发椅那头远远响起。接着,飞船开始转向。

雅各布看了看电脑显示板,上面的分析已经有了结果。先前的那次接触没有引发太阳幽灵任何可以当成回复的反应。这次他们还要继续先前的尝试。

"大家请注意,"海琳的声音从对讲机中响起,"普灵人库拉又看到了目标。请各就各位。"

库拉叩门牙的声音又响了起来。雅各布抬眼看出去。

在大约四十五度的方位,比最近的一群线圈稍远一点,一个闪动的小光点正开始变大。本来只是个蓝色的小点,随着它不断靠近,飞船上的人们可以看清楚它左右对称,身体上有五个不那么平滑的突出部分。它先是迅速地向前逼近,然后又停了下来。

这是一个第二种类型的太阳幽灵,他正拙劣地模仿人类的形状,满含敌意地俯瞰着他们。他双眼和嘴巴的部位是三个锯齿状的洞,后面的色球层光透射过来,红彤彤的。

飞船并没有移动以便"翻面"的摄像机对准那魅影。那样做也许是徒劳无功的,这一次要优先使用参数激光器。

雅各布让唐纳森就从上次中断的地方开始,继续播放最初的那盘磁带。

唐纳森举起手中的麦克风。

"请大家带上护目镜。我们要打开激光发射器了。"他先自己戴上护目镜,然后环视四周,确认在场的每个人都照做了(库拉除外,他说自己不怕这激光)。接着,他合上了开关。

虽然隔着护目镜,雅各布还是能看到一道光线穿透飞船防护场,在内壁表面留下一个模糊的光点,射向那太阳幽灵。他心想,不知道这个人形的幽灵会不会比之前那个"原形"幽灵更配合一点。尽管他清楚,这其实是同一个生物。也许他之前早早离开,就是要去"打扮"成现在这个样子。

激光发射器发出的光线准确地穿透了太阳幽灵的身体,可他还是无动于衷地飘浮在那里。雅各布听到不远处玛蒂娜的轻声咒骂:

"错错错!"她不满地嘘道。由于戴上了精神感应头盔和护目镜,她的脸只有鼻子和下巴还露在外面。"他明明就在那儿,却好像不存在一样。见鬼! 这到底是怎么一回事儿!"

突然间,那个魅影膨胀变大,仿佛一只蝴蝶被压扁在飞船的外罩上。他的"脸"部渐渐模糊,变成一抹抹细长的暗赭色带;双臂和身体向外延展,直到变成一个不规则的矩形带,横贯在前方十度角的天空中。

"我的老天爷啊!"唐纳尔森喃喃道。

斐金的口哨声在旁边响起,减七度的调子,有些颤抖。库拉则又开始叩齿。

只见太阳人的矩形身体上从左到右出现了一些明亮的绿色罗马字母,拼成这样一句话:

赶快离开。别再回来。

雅各布紧紧抓住沙发椅的边缘。尽管身旁有外星人的奇怪声音和人类的粗重呼吸声,但他还是感觉到了一种令人窒息的寂静。

"米莉!"他竭尽全力高呼道,"你有什么收获吗?"

玛蒂娜呻吟道:"有……不,没有! 我是收到了一些东西,但它毫无意义! 根本就不相关!"

"好吧,试着提个问题! 问问他是不是能收到你的精神感应信号!"

玛蒂娜点点头,双手掩面,努力集中注意力。

那些悬在半空中的字母一下子变了:

全神贯注。再大点声音。

雅各布惊呆了。内心深处,他感到自己压抑着的另一半正在恐惧中颤抖——这一切让他感到无能为力,同时也震慑住了自己体内的海德先生。

"问问他,为什么之前不理睬我们,现在又跟我们说话了。"玛蒂娜缓缓重复了这个问题,声音很大。

诗人。他将为我们代言。他就在此处。

"不,不,我不能!"拉洛克喊道。雅各布迅速回身,看着那小个子记者畏缩在饮食机旁。

他将为我们代言。

绿色的字母闪烁着。

"玛蒂娜医生!"海琳·德席尔瓦喊道,"问问太阳人为什么不让我们再回来了?"

停顿了一下,字母再次发生了变化:

我们不想被打扰。请离开。

"那如果我们就是要回来呢？会怎么样？"唐纳尔森问道。玛蒂娜冷冷地重复了这个问题。

不会怎样。你们不会看到我们。也许你们还能见到我们的孩子，我们的牲口。

但再也看不到我们。

原来两种太阳人是这么回事儿，雅各布心想。"常态"的是年轻太阳人，负责简单的任务，比如放牧线圈牲口。那么，这些成年的太阳人平时都在哪儿？他们有着怎样的文化？电离化的等离子体组成的生物，怎么能够跟主要由水组成的人类进行交流呢？这些家伙的威胁深深刺痛了雅各布。如果这些成年太阳人愿意，他们完全可以避开探日飞船，不管人类派多少艘来都是一样，就好像一只老鹰可以随意摆脱一只气球一样。假如他们现在就切断联络，人类根本不可能强迫他们再回来。

"麻烦你，"库拉说道，"问一下他，巴伯卡是否冒犯到了他们。"普灵人的眼睛热切地闪闪发亮，每开口说一个字，嘴里都会传出沉闷的牙齿叩击声。

巴伯卡什么都不是。无足轻重。快走吧。

说完，太阳人的身影开始逐渐消失，随着他缓缓离去，那不规则的矩形也越来越小。

"等一下！"雅各布站起来。他朝着空中探出一只手，仿佛要去抓住什么根本不存在的东西，"别不理我们！我们是你们最近的邻居！我们只想和你们一起分享！起码告诉我们你们是谁！"

太阳幽灵的身影已经远去，模糊不清。一股深色的气体掠过，遮蔽了太阳人，不过，飞船上的人还是看到了他隐去之前发出的最后一条信息。这个成年太阳人的身边聚集着一群"年轻"太阳人，他把前面说过的一句话又重复了一遍：

诗人将为我们代言。

第八部

　　古时候,有两个飞行家给自己装上了翅膀。代达罗斯安全地完成了飞行,降落的时候也获得了应有的尊荣。伊卡罗斯则朝着太阳高飞,结果黏合他翅膀的蜡融化了,他的飞行以悲剧告终……当然,传统典籍把他描写成一个搞"噱头"的人;但我觉得正是他揭露了当时的飞行机器存在着一个重要的设计缺陷。

　　　　　　　　——亚瑟·艾丁顿爵士,《恒星和原子》,牛津大学出版社

第二十三章　受激态①

　　皮埃尔·拉洛克背靠着穹顶室坐在地上，双手抱膝，茫然地盯着舱板。他凄楚地想，不知道米莉能不能再给他打上一针，好让他维持到探日飞船飞出色球层。

　　不幸的是，那样就跟他预言者的新身份太不相称了。他不禁颤抖了一下。从业以来，他还从未意识到，只需要转述而不用编排一起事件意味着什么。太阳人给他的是灾祸而不是祝福。

　　他木然地想到，那太阳人一时兴起地选中他，真令人啼笑皆非。太阳人是在开玩笑，还是已经把什么想法深深植入了他的内心，等他回到地球就会发作，让自己惊慌失措、窘迫不堪？

　　再或者，他应该把自己的想法尽情地表达出来，就像他一直在做的那样？他的身体可怜巴巴地缓缓晃动着。靠自己的个性把想法强加给别人是一回事儿，披着预言者的外衣说话就完全是另一件事了。

　　飞船上的其他人都聚集在指挥席讨论下一步怎么办。拉洛

---

①量子物理学名词。原子通常处于能量最低的基态。它通过同其他原子或自由电子碰撞，或吸收光子，从外界获得能量而跃迁到较高的受激态。到达受激态的原子，停留很短一段时间后，将通过自发发射陆续离开该能态。

克听到那些人在说话,希望大家还是决定离开。他都不用抬头,就能感觉到那些人的目光时常转过来瞪着自己。拉洛克真希望自己死了算了。

"要我说,我们应该干掉他。"唐纳森建议道。他的英国口音这会儿十分明显。雅各布在一旁听着。"一旦他回到地球之后逃脱了,那可是后患无穷啊!"总工程师接着说道。

玛蒂娜咬了咬嘴唇,"不,那样可不明智。我们最好还是等回到赫尔墨斯基地之后再跟地球联络,等候他们的指示。政府也许会把他紧急监禁起来,但如果我们真决定要把他处死,这儿的每个人都要参与。"

"我没想到你对总工程师的建议是这么一种反应,"雅各布说道,"我还以为他的提议会让你大为惊骇。"

玛蒂娜耸耸肩,"现在你们应该都明白了,我代表的是邦联议会中的某一派。彼得是我的朋友,但如果我觉得除掉他是我对地球应尽的义务,我会亲自动手。"她说这话的时候,脸上的表情十分冷酷。

雅各布也没有自己预想的那么惊讶。过去一个小时发生的事情让大家饱受刺激。如果连总工程师都需要通过武力来应对这种压力,那么其他人也就不用再故作镇定了。不远处,拉洛克完全一副吓呆了的样子,兀自在那里慢慢摇晃着身体,看起来对他们置若罔闻。

唐纳森举起自己的食指,"你们注意到没有,那个太阳人根本就没提及我们发送的信息激光束?那道激光直接就穿透了他,可他似乎一点儿也不在乎。但早些时候,那另一个太阳幽灵……"

"年少的那个。"

"……没错,年少的那个太阳幽灵,他可绝对是对我们发射的激光做出了反应。"

雅各布挠挠自己的耳垂,"谜团越来越多。为什么那成年的幽灵总在回避我们飞船的中纬线摄像机?他有什么要隐藏的吗?还有之前的那几次潜日飞行,打从玛蒂娜医生几个月之前把精神感应装置带上飞船,他们就已经能跟我们进行直接通信了,为什么还要威胁呢?"

"也许你的参数激光正好给了他某种必需的元素。"一位船员说道,他是位彬彬有礼的东方人,姓陈,雅各布只在潜日飞行之初见过他,"还有一种可能,就是他一直在等待有一定身份地位的人来进行对话。"

玛蒂娜嗤之以鼻,"我们上次潜日飞行不就是按照这种想法去试的嘛,根本行不通。巴伯卡只是装作跟他们进行了接触,而斐金空有一身本领,也没能成功……哦,你是说彼得……"

一时间,船舱里寂静得连一根针落地都能听到。

"雅各布,我真希望我们能找到你以前说的那么一个投影装置,"唐纳森扮了个鬼脸笑道,"那我们的问题就全都迎刃而解了。"

雅各布也笑了笑,但并没有调侃的意思,"你是在企盼天降贵人吗,总工程师?你应该知道,指望宇宙特别的眷顾是不现实的。"

"或许我们也只能认命了。"玛蒂娜说道,"我们可能再也看不到成年太阳幽灵了。地球上的人们只会怀疑这些所谓的'人形'生物是不是真的存在。毕竟只有我们几个人见过它,能证明它存在的只有我们的一面之词,再加上几张模模糊糊的照片。

过不了多久，这一切都会被认为是歇斯底里的臆想，除了我的那些测试。"

雅各布注意到海琳·德席尔瓦就站在身边。几分钟之前她把大家召集在一起，可奇怪的是那之后她就一言不发。

"好了，至少这一次太阳潜入者计划本身没有受到威胁。"雅各布说道，"针对太阳的其他普通研究还可以继续，我们也可以接着研究线圈生物群。太阳人说过，他们不会干预。"

"没错。"唐纳森补充道，"不过他会不会呢？"他朝着拉洛克做了个手势。

"该决定下一步怎么办了。我们已经航行到线圈群底部附近了。要向上返回，还是继续在这里转转？也许太阳人也是形形色色的，就像我们人类一样。也许之前我们碰到的正好是个坏脾气的家伙而已。"

"我还真没这么想过。"玛蒂娜说道。

"这样吧，我们把参数激光器设置成自动状态，再往通信磁带里加点英语代码进去，然后把激光射向线圈群。我们自己则乘坐飞船慢悠悠地盘旋上升，碰碰运气，万一能吸引到更友好的成年太阳人呢？"

"要真能吸引到一个，我只希望可别像上次那个太阳人那样，吓得我惊慌失措了。"

海琳·德席尔瓦揉着肩膀，仿佛在努力克制颤抖，"没人说说我们的'笔杆子'吗？那我要就这次讨论里只涉及人类的问题做个最终决定了：任何人都不得对拉洛克先生轻举妄动。大家只是密切注意他就好了，以防万一。会议到此结束。大家都想想下一步怎么办。谁去通知一下斐金和库拉，让他们二十分钟后在饮食区跟大家碰头。解散。"

雅各布感到一只手搭上了自己的胳膊。海琳站在了他身边。

"你没事吧?"他问道。

"没事……没事。"她略带犹豫地笑了笑,"我只是……雅各布,你能陪我去一下我的办公室吗?"

"当然可以,我们走。"

海琳摇摇头。她的手指都掐进了雅各布胳膊的肉里,拉着他快步朝中央穹顶室上开着的一个衣橱大小的小房间走过去,那里是船长办公室。他们进到里面之后,海琳在小桌子上清理出一块地方,示意雅各布坐下,然后她关上门,颓然地靠在了门背上。

"哦,上帝啊。"她哀叹道。

"海琳……"雅各布向前迎了迎,又停住了。海琳抬起一双蓝色的眼睛,急切地看着他。

"雅各布,"她竭力让自己平静下来,"你可不可以发誓,帮我一个忙,就几分钟,以后也不说出去?你要是不答应,我就不能告诉你了。"她的眼神无声地恳求着。

雅各布不假思索地回答道:"当然,海琳。你要我怎么都可以。不过先告诉我有什么……"

"那么,就请你抱抱我。"她的声音越来越微弱,最后变成了一声哽咽。她上前几步投进雅各布的怀中,两只胳膊蜷在胸前。雅各布吃了一惊,但没有出声,只是伸出双臂紧紧地环抱住她。

伴随着海琳的身体一阵阵地剧烈颤抖,雅各布抱着她缓缓地前后摇晃着。"嘘……没事没事……"他随口说着安慰的话语。海琳的头发摩擦着他的脸颊,她身上的味道似乎充满了整个小房间,令人心醉。

他们相拥着,静静地站了一阵子。海琳的头慢慢地在雅各布的肩膀上蹭着。渐渐地,颤抖平静下来,她的身体也放松了。雅各布轻抚她背上的肌肉,直到肌肉逐渐松弛下来。

雅各布不禁心想,不知道这是谁在帮谁的忙。他太久没有感受到眼下的这种平和宁静了。海琳竟是如此地信任自己,令他十分感动。

不仅如此,这也让他感觉很快乐。尽管这会儿,自己的内心深处海德先生气愤得咬牙切齿,但他根本没有去理会。他对自己所做的一切感到再自然不过——比呼吸更自然。

又过了片刻,海琳抬起了头。她开口说话,声音沙哑:"我这辈子从来没有这么害怕过,我希望你能明白。在余下的航行中,我可以继续做一个铁娘子……但你在这儿,陪着我……我就这么做了。对不起。"

雅各布注意到海琳后退离开自己时并没有费太大力气。但他没有松开双臂。

"没关系,"他柔声说道,"以后我再告诉你这让我感觉多么好。你觉得害怕是正常的。我看到那些字母的时候也吓得快要魂飞魄散了。我装出好奇和麻木的样子,只是保护自己而已。你也看到其他人的反应了。你只不过承担了太多责任罢了。"

海琳没有言语。她抬起两手,紧紧搭在雅各布的双肩上。

"不管怎么说,"雅各布一边继续说着,一边帮海琳把几缕散乱的头发理顺,"你在迁跃飞行的时候一定也经受过更多的惊吓吧。"

海琳哼了一声,双手一推,从雅各布的胸前离开,直起身来。

"德姆瓦先生,我真受不了你! 你干吗一个劲儿地提起我那些迁跃飞行呢? 你真以为我曾经这么害怕过吗?! 你到底觉得我有多老了?"

雅各布笑了。海琳并没有太用力推他,也没有挣脱他的怀抱,显然她并不情愿让他走。

"呃,根据相对论……"他开始说道。

"去他妈的相对论! 我二十五岁! 虽然我比你到过更多的太空,但我经历过的真实宇宙要比你少得多……我的业务能力评分也根本不能代表我心里想的是什么! 做一个完美而坚强的人,为其他人的生命负责,这是多么可怕的一件事……起码对我而言是这样;不像你,你是个铁石心肠的木头人,传说中的大英雄、大傻瓜,站在那里故作镇定,就像我们在 J8'lek 碰到那疯狂的假路障时,'女海神号'上的贝洛克船长一样。还有……还有现在我准备冒大不韪,命令你吻我,反正你自己看起来是没打算这么做!"

她挑衅般地看着他。雅各布笑着把她拉向自己身前,她先是挣扎了几下,然后就双手搂住雅各布的脖子,把双唇压在了他的嘴唇上。

雅各布再次感觉到了海琳身体的颤抖。但这次有些不同,到底怎么不同却很难说,因为这一刻他已无暇顾及其他,完全沉醉其中。

突然,一个折磨人的想法冒了出来:都已经过了这么久了啊,自从……长长的两年啊。他把这想法抛到脑后。塔尼娅已经不在人世,海琳却活生生在眼前,美丽迷人。他把她抱得更紧,用眼下那唯一可能的方式迎合着她的激情。

"很棒的治疗,大夫。"海琳调笑着,雅各布正在梳理她纠结的头发,"我感觉就像骑了一百万次马。不过,你看起来像被榨汁机榨干了一样。"

"什么……呃,什么是'榨汁机'?算了,我可不想听你解释。看看你吧!你好像很得意啊,把我弄得像一块熔化的钢,弯得不像样子!"

"正是。"

雅各布忍不住笑了,"少说两句,对老人放尊重点吧。对了,我们还有多少时间?"

海琳看了看表,"还有大概两分钟。真不想这会儿去开会啊,你刚刚开始投入呢!到底是谁偏要在这么个时候召集会议?"

"是你。"

"啊,好吧。是我。下回我会给你至少半小时,我们还有更多的细节问题要研究。"

雅各布含糊地点点头。有时候,很难预料这个女人的玩笑会开到什么程度。

在打开门锁之前,海琳郑重地直起身来,亲吻了雅各布一下。

"谢谢你,雅各布。"

雅各布抬起左手爱抚着海琳的脸庞。她把脸往他的手心靠了靠。雅各布放下手,两人相对无语。

海琳打开门,向外看了看。除了驾驶员没人在。大家应该都去饮食区参加第二次会议了。

"我们走吧,"她说道,"给我一匹马我都能吃了它①!"

---

①英语谚语,直译是"我能吃掉一匹马",常用来形容非常饥饿。这里又在表现海琳用语的"老掉牙",因为从下文看,雅各布的时代已经不说这条谚语,因此他对此感到很惊讶。

雅各布哆嗦了一下。如果他想更加了解海琳,他就得做好跟自己的想象力做斗争的准备。

他们走向饮食区,雅各布依然跟在海琳后面,保持着不到一英尺的距离,这样他就可以欣赏海琳的步态。这真是令人迷醉,以至于他都没看到一个自旋着的线圈飘过飞船,它的身体闪烁着星芒,四周环绕着一道光环,又白又亮,仿佛一只白鸽胸前的羽毛一般。

第二十四章　自发发射[1]

　　他们到达餐饮中心时,库拉的一只胳膊探进了坎顿人茂盛的树杈中,他正从斐金的枝叶中向外抽出一个饮料瓶,他另一只手里还拿着一个饮料瓶。

　　"欢迎回来。"斐金哨子般的声音响起,"普灵人库拉正在帮我补充养料。我恐怕这会耽误了他自己喝饮料。"

　　"没关系,先生。"库拉说道。他慢慢地把饮料瓶往回抽着。

　　雅各布走到普灵人的身后想看一看。这是个好机会,可以更多地了解斐金的构造。这位坎顿人曾经告诉过他,他们的种族并没有关于行为是否得体方面的禁忌,所以他当然不会介意雅各布顺着库拉的胳膊看进去,瞧瞧这位半植物的外星人到底长着什么样的孔洞。

　　他正这么弯着腰看着,库拉突然后退,抽出了饮料瓶。他的胳膊肘狠狠地撞到了雅各布的眉角,把雅各布撞得后退几步,一屁股坐在了地上。

　　库拉咔嗒咔嗒地大声磕着牙,两只手低垂在身体两侧,手中的饮料瓶掉在了地上。海琳笑得差点背过气去。雅各布连忙站

---

①参见第299页的注释内容。

308

起身来,但他脸上那副"总有一天我会报复"的古怪表情却让海琳咳嗽得更厉害了。

"没事儿,库拉,"雅各布说道,"没伤着我。是我不小心。不管怎么说,我还有另一只眼睛。"他竭力忍着,没去揉揉眉角那里生疼的地方。

库拉亮闪闪的大眼朝下看着他,磕牙声渐渐消退。

"您真是太仁弛(慈)了,雅各布朋友。"他终于开口,"作为一个更古老的受庇护种竹(族),我不应该这么出(粗)心大意。我感谢你宽恕我。"

"不必不必,我的朋友。"雅各布摆摆手。其实他都能感觉到眉头那里一个大包正在渐渐隆起,不过,还是应该换个话题,好让库拉别再尴尬了。

"说到另一只眼睛,我读过资料,你的种族,还有普灵星球上的大多数生物,在皮拉人到达普灵并开始基因改造工程之前,都只有一只眼睛。"

"是的,雅各布。是皮拉人出于美观的考虑,给了我们第二只眼睛。星系里的绝大多数两足生物都长有两只眼睛。他们不想让我们……招(遭)受其他年轻种竹(族)的嘲笑。"

雅各布皱皱眉。有问题了……他知道海德先生已经意识到了什么,但并没有告诉自己,那家伙仍然在生他的气。

见鬼,那是我的潜意识!

"可是库拉,我还读到资料说,你们这个种族是树栖生物……确切地说,是用双臂吊在树枝间前进的,如果我没记错的话……"

"那是什么意思?"唐纳森小声问德席尔瓦。

"就是说他们习惯于在树枝间荡来荡去。"她回答道,"你安静点！"

"……可是如果你的先祖们只有一只眼睛，他们是如何判断距离，以确保在跳到下一根树枝的时候不会掉下来的呢？"

雅各布还没说完，就感到了一阵欢欣。那正是海德先生隐藏的问题！这下那个小魔鬼没法完全封闭住他的潜意识了！海琳帮助了他。他都不在乎库拉会如何回答了。

"我还以为你知道呢，雅各布朋友。在我们第一赤（次）潜日飞行的时候，我听到过指挥官德席尔瓦给你解释，我的感觉器官跟你们的不一样。我的眼睛不光能感知光的强度，还能识别光的相位。"

"没错。"雅各布开始觉得有意思了。他得一直盯着斐金。如果他问的问题可能惹恼库拉，那老坎顿人一定会提醒他的。

"没错。但是太阳光，尤其是在森林里的日光，应该是完全非相干的……它们的相位是随机的。海豚使用的声呐系统类似你们的感觉器官，也能够感知相位和所有信息，但他们可以通过向周围发出尖叫声，来创造自己的相干相位场。"

雅各布后退了一步，享受着自己这戏剧性的停顿。他的脚踩到了刚才库拉掉在地上的一个饮料瓶。他随手把那个瓶子捡了起来。

"所以，如果你的先祖们的眼睛只能获取相位，除非你们生活的环境中有一种相干光源，否则还是行不通。"雅各布兴奋起来，"自然激光？难道你们的森林中有某种自然激光源？"

"老天，要真是那样，可就有意思了！"唐纳森在一旁说道。

库拉点点头，"正是如此，雅各布。我们叫它们……"他的大牙以一种复杂的节拍上下叩动着，"……植物。你能从这么少的线说（索）就得出这个结论，真了不起。恭喜你。等我们回去之后,我会给你看看照片。"

雅各布瞥了一眼海琳,她正美美地看着他微笑。(一阵模模糊糊的嘟哝声在头脑深处响起,他没有理会。)"没问题,我等着看照片,库拉。"

雅各布手里的饮料瓶黏糊糊的。空气中有一种味道,像新刈的干草。

"给你,库拉。"他把饮料瓶递了过去,"这是你掉的吧。"这时他的动作定住了。他盯着饮料瓶看了一会儿,笑出了声。

"米莉,快过来!"他喊道,"看看这个!"他朝着玛蒂娜医生递出那个饮料瓶,指着上面的标签。

"3-阿尔法-丙酮基苄基——4-羟基香豆素混合液?"她有点拿不准地看了半天,然后点点头,"怎么会,这是华法林!原来那是从库拉的饮料里来的!不过,它怎么会跑到德韦恩的药里面去呢?"

雅各布懊恼地笑了笑,"恐怕这全都是我的错。我曾经在'布拉德伯里号'上稀里糊涂地拿了一份库拉的某种饮料混合片剂。那会儿我迷迷糊糊的,后来就把这事儿给忘了。那些片剂一定是混进了同一个口袋,就是我后来藏开普勒博士药片样本的那个口袋。结果它们就一起跑到莱尔德医生的实验室里去了。这真是一次天大的巧合,库拉的营养片剂居然刚好跟一种古老的地球毒药成分相同,这可让我白费了不少力气!我还以为是巴伯卡偷偷把它放进了开普勒的药里,好让他状态不稳定。不过,我从始至终都觉得这个解释有些牵强。"他耸了耸肩。

"嗯,至少我可以松口气了,终于真相大白了!"玛蒂娜笑了,"大家之前那样想我,我可不喜欢!"

这不过是一个小小的发现。但不知怎么,这么一个小小的恼人谜团被解开了，就让在场的人都为之一振。他们欢快地交谈着。

这时，皮埃尔·拉洛克走过众人身边，脸上还带着微笑，这使得愉悦的气氛变得有些不协调。玛蒂娜医生走过去邀请他到大家那边去，但那小个子男人只是摇了摇头，以缓慢的步伐继续沿着飞船边缘走下去。

海琳站在雅各布身边，碰了碰他还拿着库拉饮料瓶的另一只手。

"说到巧合，你有没有仔细看看库拉饮料的成分？"她突然停下话头，抬起头来，库拉正来到他们身前，弯下腰来。

"你要是没什么问题，雅各布，我就要拿肘（走）这个黏糊糊的饮料瓶了。"

"什么？哦，当然，库拉。给你。你刚才说什么来着，海琳？"

虽然海琳的脸上表情严肃，但还是美得摄人心魄。初陷情网的人，总是会有一阵子根本顾不上听爱人在说什么。

"……我是说，我注意到了一个有趣的巧合，就在玛蒂娜医生读出那个化学成分的时候。你还记不记得早些时候，我们谈到过有机染色激光的相关成分？呃……"

海琳的声音渐渐微弱下去。雅各布能看到她的嘴在动，却只能分辨出一个词："……香豆素……"

身体内正风起云涌。他本已压制住的神经衰弱症又开始蠢蠢欲动，体内的海德先生正在试图阻止他听海琳的话。事实上，他突然意识到，自从海琳在舱板边缘的那次谈话中暗示，她希望雅各布能带上自己乘坐"女海神号"迁跃开始，他的另一半潜意识就一直在作祟。

海德憎恨海琳！他悚然醒悟。这是我碰到的第一个姑娘，有可能取代我失去的那个女人（一阵战栗传来，仿佛偏头疼一样要撕裂他的头颅），可海德却憎恨她！（那阵头疼来得快，去得也快。）

更有甚者，他潜意识的那部分拒绝向他透露信息。他明明已经看到了种种蛛丝马迹，却不让它们浮现出来。这可让人无法忍受，最要命的是他根本不知道为什么会这样！

"雅各布，你还好吧？"海琳的声音又传来了，她正疑惑地看着他。越过她的肩膀，雅各布能看到库拉正站在饮食机旁边低头望着他们。

"海琳，"他匆匆地说道，"听着，我在驾驶席那里落下了一小盒药片，是治疗我偶尔发作的头疼病的……可不可以请你帮我去找找？"他抬起一只手放在前额，做出痛苦的表情。

"你干吗……没问题。"海琳碰碰他的胳膊，"你干吗不跟我一起去呢？你可以躺一会儿。我们也好谈谈……"

"不。"他扶着海琳的肩膀，轻轻地把她扳向驾驶席方向，"求你了，去吧。我在这儿等你。"他态度很粗暴，又似乎惶惶不安，仿佛在竭力忍受因为要花这么多时间劝走海琳而产生的不耐烦。

"好吧，我马上就回来。"海琳说道。她刚一离开，雅各布就如释重负地长出了一口气。这会儿，按照规定，在场大多数人的护目镜都正别在腰带上，只有指挥官德席尔瓦把护目镜丢在了自己的座椅上。

走出大概十米之后，海琳开始疑惑起来。

雅各布根本就没在驾驶席那里落下什么药盒。要是他真落下了，我肯定会知道的。他想把我支开！可是为什么呢？

她回头看了看。雅各布正从一台饮食机前转过身，手里还拿着一只蛋白卷。他对着马丁微笑了一下，又冲着陈点点头，然后朝着斐金所在的开放舱板区域快步走过去。在雅各布身后，库拉就待在重力环舱旁边，正瞪着一双明亮的眼睛注视着大家。

雅各布看起来根本就不像头疼的样子！海琳感到心里一阵刺痛，很是困惑不解。

好吧，如果他不想看到我，也无所谓。我还是会装作去给他找他的破药！

她正要转过身去，突然，雅各布绊上了斐金的一只根足，一下子扑倒在舱板上。他手里的蛋白卷飞出去，打中了参数激光器的外罩。海琳还没反应过来，雅各布就已经站了起来，窘迫地笑着。他走过去捡那只蛋白卷，一弯腰，肩膀正碰到激光器的发射管。

蓝色的激光立刻淹没了整个房间。警报器狂鸣起来。海琳本能地举起一只胳膊遮住双眼，另一只手去抓挂在腰上的护目镜。

护目镜不在那里！

她的座椅在三米开外。她能想象出那里相对于自己现在所在之处的位置。她扭身一纵，扑了过去，片刻之后再度起身，已经戴上了护目镜。

到处都是亮点。参数激光器被推得偏离了飞船的中轴线，射出的激光束在飞船外壳的凹面内表上四处反射。调制好的"通信代码"在舱板和中央穹顶室墙上闪耀着。

饮食机旁的舱板上，有几个人滚来滚去。没有人上去关掉参数激光器。雅各布和唐纳森在哪儿？难道他们一开始就被激光照瞎了眼？

有几个人影在重力环舱那边晃动着。在阴森森闪耀着的光照下，她看到那正是雅各布·德姆瓦和总工程师……还有库拉。雅各布正在把一只袋子往那外星人的头上罩过去！

没时间考虑该怎么办了。是插手到那边的离奇打斗中去，还是设法避免飞船可能遭受的危害？海琳毫不犹豫地做出了选择。

她跑向参数激光器，蹲下来捋着模模糊糊、蜿蜒曲折的电线找到插头，一把拔了下来。

光点突然停止闪动，只剩下一个。一声痛苦的尖叫伴随着爆裂声在舱门口那边响起。警报声一下子消失，飞船里只听见人们的呻吟声。

"船长，那是怎么回事？发生了什么？"驾驶员的声音从对讲机中传出。海琳从旁边一张座椅前抓起麦克风。

"休斯，"她迅速问道，"飞船的状况怎么样？"

"状况还好，长官。不过，幸亏我戴着护目镜！到底发生了什么？"

"参数激光偏离了。保持飞船现有姿态。与线圈群保持一公里的距离。我马上回来。"她放下麦克风，探出头大喊着，"陈！达布罗斯基！向我报告！"四周一片昏暗，她费力地到处张望着。

"我在这边，船长！"那是陈的声音。海琳咒骂了一声，扯下护目镜。陈就在舱门外，正跪在舱板上，身前有一个人躺在那里。

"这是达布罗斯基，"陈说道，"他死了。激光烧透了他的双眼。"

玛蒂娜畏缩在斐金茂密的枝叶后面。海琳匆忙朝他们走过去,坎顿人朝着她轻轻地吹了一声口哨。

"你们俩没事吧?"

斐金发出悠长的一声哨响,听起来像是"没事"。玛蒂娜急促地点了点头,但仍然紧攥斐金的树杈不放。她的护目镜歪戴在脸上,海琳把它取了下来。

"来吧,医生。有病人需要你。"她拽着玛蒂娜的胳膊,"陈!到我办公室去把急救包拿过来! 快去!"

玛蒂娜先是打算站起身,但很快又缩了回去,直摇着头。

海琳咬咬牙,用力一拽她的胳膊,把眼前这个比她更年长的女人拽了起来。玛蒂娜被她拉得脚下跟跄着。

海琳拍了拍玛蒂娜的脸,"醒醒,医生! 帮我救救这些人,要不然我会踢得你满地找牙!"她抓着玛蒂娜的胳膊,扶着她来到总工程师唐纳森和雅各布·德姆瓦躺着的地方。

雅各布呻吟一声,动了起来。他把胳膊从脸上拿开的时候,海琳才发现他脸上的灼伤比较浅,也没有伤及眼睛——雅各布刚才戴上了护目镜。

海琳把玛蒂娜拉到唐纳森身边,让她坐了下来。总工程师的左脸严重烧伤,左边护目镜的镜片也碎了。

陈跑了回来,手里拿着急救包。

玛蒂娜医生转过身去,不敢看唐纳森,身体不住地颤抖着。然后她抬起头,看到陈手里的医药包,伸手接了过来。

"你需要帮助吗,医生?"海琳问道。

玛蒂娜把医药包里的器械铺放在舱板上。她没有抬眼,只是摇了摇头。

"不用。安静点就好。"

海琳把陈叫到身边,"去找找拉洛克和库拉。找到以后来向我报告。"陈跑开了。

雅各布又呻吟了一声,试图用两肘撑起上身。海琳找了件衣服在旁边的饮水机那里浸湿,跪坐在雅各布身边,托起他的肩膀,把他的头放在自己腿上。

海琳轻敷着雅各布的伤处,他瑟缩了一下。

"哦……"他呻吟着,抬起一只手放在头顶,"我早就应该想到的。他的先祖们是在树上荡来荡去的,他也就应该有黑猩猩那样强壮的臂膀,尽管他看起来是这么瘦弱。"

"你能告诉我到底发生了什么吗?"她轻声问道。

雅各布探出左手摸摸腰下,嘴里嘟哝着。他用力猛拽了几下之后,终于把装护目镜的大袋子给抓了出来。他看了一眼那袋子,一把抛开。

"我的脑袋感觉就好像被喷砂打磨过一样。"他说道。他撑起身子坐了起来,双手抱头摇晃了一会儿,然后放下了手。

"库拉不会也躺在这里昏迷不醒吧?他把我打得眼冒金星之后我本想豁出去跟他拼了,不过我最后还是丧失了意识。"

"我不知道库拉在哪儿。"海琳说道,"现在告诉我,到底怎么回事?"

陈的声音嗡嗡地在对讲机中响起:"船长?我找到拉洛克了。他在240度方位。他情况良好。实际上,他根本都不知道出了什么乱子!"

雅各布移到玛蒂娜医生身旁,急切地跟她交谈起来。海琳站起身,走到饮食机旁边的对讲机那里,"你看到库拉了吗?"

"没有,长官,毫无迹象。他应该是在'翻面'那边。"陈的声音低了下去，"我记得当时发生了一次打斗。您知道发生了什么事吗？"

"等我再了解一些情况后，就会告诉你。现在你最好去替下休斯的岗位。"雅各布也来到了对讲机旁，就站在海琳身边，"唐纳森没事，就是需要换只新眼睛了。听着，海琳，我这就要去抓库拉了，能不能借给我一个人？然后你最好带着我们赶紧离开这里，越快越好。"

海琳勃然说道："你刚刚杀害了我的一个手下！达布罗斯基死了！唐纳森瞎了！现在你还想让我再派一个人去帮你继续骚扰可怜的库拉？你是疯了还是怎么着？"

"我没有杀人，海琳。"

"我看到你了，你这个大蠢货！你撞到了参数激光器，它就发疯了！你也是！你为什么要去攻击库拉？"

"海琳……"雅各布欲言又止，搔了搔头，"没时间解释了。你得带我们离开这里。天知道他这会儿在下面搞什么呢。"

"你先解释清楚！"

"我……我是故意撞上激光器的……我……"

海琳穿着一件非常贴身的飞行服，雅各布压根儿没料到她的手上会多出一把小巧的眩晕枪正对准他。"继续说，雅各布。"她语气平静地说道。

"……他当时正盯着我。我知道，要是我流露出一星半点的迹象表明我已经知道了真相，他会立刻弄瞎我们所有人的眼睛。我把你支走，是为了让你能安全离开，然后好去找你的护目镜包。我把激光器踢歪，想迷惑他……如果到处都是激光……"

"害得我的人非死即伤！"

雅各布弓起身体，"听着，你这个小傻瓜！"他居高临下地冲着海琳喊道,"我把光束能量调小了!它也许会致盲,但绝不可能烧死人!你要是不相信我,就赶我走!把我捆起来!怎么都行,只要赶在库拉把我们都杀死之前,快离开这里!"

"库拉……"

"他的眼睛,见鬼!他的'营养补品'香豆素就是一种激光染色剂!达布罗斯基当时正准备过来帮助我和唐纳森,就被他杀死了!

"他之前说的什么激光植物,在他的故乡普灵星球上,都是假话!普灵人自己就是一个相干光源!我们之前看到的所有的'成年'太阳幽灵,都是他投射出来的!还有……我的天啊!"雅各布朝着空中狠狠捣了一拳。

"……如果他投射出的激光精巧到足以在探日飞船外壳的内壁上显示出伪造的'太阳幽灵'幻影,那肯定也可以跟大数据库公会设计的计算机进行光输入通信!是他篡改了计算机记录,把拉洛克显示成缓刑犯。而……而他改动杰夫飞船上的程序导致其自毁的时候,我就站在他旁边!他一直在输入指令,我却在那里赞叹飞船外面那些漂亮的光!"

海琳一边后退,一边摇着头。雅各布向她靠近一步,身形暴起,双拳紧握,脸上却满是自责。

"为什么总是库拉第一个发现人形太阳幽灵?为什么他跟开普勒在地球上的时候就没人发现过那种太阳人?为什么库拉要自告奋勇参加识别身份的视网膜检测?为什么我之前就没想到过这些呢!"

雅各布这番话说得飞快。海琳一边思考,一边眉头紧锁。

雅各布露出恳求的眼神,"海琳,你一定要相信我。"

海琳犹豫了一下,接着大喊一声:"哦,真他妈的!"然后猛扑到对讲机前,"陈!开动飞船离开这里!不用播系好安全带的警告了,马上加足最大马力,启动时间流控制器!我要外面这些光瞬间就从视野里消失!"

"是,长官!"陈回答道。

飞船带着他们急速上升,暂时摆脱了补偿磁场,海琳和雅各布被带得跌跌撞撞。指挥官紧紧抓住对讲机喊道:"全体船员,从现在起,必须一直戴着你们的护目镜。请大家尽快系好安全带。休斯,马上去重力环舱就位!"

飞船外,线圈生物们越来越快地掠过。它们一个接一个地坠入舱板外沿之下,身体随之明亮地闪烁着,仿佛在向他们作别。

"我也应该早点发现的。"海琳沉痛地说道,"可我却跑去关掉了参数激光器,或许就这么让他给跑掉了。"

雅各布猛地亲了她一下,让她的嘴唇感觉热辣辣的。

"当时你还不知道。我要是你也会那么做。"

她摸了摸嘴唇,目光落在雅各布身后达布罗斯基的尸体上,"你把我支开,是为了……"

"船长,"陈的声音打断了他们,"我没法让时间流控制器停止自动运行,能不能让休斯留下来帮帮我?我们和赫尔墨斯基地的微波激射通信也中断了。"

雅各布耸耸肩,"先破坏微波激射器,切断我们跟外界的联络;然后是时间流控制器、重力驱动设备,最后是静滞场。我猜最后一步是破坏飞船的防护盾,除非之前那些破坏已经足够;其实它们应该是足够了。"

海琳按下对讲机开关,"不行,陈。让休斯马上过来!尽你所能自己坚持一下吧。"她关上了开关。

"我跟你一起去。"

"不行,你不能去。"雅各布说道。他又戴上了护目镜,从地上拾起镜包,"如果库拉做到最后一步,我们就会被烤熟。不过要是我能半路截住他,你是唯一能带我们离开这里的人。好了,把那支枪借给我,我可能用得上。"

海琳把眩晕枪递了过去。在这种情势下,争论已经毫无意义。雅各布说了算,她自己已经没了主意。

飞船宁静的震动节奏发生了变化,变成一种低沉且无规律的嗡嗡声。

海琳看着雅各布质询的目光,回答道:"那是时间流控制器。他已经开始减缓我们的速度了。不管怎么看,我们的时间都不太多了。"

第二十五章　束缚态

　　雅各布蹲在舱门后面,准备一看到那个瘦高细长的外星人就跳出来。还好,库拉不在重力环里。

　　这条转弯路是通往"翻面"的唯一路径,或许是个不错的埋伏地点。不过没在这里发现库拉,雅各布倒也没有特别意外,原因有两条:

　　第一条是战术层面上的。库拉的武器作用在视线上,而重力环弯曲的弧度很大,人类因此可以接近到他身边几米的地方却不被他发现。沿重力环抛出的物体会很长一段行程都不减速。雅各布对此十分肯定。他和休斯在进入重力环之前,先从厨房拿了几把刀丢进去,然后他们在"翻面"出口附近的一小摊氨水中发现了这些刀,而那些氨水是他们先前走过通道时从饮料瓶里挤出来喷到重力环中去的。

　　库拉本可以就在门后等着他们,但他之所以要这样逃窜,顾不上防备后面的追兵,还有一个原因——探日飞船很快就要进入高轨道了,他的时间所剩无几。一旦进入自由空间,飞船上的人类就摆脱了色球风暴可能造成飞船剧烈颠簸的危险,而飞船坚固并且完美反光的物理外壳能够转移足够多的太阳热量,从而确保飞船上的人员存活，直到救援赶到。

因此，库拉必须尽快了结所有事情，并保全他自己。雅各布相信那位普灵专家正坐在计算机输入设备旁，就在中央穹顶室右方九十度角的位置，用他那眼睛发射的激光慢慢地更改着程序，好绕过机器的安全检查。

至于他为什么要这么做，就暂时只能是一个未解之谜了。

休斯捡起那几把刀，还有那个包、一些饮料瓶和海琳的微型眩晕枪，这就是他们所有的武器装备。

他们还面临一个问题：与其大家全都被库拉杀死，那还不如有个人出来牺牲自己，好让其他人借机除掉库拉。

雅各布和休斯可以选择小心翼翼地瞅准时机，从不同的方向靠近库拉，然后同时出其不意地扑向他；或者一人在前，另一人在后，后者越过前者的肩头用眩晕枪瞄准库拉。

但这两个方案都不会成功。理论上讲，他们的对手可以在看到一个人的同时杀死他。这可不是伪造"成年"太阳幽灵的投影，而是持续输出。库拉如果要杀人，他发出的闪电激光可是如放电一般快。雅各布努力回忆着他们在飞船上层打斗的时候，库拉发了多少次激光，开火的重复频率又是怎样的。不过，搞清楚这些或许也起不了什么作用。库拉有两只眼睛，面对两个敌人，他给一人来上一道闪电也许就足够了。

最糟糕的是，他们无法确定，库拉的全息成像能力是否能够让这外星人在他们刚一走进去时，就依靠飞船内壳的反射影像发现他们的位置。他也许不能通过反射光来杀伤他们，但那也够他们受的。

要不是在飞船内表面上来回反射会大大降低光线的能量，他们本可以试试用参数激光器来制伏库拉，只需要先让所有人类和斐金都躲进重力环,然后用激光器发出的激光扫过整艘飞船。

雅各布咒骂一声,不知道他们留着参数激光器还能干什么用。身旁的休斯正对着墙上一个对讲机压低声音说着话,然后他转过身来对雅各布说道:"他们准备好了!"

多亏了护目镜,当穹顶室外闪过一道强光时,他们的眼睛才免遭更大的痛苦。不过,大家还是过了一会儿才眨着眼挤干眼泪,适应了眼前的光亮。

在玛蒂娜医生的帮助下,指挥官德席尔瓦把参数激光器拖到靠近上层舱板边缘的一个新位置。如果她计算正确,那发出的激光束应该会击中"翻面"穹顶室的侧面,正好是计算机输入设备的位置。可惜的是,为了让激光束从甲点到达乙点,还要能刚好通过舱板边缘的狭小缝隙,光束的轨迹已变得十分复杂,即便能击中库拉,可能也没法再对他造成什么伤害了。

雅各布还是被这激光吓得心惊肉跳。光束射出的那一刻,他紧紧闭上了双眼,这时,他们听到一记咔嗒声突然响起,右手方向的远端有了动静。

等到眼前的景象清晰起来,雅各布看见一束明亮的细线悬在空中——由于空气中的少量尘埃,参数激光光束通过之处都留下了一条轨迹。这倒不错。可以提醒人们避开它。

"你的对讲机音量调到最大了?"他迅速问道。

休斯竖起了大拇指。

"好,我们上!"

参数激光器随机地发射着蓝绿色的光束。人们希望能让这些光束跟飞船内壳的反射光混杂在一起。

雅各布双腿并拢,开始数数:"一,二,上!"

　　他一跃而起,穿过开阔地带,又一下子钻到舱板边缘一台笨重的摄像机后面。他听到顺时针方向另一台摄像机那边重重的脚步声——休斯也就位了。

　　他朝那边望了一眼,只见休斯冲他摆了摆手,气哼哼地压低声音说道:"这边没有!"雅各布掏出一面从急救包里拿到的小镜子,上面涂了油,探视着自己身边这台机器的角落。休斯也拿出了一面小镜子,那是从玛蒂娜的手袋里拿来的。

　　没看见库拉。

　　雅各布和他的伙伴之间大概有五分之三的舱板都一览无余。计算机输入设备在穹顶室的另一端,正好在休斯的视野之外。雅各布不得不借助一台台的摄像机作掩护,一路蹿过去。

　　参数激光束掠过探日飞船的外壳,照得外壳熠熠生辉。它时而变幻着不同的颜色,时而又完全笼罩在周围色球层那红色和粉色的迷雾之中。飞船几分钟前刚刚经过了一个巨大的暗条,周围还有一群线圈生物,现在,它们已经在飞船下方百公里开外了。

　　说是下方,其实正是雅各布的头顶上。光球层中心有个硕大的黑子,在他的头顶上方看起来就像是一层广袤无垠的炽热的天花板,上面的针状体也仿佛变成了倒悬的钟乳石。

　　雅各布并拢双腿,一弯腰蹿了出去,同时四下提防着可能的埋伏。

　　他纵身越过浮尘微粒显现出的那道参数激光束,又钻到下一台摄像机背后。他迅速掏出小镜子,探视着新暴露出来的区域。

　　还是看不到库拉。

　　休斯也不见了。雅各布短促地吹了两声口哨,那是他们事先约定的暗号:安全。他听到了一声口哨——那家伙回复了。

下一段路程,他不得不从激光束下方钻过去。这么近距离地经过激光束,他的皮肤一直起着鸡皮疙瘩,总觉得有一道灼人的闪光随时会燎过自己的肋下。

他跌跌撞撞地跑到下一台摄像机背后,抓住外壳上的把手稳住自己,重重地喘着粗气。这不对劲!他不应该现在就这么疲惫啊。一定有问题了。

雅各布咽了一下口水,慢慢地沿着机器边缘的逆时针方向把小镜子探了出去。

指尖突然传来一阵剧痛,他大叫一声,镜子掉落在地上。他差一点就要把手伸进嘴里含着,却又停在了嘴前几英寸的地方,只是极度痛苦地张大了嘴。

自然而然地,他开始进入一种轻度的催眠状态。眼前的手指头越来越远,指尖上灼伤的红色也开始消退。这时,疼痛感又回来了,就好像是一场拉锯战。无论他如何集中精神,都有一股抵抗力抗拒着自己努力进入催眠状态。

又是潜伏在体内的海德在捣鬼。他看着自己的手,现在疼痛感还勉强能够忍受;食指和无名指严重灼伤,剩下的指头受伤程度略低一点。

他勉力吹出一声短哨招呼休斯。现在该实施他的计划了——唯一可能让他们获胜的计划,也是唯一能让他们返回太空的计划。时间流控制器被锁定在自动状态了——库拉在切断微波激射通信之后采取的第一步——这样,要离开色球层,他们花费的主观时间就会跟真实的时间十分接近。

既然攻击库拉几乎肯定是徒劳的,要阻止这外星人玉石俱焚的行为,最好的办法就只能是跟他谈谈了。

雅各布靠在身后的全息摄像机上，深深地呼吸了几下，仔细倾听着周围的动静。库拉走路总是会发出很大的声响。要避免被普灵人正面直接攻击，这是雅各布的唯一指望。如果库拉在外面的开阔地带弄出很大的声音，雅各布或许就有机会用一用他紧握在左手里的那把眩晕枪了。那枪的光线射击范围很宽，不需要特别精确的瞄准。

"库拉！"雅各布大声喊道，"你不觉得现在这样太离谱了吗？你干吗不走出来，我们可以谈谈！"

他仔细倾听，察觉到一个微弱的声响，好像是库拉的大牙在厚嘴唇后面轻轻地咔嗒作响。在飞船上层的那场打斗中，这对大牙可是给他造成了很大的威胁，而唐纳森则一直在躲避着这对白森森的大磨牙。

"库拉！"他又喊了一声，"我知道谁要是用自己种族的价值观来衡量一个外星人，那他一定是个蠢蛋，但我真的是把你当成我的朋友。你欠我们一个解释！跟我们谈谈吧！假如你的所作所为都是遵从巴伯卡的指令，你可以向我们投降，我保证大家都会感谢你，因为你避免了一场恶斗！"

声音越来越响。一串短促有力的脚步声传来：一下、两下、三下……但随后又消失了，还是不足以判断出方位。

"雅各布，我很抱歉。"库拉的声音远远地从舱板另一头传来，"在我们使（死）之前，我应该告树（诉）你一切，但你得先把那台激光器关掉。它让我很难受！"

"库拉，我的手也受伤了！"

普灵人的声音听起来很悲伤："我非常非常非常抱歉，雅各布。请你明白，我把你当成朋友。我之说（所）以这么捉（做），也有你的种族一部分责任。我犯下这些坠(罪)行是迫不得已的，雅各布。好寨(在)死亡马上就要降临，我也可以忘掉这一切了。"

这外星人的论调让雅各布感到震惊。库拉为什么要这么做，他想过很多种可能的原因，却怎么也没想到普灵人会说出这么一番话。他正在想该如何回答，海琳·德席尔瓦的声音从对讲机中传来："雅各布？能听见吗？引力推进器的情况越来越差。我们就要下坠了。"

她没有继续说出可怕的后果——如果不马上采取行动，他们就要朝着光球层深深坠落，永无返航之日了。如果被对流泡捕获，飞船就会被拖入太阳的内核——假如到时候还有飞船的话。

"你知道的，雅各布，"库拉说道，"要主(阻)止我是毫无意义的。我捉(做)的事已经无法挽回了。我会留寨(在)这里，不让你中止它。但我请求你，就让我们在谈话中等待终结吧。我不想大家临使(死)还是敌人。"

雅各布凝视着窗外那一片红色缥缈的太阳大气层。一缕缕炽热的气体仍在不断地向"下"(对他而言是向上)掠过飞船，不过，那可能只是此刻这一区域的气体本身运动的结果。他们的飞行速度明显减缓。飞船甚至很可能已经开始坠落了。

"你太敏锐了，雅各布，发现了我的特殊能力和骗人把戏。你把很多条并不明显的线说(索)中(综)合寨(在)一起，找到了答案！设身处地考虑我的种族生纯(存)的环境，这真是高明的一招！

"告诉我，尽管我让那些幻影避开了飞船边缘的摄像机，你是否还是想不通，为什么有时候我在飞船'翻面'的时候，它们却出现在飞船上层？"

雅各布一直在思索。他把眩晕枪冰凉的一边贴在自己脸颊上,感觉不错,但对他的思考没什么帮助;而且,他还得分神跟库拉谈话。

"我还没想过这一点,库拉。我猜你只不过是把身体探出去,让你发出的光线穿过透明的舱板悬浮场。这也解释了为什么那幽灵图像看起来像是经过折射的:因为它的的确确就是在飞船内部、以某种角度经过折射的。"

这的确是一条有用的线索。雅各布奇怪自己怎么之前没想过。

还有那道明亮的蓝光! 他看到那道光之后,睁开眼就恰好看到库拉站在面前! 这外星人一定是给他做了个全息扫描! 这样他就可以完全掌握并永远记住这人的长相!

"库拉,"他缓缓说道,"不是我多疑,上次潜日飞行快结束时我那疯疯癫癫的行为,是不是也是你的杰作?"

一阵沉默之后,库拉再度开口,他的大舌头口音越来越明显:"是的,雅各布。我很抱歉。但是当时你打听的事情越来越多了。我想让你失去别人的信任。可我失败了。"

"可你是怎么……"

"我听玛蒂娜医生说过强光对人类的影响,雅各布!"

普灵人几乎是在大喊大叫了。在雅各布的记忆中,库拉还从未像这样打断过别人:"我先寨(在)开普勒博士的身上实验了好几个月! 然后是拉洛克和杰夫……坠(最)后柴(才)是你。我用的是一道很细的衍射光线。你们看不见它,可它却能浪(让)你们意乱神迷!

"我当时不知道你打算桌(做)什么,但我知道那会让大家都很难堪。我再说一次,我很抱歉。这也是没办法!"

飞船这会儿肯定是停止上升了。他们几分钟前刚刚经过的那个巨大暗条,此时再度浮现在雅各布的头顶上方。一缕缕蒸汽流交织缠绕,朝着飞船卷过来,仿佛一根根张开的手指,就要抓住他们。

雅各布一直在思索解决眼前僵局的办法,但始终有一道强大的障碍压迫束缚着他的头脑。

好吧!我认输啦!

他摇了摇头。情况紧急,自己不得不采取非常措施了。得放体内的海德出来,融入自我。他在水星上调查拉洛克的时候,以及后来闯入相片库的时候,都是这么做的。他已经准备好进入催眠中的恍惚状态了。

"为什么,库拉?告诉我你为什么要这么做!"

库拉回答与否其实无所谓了。也许休斯正在听着。也许海琳正在录音。雅各布已经顾不上这些了。

抗拒!在非线性、非正交的思维坐标里,他仔细地过滤分析着每一种感觉和印象。无论在哪一方面,以前那些自动系统都仍然好用,他驱使着它们开始各司其职。

虚饰和伪装被慢慢地剥去,他现在跟自己的另一半潜意识直接面对面了。

过去一次次围困却久攻不下的城墙,现在变得更加牢不可破:土坯墙换成了石墙;铁丝网满是尖刺,绵延二十英里。在最高的塔尖上有一面长三角旗帜在迎风飘扬,上面写着"忠贞"两个字。旁边有两根尖桩,每根顶上都穿着一颗头颅。

其中一颗他立刻就认了出来。那是他自己。断颈处还滴着淋漓的鲜血。脸上的表情满是悔恨。

另一颗头颅让他不寒而栗。那是海琳。她的脸上满是血痕、坑坑洼洼，在他的注视下，那双眼睛微微地眨了一下。这头颅竟然仍然活着。

可这是怎么回事！为什么海琳要遭此暴行？这画面里隐含着什么意义……

如果库拉选择现在进攻，雅各布就完蛋了。他的耳边满是呼啸的风声和喷气发动机的轰鸣，然后是有人坠落的声音……某个人从他身边坠落时发出的喊叫声。

他第一次听清了她呼喊的内容：

"杰克！小心第一级台阶！"

就这些？那以前我所有的困扰都是为了什么？几个月来我一直苦苦追寻，到头来就是为了听到塔尼娅这最后一句开玩笑的反话①？

当然不是。他明白，死神就要来临，塔尼娅那句话语只不过是要转移他的注意力。海德要把别的什么东西隐藏起来。那是……

内疚。

他知道，自从"香草号"事件之后，他始终承受着某种压力，但这负担到底有多重，他却从未意识到。现在他明白了，他一直具有的双重人格是多么不正常。他并没有从失去亲人的痛苦中慢慢治愈创伤，而是选择套上一层伪装，让自己能够继续活下去，忘却眼睁睁看着塔尼娅坠落却无能为力的痛苦……这个人在疯狂的那一天，在那二十英里的高空中，却自信鱼和熊掌可以兼得。

这种态度不过是另一种形式的自负……自信能够不走寻常

①说是反话，因为根本就没有台阶，所谓第一级更是玩笑。此处表现了塔尼娅视死如归的精神。

人疗伤的路,而是绕开痛苦和超越痛苦的循环,尽管他的千百万人类同胞在遭遇丧亲之痛时都要经历这种循环,并且依靠和他人在一起得到的安慰来熬过去。

可是现在他终于崩溃了。旗帜上那两个字的意思他现在也明白了。之前想不开的时候,他认为自己辜负了塔尼娅,所以就要表现出忠贞不贰,好部分地补偿自己的罪过。这不是表面意义上的忠诚,而是内心深处的忠贞……一种不正常的忠贞,代价就是对所有人都紧锁心门……始终坚信自己很好,因为曾经有过真爱!

怪不得海德憎恨海琳!怪不得他希望雅各布·德姆瓦也一起死掉!

塔尼娅绝不会允许你这么做,他对海德说。

她一定会喜欢海琳的!

他睁开了双眼。

色球层的红色更深了。他们正在一个暗条里。虽然戴着护目镜,但还是能看到一道彩色的光闪过,引得他向左边望去。

那是个线圈生物。他们又回到了那个线圈群中。

就在他看的时候,飞船外又飘过了几只线圈生物,它们的身体装饰着明亮的图案,令人眼花缭乱。它们不停地自旋,就好像一群发了疯的甜面包圈,显然它们也发现了飞船面临的险境。

"雅各布,你怎么不说话?"库拉那咬字不清的低沉声音传来。听到自己的名字,雅各布醒了醒神。

"你一定对我的动机有种种拆(猜)撒(测)。难道你看不出这样捉(做)的好处吗……不仅对我的种族,而且包括你们人类和你们的受庇护种族。"

雅各布使劲晃晃头,试图清醒起来。海德想让他昏昏欲睡,他必须抵抗。唯一的好消息是他的手已经不疼了。

"库拉,你说的这些,我需要时间好好想想。我们能不能休息一会儿,坐下来谈谈?我可以给你拿点儿吃的,咱们一起想想办法。"

库拉沉默了片刻,缓缓开口说道:"你很狡猾,雅各布。我差点就动心了。但我认为你们坠(最)好还是都别动。事实上,不管你们谁轻举妄动,我的眼睛都会'看'住他。"

雅各布一片茫然:给这外星人提供食物,怎么成了"狡猾"?外星人的脑子里怎么会冒出这种想法?

飞船下落得更快了。头顶上,光球层就像一堵凶险的墙,那群线圈生物正向外延展。一个线圈闪着蓝色和绿色的光芒从飞船旁掠过,越来越远,颜色也越来越淡。更远处的那些线圈看起来好似一只只模糊不清的小小钻戒,一个个闪着绿光,悬浮在那里。

飞船逐渐靠近的食磁动物群中出现了一阵骚动。随着飞船坠落,它们一个个从飞船旁边飞过,在头下脚上的雅各布看来,它们正向"下"远离自己。有一次,其中一只的尾部激光扫过了飞船,一道绿光笼罩了大家,人们却毫发无损,这说明飞船的自动屏蔽层仍在继续工作。

飞船外面,一个跃动的身影从雅各布眼前闪过,从他的头顶上方跑到了脚下的舱板位置。接着又出现了另一个波动着的鬼影,在附近的船体外壳旁徘徊了一会儿,它的身体闪动着五颜六色的光芒。然后它加速上升,从视野中消失。

太阳幽灵们在聚拢过来。也许探日飞船大头朝下地这么坠落下来,终于激起了它们的好奇心。

飞船刚刚经过了线圈群最密集的部分,一群体型巨大的食磁生物就在他们头顶排着队一个个落下去。明亮的太阳幽灵们那小小的身躯在队伍旁边舞动着。雅各布希望它们能避开飞船,飞船即将坠毁,离得这么近,飞船尾部炽热的冷冻激光非常危险。

雅各布振作起精神。没有别的办法了,他和休斯必须对库拉进行正面攻击。他用口哨吹出联络暗号,两短两长。片刻的沉寂之后,传来了回音——休斯也准备好了。

雅各布等待着一声动静。他们商量好了,等他们足够接近库拉时,获胜的唯一机会就是弄出一记声响,在库拉警觉之前的那一瞬间出击。休斯离库拉更远,雅各布应该先动。

雅各布蹲下来,绷紧身体,努力让自己全神贯注于攻击行动。那把眩晕枪正握在他汗津津的左手中。一阵战栗从内心某个被遗忘的角落传出,令人有些分神,但他没有理会。

右边什么地方传来一个声音,好像有谁摔倒在地上。雅各布从摄像机背后冲出去,同时按下了眩晕枪的扳机。

并没有一道闪光迎面袭来。库拉不在那里。眩晕枪打空了。

他拼命向前跑起来。如果他能趁着外星人转身对付休斯的时候赶过去……

周围的光线发生了变化。他才跑出几步远,头顶光球层明亮的红色突然变成了蓝绿色的光照射下来。雅各布一边向前冲,一边飞快地向上瞥了一眼。那光是线圈们发出来的。这些巨大的太阳生物迅速地出现在飞船下方,眼看就要撞上来。

警报声大作,海琳·德席尔瓦大声地发布着警告。船舱里的蓝色越来越明亮,雅各布纵身越过一道参数激光束在空气尘埃中划出的轨迹,就在库拉身边两米远的地方落下。

休斯正跪在普灵人身前,高举着血染的双手,那些刀散落了一地。他绝望地抬头望着库拉,等待着最后的致命一击。

库拉听到了声音,刚想转过身来,雅各布就举起了眩晕枪。按下扳机的那一瞬间,雅各布还以为自己成功了。

这时,他的左手一阵剧痛,不由自主地痉挛并扬起,手里的枪也飞了出去。一时间,舱板仿佛在晃动,等他的视线再度清晰,就看到库拉正站在身前,双眼发直。普灵人的大牙完全暴露出来,在厚厚的"嘴唇"间上下移动着。

"我很抱歉,雅各布。"这外星人的发音十分含混,雅各布几乎听不清他在说什么,"我只能这么捉(做)。"

外星人打算用那副切肉刀一般的利齿结果他! 雅各布感到一阵恐惧和厌恶,跌跌撞撞地向后退去。库拉跟了上来,伴着他脚步的节奏,那副大牙缓慢而有力地咔嗒作响,一下,又一下。

伴着一种挫败和死亡即将降临的感觉,一股巨大的投降冲动占据了雅各布的头脑。他几乎无法移动脚步。他的手在颤抖,死神就在眼前。

"不!"他嘶哑地大喊一声,弯下腰,一头朝着库拉撞了过去。

在这一刻,海琳的声音再度响起,头顶的蓝光笼罩了一切。雅各布依稀听到一声闷哼,脚下的舱板猛地隆起,一股巨大的力量把他们托离地面,飞向空中。

第九部

　　从前有个人，品德高尚。上帝为了表彰他，教他许个愿望。于是他想借用太阳神的战车一天。阿波罗对上帝说这会带来可怕的后果，却被上帝驳回了。后来发生的事情证明太阳神是正确的。荒芜的撒哈拉沙漠，据说就是那个毫无驾驶经验的人让战车过于接近地面而留下的痕迹。从那以后，上帝便不再这么慷慨了。

——M.N.皮亚诺①

---

　　①作者杜撰的人物。

第二十六章　隧穿效应①

雅各布落在了计算机终端的另一侧，为了保护满是水泡、血淋淋的双手，他的后背重重地摔在了地上。好在舱板是由富有弹性的材料制成的，缓冲了一部分冲击力。

他用双肘撑起上身，口中满是血腥味，脑袋里嗡嗡作响。舱板仍在颠簸，头顶上方，食磁动物们正在飞船下挤作一团，把"翻面"内部照得一片亮蓝。有三只紧贴着飞船，就在舱板"上方"大约四十五度角的位置，还特意让出一道缝隙，因为冷冻激光在将储存的太阳热能转换成激光之后，正是从那里将致命的光线投射向下方的光球层。

雅各布来不及想它们在干什么……是在进攻呢，还是在嬉戏？（怎么能这么想！）他必须抓住这个时机。

休斯就摔落在旁边。他已经站了起来，还处在震惊之中，有些摇摇晃晃。雅各布连忙起身用自己的胳膊挽住他的胳膊——两人的手都受了伤，不敢接触。

---

①一种量子特性，是电子等微观粒子能够穿过它们本来无法通过的"墙壁"的现象。这是因为根据量子力学，微观粒子具有波的性质，有不为零的概率穿过位势障壁。

"挺住,休斯。如果库拉被震晕了,我们就可以一起跳到他身上去!"

休斯点点头。他仍然有点迷糊,却还能听明白雅各布的话。不过他可真是晕头转向,雅各布不得不拉着他朝正确的方向快步前行。

他们绕过中央穹顶室,发现库拉刚刚爬起身来。外星人的身体还在摇摇晃晃,可是他已经转过来面对他们了。雅各布知道这下没戏了。库拉的一只眼睛一下子闪亮起来,雅各布还是头一次看到他是如何发射激光的。这意味着……

雅各布先是闻到一种橡胶燃烧的味道,接着,他护目镜左边的绑带断了,护目镜掉落下来,船舱里明亮的蓝光一下子照得他睁不开眼。

雅各布猛地把休斯推到穹顶室后面,自己也跟着跑回去。他们一起跌跌撞撞地跑回了重力环舱,安全地跳了进去。

斐金移到一边,让他们挤进去。他瑟瑟发抖,树枝乱颤。

"雅各布!你还活着!还有你的同伴!我还以为……谢天谢地!"

"飞船……"雅各布大口喘着气,"飞船开始下落有多久了?"

"差不多五六分钟了。我恢复神志之后就跟着你们一起下到这儿来了。我也许没什么战斗能力,不过我可以用我的身体给你作掩护。库拉不可能有足够的能量砍倒我追上你们!"坎顿人发出一阵尖厉的笑声。

雅各布皱起了眉头。这一点值得考虑。库拉到底有多少能量?他以前看过的资料怎么说来着,人类的身体平均能够产生一百五十瓦的能量?库拉能发出的能量肯定比这多得多,但他那是一种半秒钟内的短暂爆发。

如果时间足够,雅各布一定能算清楚。库拉在投影伪造太阳人时,弄出的魅影可以持续大约二十分钟。然后那些人形太阳幽灵就会"掉头离开",而库拉也会突然变得像饿鬼投胎一般。大家原以为他这么能吃是因为紧张的情绪消耗了能量,其实普灵人是要补充他刚刚消耗的香豆素……也许还要补充高能化学药品来为染色激光反应提供能源。

"你受伤了!"斐金吹哨子般地喊道,树枝激烈地颤动着,"你最好带着你的同伴一起上去,你俩都需要把伤处理一下。"

"我想是吧。"雅各布点点头,不愿把斐金一个人撇下,"等玛蒂娜医生治疗我们的时候,我正好有些重要问题要问问她。"

坎顿人长长地吹了一声口哨,"雅各布,你千万不要去打扰玛蒂娜医生!她正在用精神感应跟太阳人进行沟通。要想活下来,这是我们仅有的机会了!"

"什么!"

"那些太阳人是被参数激光吸引过来的,玛蒂娜戴上了她的精神感应头盔,开始跟他们交流!他们派了好几个食磁动物跑到飞船下面,极大地减缓了我们的下坠!"

雅各布的心都要跳出来了,看起来他们有救了,但他马上又皱起了眉头,"极大地减缓?也就是说,我们还没有开始上升?"

"很遗憾,没有。我们只是下降得缓慢些了。而且,不知道这些线圈能支撑我们多久。"

雅各布不禁对玛蒂娜的成就感到钦佩。她跟太阳人联系上了!这是一项人类历史上前所未有的伟大成就,可他们还是难逃厄运。

"斐金,"他仔细叮嘱道,"我会尽快回来。在这期间,你能不能尽量模仿我的声音来糊弄一下库拉?"

"我想可以。我试试。"

"那就跟他说话。改变你的声音,用你所有的计谋让他忙活起来,摸不着头脑。让他不再有时间去操作那台电脑!"

斐金用一声口哨表示接受了任务。雅各布转过身,搀着休斯,开始沿着重力环向上走去。

在重力环里感觉有些奇怪,仿佛重力场已开始轻微地波动。他的内耳很难受,这在以前可从未有过。他扶着休斯走过那段短短的弧形路程时,还得时刻注意自己脚下。

飞船上层还是一片红——那是色球层的红色。那几个蓝绿色的太阳人就在外面飘浮舞动着,雅各布从未见过它们离飞船这么近。它们的"蝴蝶翅膀"几乎跟飞船一样宽。

这里也闪耀着参数激光在空气灰尘中留下的蓝色轨迹。靠近舱板边缘的地方,巨大笨重的激光器内部嗡嗡作响。

他们躲闪过好几条细细的光线。

雅各布心想,要是有什么工具能把激光器从底座上拆下来就好了。他扶稳自己的同伴,让他在一张沙发床上躺下,给他系好安全带,然后起身去找医药包。

他在驾驶席那里找到了医药包。一直没看到玛蒂娜,她一定是避开众人的干扰,在舱板的另外一头跟太阳人进行着交流。驾驶席附近的沙发床上躺着拉洛克、唐纳森,还放着船员达布罗斯基的遗体,身上都紧紧地绑着安全带;唐纳森的半张脸上覆盖着医用肌肉泡沫。

海琳·德席尔瓦和她其余的船员们正忙着监视各种仪器设备。雅各布走上前去,指挥官抬起了头。

"雅各布!情况怎么样?"

雅各布把双手背在身后,不想让她分心。可他都快要站不住了。他必须马上采取行动。

"进攻计划没能成功。不过我们倒是跟他谈话了。"

"嗯,我们在上面都听到了,然后就是很大的噪音。我本来想提醒你,结果飞船就撞上了线圈生物。我真希望你能利用那次机会。"

"哦,那碰撞的确帮助了我们。碰撞把我们晃倒了,可是却救了我们的命。"

"库拉呢?"

雅各布耸耸肩,"他还在下面。我想他应该是没力气了。我们在飞船上层这儿打斗的时候,他一下子就烧掉了唐纳森的半张脸。可是在下面,他就吝啬多了,只在关键的时候才小小地发射一下。"

接着,他给海琳讲述了库拉用大牙攻击他的经过,"我想他一定不会轻易用光自己的能量。如果我们有足够的人手,就可以不断攻击,直到他的能量耗尽。可我们没有。休斯倒是还想去,可他已经不能再战斗了。我想你们俩也不能离开岗位吧。"

这时,海琳的控制台上响起了警报,她转过去处理,警报解除了。然后她又转回身,满是歉意地说道:"对不起,雅各布。但我们已经竭尽全力了。我们想按照编排好的顺序开动飞船的感应器,进入那台控制电脑,这会儿刚有些进展。我们还得分身去处理各种紧急情况。我很担心我们会出疏漏。这些控制器正逐渐失效。"说完,她又转过身去应对另一个响起的警报。

雅各布退了下去。此刻他最不愿意的就是让海琳分心。

"我能帮忙吗?"

皮埃尔·拉洛克从几英尺远的沙发床上抬头看着他。这小个子男人被捆着,自己够不到沙发床上的安全带。雅各布什么

343

都考虑过了,唯独忘了他。

雅各布有些犹豫。在刚才飞船上层那场打斗之前,拉洛克的表现可不自信。海琳和玛蒂娜之所以把他捆起来,也是怕他干扰到别人。

可眼下雅各布需要人手来帮助使用急救包。他还记得拉洛克在水星上差点逃跑的情形。这个人并不可靠,但如果他想做什么,倒还真是有用的。

此刻,拉洛克看起来十分清醒,态度也很诚恳。雅各布于是向海琳请求批准,放了拉洛克。她匆匆看了一眼,耸耸肩道:"好吧。但要告诉他,如果他靠近仪器设备,我就杀了他。"

并不需要别人告诉,拉洛克点头表示他明白了。雅各布俯身用右手没受伤的指头去解安全带的钩锁。

海琳在他身后惊讶地倒吸一口气,"雅各布,你的手!"

海琳脸上关切的表情让雅各布感到一阵温暖,但当她站起身来的时候,他马上板起了脸。眼下她的任务比雅各布更重要。海琳也知道这一点。看到她柔肠寸断的样子,雅各布已经感受到了那份深情。海琳匆匆地微笑了一下以示鼓励,马上就投身到警报齐鸣的控制台上去了。

拉洛克站起身,揉了揉肩膀,然后拎起医药包,向雅各布示意;他脸上的微笑充满讽刺意味。

"我们先治谁?"他说道,"你,那个人,还是库拉?"

第二十七章　激　发[①]

　　海琳必须好好思考。一定还有办法！格莱蒂克科技造就的这些系统正在逐一失效。目前，时间流控制器、重力发生器和一些外围设备已经无法正常工作。如果内部重力发生器也坏掉，他们返回时遇到色球层风暴就只有死路一条了，剧烈的颠簸会让每个人都在飞船外壳上摔得粉身碎骨。

　　也许甚至等不到返回那一步了。那几只线圈生物正向上托着飞船抵抗太阳的引力，此时显然也快支撑不住了。高度计指针正在一点点下滑。其余的线圈们都已经远远地躲回飞船上空，正逐渐消失在上方色球层的粉色迷雾之中。

　　所有的警报灯都在闪烁。

　　内部重力场出现了正反馈。海琳迅速地心算了一下，然后输入一些参数把它给降低了。

　　可怜的雅各布，他快撑不住了，精疲力竭就写在他的脸上。海琳感到一阵内疚，因为她没有参加在"翻面"的战斗，不过她也知道，他们原本也不太可能把库拉从"翻面"的计算机旁边赶跑。

────────

　　①原子由于碰撞、被加热或光线照射而吸收能量的过程。当发生激发时，原子的外层电子跃迁到较高能级，该原子成为受激态原子。

现在就看她的了。可是该怎么办呢,所有该死的部件都要坏掉了!

不,不是所有的部件。除了跟水星通信用的微波激射器。这台设备用的是地球的技术,仍然完好地运转着。库拉根本不屑于去动它。冷冻激光也仍然工作着。环绕飞船外壳的电磁场也没有损坏,当然,他们已经没法选择让更多的太阳光照进"翻面"。

飞船震颤了一下,颠簸起来,好像有什么东西撞击着它,一下,两下。然后,舱板边缘出现了一团亮光,一只线圈突然显现,摩擦着飞船。在它上面还飘浮着几个太阳人。

撞击发出了一阵可怕的巨大刮擦声。那线圈变成了乌青色,环形身体上布满浅紫色斑点。几个太阳人一次次地戳着它,它随之不停地震颤悸动着。突然,一道闪光过后,它脱离了飞船。探日飞船失去了支撑一下子倒栽下来,急速下落。德席尔瓦和她的手下们拼命控制着飞船,想把它恢复到正常姿态。

海琳抬头一看,那些太阳盟友正带着剩下的两只线圈生物向远处飘离。

他们已经无计可施了。抛弃他们的那只线圈生物已经变成了头顶上的一个小光点,拖着一道绿光,飞快地远离他们。

高度计指针飞速旋转。从观察屏幕上,海琳可以看到光球层上脉动着的米粒组织,还有那个黑子,现在更是前所未有地巨大无比。

他们已经是离太阳最近的人了。用不了多久他们就会身处太阳之中——成为太阳里的第一批人。

很快。

她抬头看看已经很远的几个太阳人,想着是不是可以把大家都召集在一起来……来个挥手作别什么的。她希望雅各布能在这里陪着她。

可是他又下去了。等不到他回来,飞船就要坠毁了。

她凝神看着头上的绿光,心想,不知道线圈生物怎么能跑得那么快。

她咒骂一声,猛地从座位上弹了起来。陈抬头看着她,"怎么了,船长?防护层失效了?"

海琳欣喜地大喊一声,开始猛按各种开关。

她希望水星基地上的人一直在监视他们的遥测数据,因为如果他们要死在这太阳上,那也会是以一种独一无二的方式!

雅各布的胳膊仍在剧痛。更糟的是,它们开始痒起来,他还没法去挠。他的左手敷上了一厚层肌肉泡沫,右手的两根指头上也全都是这种泡沫。

他在重力环舱内再度蹲下,向外面"翻面"的舱板上张望着。斐金挪到一边,这样他就可以把那面新镜子伸出去看看视线以外的地方,那镜子用很多的肌肉泡沫粘在了一支铅笔的末端。

看不到库拉。笨重的摄像机立在那儿,上方的天花板闪烁着蓝色,那是外面正在努力支撑的食磁动物们映照出来的。空气中的尘埃映出的参数激光束交叉往复。

雅各布向拉洛克示意,让他把装备卸在重力环舱内,就放在斐金旁边。

他们轮流给对方的脖子和脸都涂上更多的肌肉泡沫。护目镜额外用一团柔软而有弹性的材料牢牢固定住。

"你应该知道这样很危险。"拉洛克说道," 虽然它可以保护我们免受库拉快速射击的伤害，但是这东西非常易燃。实际上它是飞船上唯一允许携带的可燃材料，因为它有独特的医疗价值。"

雅各布点点头。他看了看拉洛克，如果自己现在也是这副模样，那他们有很大希望直接把那外星人给吓死！

他掂了掂装肌肉泡沫的褐色小罐，然后往舱板上喷了一点出来。射程不够远，但或许也能当一件武器。这东西他们还有很多。

脚下的舱板猛地一震，然后又颠簸了两下。雅各布向外面看去，只见飞船正在颠倒过来。托着飞船这一侧的食磁动物正离开笼罩天空的光球层，朝着舱板边缘向下方滚去。

飞船另一侧的食磁动物一定是支撑不住撒手了。这意味着一切就要结束了。

飞船一阵颤抖，然后开始急速下落。雅各布叹了口气。假如他能够马上制止库拉，也许还能有时间拯救飞船。但那显然是不可能了。此刻他只希望能够上去和海琳待在一起。

"斐金，"雅各布说道，"我已经不是你从前认识的那个人了。如果是那个人，现在肯定已经制伏库拉，我们也早就可以安全离开这里了。我们都知道他的能力。

"请你理解。我努力了。只不过我已经不再是从前的我了。"

斐金的枝叶沙沙作响，"我早就知道，雅各布。我邀请你参加太阳潜入者项目的初衷，就是为了实现这种转变。"

听到这话，雅各布抬眼瞪着那外星人。

"你是个狡猾的逃避者，"坎顿人悠悠地说道，"我没想到这里的情况会变得这么严峻。厄瓜多尔事件之后,你把自己裹进了一个大茧里。我叫你来,只是想帮你走出来,再把海琳·德席尔瓦介绍给你。这项计划成功了,我很高兴。"

雅各布有些困惑,"可是斐金,我的精神……"他欲言又止。

"你的精神没有问题。你只不过是想象力过于丰富罢了。仅此而已。真的,雅各布,你自己创造了许多幻象,还如此复杂精细!我从来没见过你这样的疑病症患者①!"

雅各布的脑子飞快地运转着。坎顿人要么是在说客套话,要么就是弄错了,也可能……也可能他是对的。斐金从来没欺骗过他,特别是关于私人的事情。

有没有可能体内的海德先生是一个游戏?孩提时代起,他就创建了自己的玩耍世界,那些世界如此精细复杂,几乎跟现实没什么分别。追随新赖希②疗法的心理医师们对此只是笑笑,认为他有着超强的想象力,这也并不是病态,因为每次测试都显示他知道自己是在玩——只要他想知道!

海德先生会不会只是一个玩物?

的确,到现在为止,海德先生对他还没有造成什么真正的伤害。海德是一直在骚扰雅各布,但海德"强迫"他做的每一件事最后都被证明有合理的原因。再强调一次,到现在为止。

"雅各布,我认识你的时候,你的确不太正常。但是'香草号'事件治好了你。这种治疗令人恐惧,所以你躲进了游戏里。我不知道你的游戏细节,你总是很神秘。但我知道现在你已经醒过来了。也许二十分钟以前你就已经醒过来了。"

雅各布没有继续想下去。不管斐金说得是对还是错,他已

①过分担心自己的健康,总觉得自己有病的人。

②奥地利心理学家,认为被压抑的性紧张是神经症的根源。

经没时间站在这儿废话了。要拯救飞船,他只剩下几分钟了,如果飞船真的还可以拯救的话。

飞船外面,色球层闪烁着微光,光球层则从头顶向他们逼近。船舱内遍布灰尘反射出的参数激光束。

雅各布想弹一记响指,结果疼得龇牙咧嘴。

"拉洛克!上楼把你的打火机拿来。要快!"

拉洛克转过身,"怎么了?我就带在身上呢。"他说道,"你要干什么……"

雅各布冲向对讲机。如果海琳还留有一丁点余力,那现在就是全都使出来的时候了。他需要一点点时间!然而,他还没来得及打开对讲机开关,一声警报就已经响彻整艘飞船。

"各位,"海琳的声音响了起来,"请做好加速准备。我们马上就要离开太阳了。"

女指挥官的声音听起来很顽皮,甚至有些古怪。

"考虑到我们即将采取的飞行模式,我建议所有的乘客尽可能穿得暖和一点!这个季节的太阳可是很冷的!"

第二十八章　受激发射

大团大团的冷空气持续不断地从环绕冷冻激光室的通风管道口向外吹着。雅各布和拉洛克蜷缩在他们的火堆旁,想把冷空气赶跑。

"来啊,宝贝,烧起来啊!"一大堆肌肉泡沫片在舱板上闷烧着。他们不断地往火堆上加着泡沫片,火苗慢慢蹿了出来。

"哈哈!"雅各布大笑起来,"一日为穴居人,终生为穴居人,对吗,拉洛克? 人类想方设法来到太阳,然后却要点一堆火来取暖!"

拉洛克勉强笑了笑,继续往火堆上放着越来越大块的泡沫。原本喋喋不休的记者现在话很少,自从雅各布把他从沙发床上放下来就一直这样。不过,时不时地他还是会气哼哼地咕哝着什么,还会啐上口唾沫。

雅各布向火焰中伸进一根火把。那是用一块肌肉泡沫粘在一个饮料瓶顶部做成的。火把头上开始燃烧,冒出黑色的浓烟。看上去很美。

很快他们就有了好几根火把。空气中浓烟滚滚,带着一股难闻的恶臭。他们不得不往后退到通风管出口,才能呼吸。斐金这时也挤进了重力环。

"好了，"雅各布说道，"行动！"他向左跳出舱门，将一根火把向着他视线所及的舱板尽头奋力掷过去。在他身后，拉洛克也如法炮制，只不过是朝着相反的方向。

斐金发出密集的窸窣声，也跟在后面走了出来。坎顿人出了重力环舱，直接向着舱板的另一端走去，在充当瞭望员的同时，他还要吸引库拉的火力；斐金没有往身上涂抹肌肉泡沫。

"一切正常。"坎顿人轻声说道，"没有发现库拉。"

这消息令人喜忧参半：库拉的位置大致明了，但同时这也意味着那外星人这会儿可能正在破坏冷冻激光装置。现在越来越冷了！

从一开始，雅各布就觉得海琳的计划非常完美。既然她仍然控制着飞船周身的屏蔽场（否则船员们早死了），她就可以随意调整进入飞船的太阳热量。这些热量可以直接送到冷冻激光装置，然后再泵回外面的色球层中去，同时还可以带走飞船电动机的多余热量。只不过，这股热量流更加汹涌，而且方向向下。正是这种热流喷射止住了飞船的下坠，他们已经开始向上攀升了。

自然，对飞船的自动热量控制系统进行的这一番折腾，肯定不可能是非常精确的。海琳一定是改写了程序，让整个系统朝着制冷的方向运行。毕竟，这样犯的错误还比较容易纠正。

这是个绝妙的主意。雅各布希望自己有机会亲口把这点告诉海琳。现在这计划能不能成功，就看他的了。

雅各布沿着穹顶室的边缘移动，直到到达了斐金的视线被遮住的那一点。他没有四下张望，而是又向前方舱板两处不同的地方分别掷去一根火把。火把冒着浓烟，房间里变得烟雾弥漫起来。参数激光线的轨迹在空气中明亮地闪烁着，强度弱一点的部分被烟雾遮挡，都快看不见了。

雅各布退回到舱板上，他手里还有三根燃烧着的火把，他将火把以不同的角度扔向中央穹顶室的屋顶。拉洛克也照样做了起来。

有一根火把飞过了中央穹顶室，进入到冷冻激光装置的 X 光照射里，消失在一片雾气之中。

雅各布希望这不会对 X 光线干扰太多。相干 X 光发射出来之后，经过飞船外壳的时候几乎不会受到任何干扰，但原本的设计只考虑了固体。"好了！"他低声说道。

他和拉洛克疾行到穹顶室墙边，那里存放着飞船摄像机的备件。拉洛克打开一个柜子，向上爬得高高的，然后伸手下来拉雅各布。雅各布也攀爬到拉洛克身边。现在他们完全暴露了。库拉一定会对那些火把带来的威胁做出反应！飞船内的能见度降低了不少，屋子里的气味很呛人，雅各布觉得呼吸越来越困难。

拉洛克把肩膀靠在柜子上，伸出双手搭成梯子。雅各布一个箭步蹬上去，爬上了拉洛克的肩膀。

穹顶在这里开始倾斜，但表面非常光滑，而且雅各布的十根手指只剩下三根还好用。手指上的肌肉泡沫还有些黏性。雅各布试了两次都没有成功，他定了定心神，从拉洛克的肩头跃起，差点把拉洛克晃得摔下去。

穹顶的表面仿佛涂了一层水银。雅各布必须把身体紧贴在上面，一寸寸地往前爬行。

快到穹顶最高点了。他开始担心冷冻激光装置。从靠近顶点的地方，他可以看到激光发射口。

两米之外，激光发射器发出轻微的嗡嗡声，周围烟雾缭绕的空气也微微闪着光。雅各布考虑着跟这个致命的发射口保持多远的距离才是安全的。

他转过头去，不再考虑这个问题。

他不能用口哨声来告诉其他人他成功了。他们只能依靠斐金超级灵敏的听力来跟踪他的行动，然后决定出动的时机。

他们至少还得等上好几秒钟。雅各布决定冒个险。他翻身用背靠着穹顶，看着窗外那个巨大的黑子。

四面都是太阳。

这一刻他的眼中，没有飞船，没有战斗，也没有行星、恒星和星系，甚至连他自己的身体都被护目镜给遮住了，只剩下光球层。

密密麻麻的针状体此起彼伏，好像一根根木桩排成的围栏，尖尖的头部朝着他猛地戳过来，就在他头上迸裂开。那声响四下散开，扫向虚无的宇宙深处。

太阳在咆哮。

巨大的黑子跟他对视着。那浩瀚的大圆圈一下子变成了一张脸，一张愤怒而苍白的长者的脸。它一下一下地跳动着，仿佛在呼吸，而刚才听到的声响就是它的歌唱，它唱着一首绵延几十亿年的古老歌曲，只有别的恒星才能听到并理解。

太阳是有生命的。不仅如此，它还注意到了他的存在……它正目不转睛地盯着他。

叫我造物主，因为是我在供养你们。我燃烧，你们依赖我的燃烧过活；我悬在这里，你们才能在宇宙中有固定的位置。我用弯曲的空间包裹你们,你们由此可以通往我神秘的内心。时间则在我的锻铁炉里打造它的长镰刀。

生物们,熵是我那邪恶的姨妈,她是否发现了我们的同盟?我觉得还没有,因为你们还太渺小。你们对她的巨潮的微弱挣扎,不过是沧海一粟而已,而且,她以为我还是她的盟友。

叫我造物主,哦,生物们,哭泣吧。我亘古不变地燃烧着,这燃烧消耗的能量无法替代。当你们美滋滋地在我提供的洪流中啜饮时,圣泉也缓缓地流淌着。有朝一日它枯竭的时候,其他的恒星会来取代我的位置,不过,哦,可不是永远如此!

叫我造物主,大笑吧!

你们这些生物,据说时时在倾听真正的造物主的声音。他对你们说话,不是我——他最早的孩子!

哦,生物们,我们恒星多可怜!我们给熵辛苦劳作,还得强颜欢笑,等待着你们的成熟。你们这些小胚胎,造物主一转过身,你们就得到了放松的机会,去再次改变万物运行之道。

雅各布大声地笑了。哦,多么奇怪的想象啊!他闭上眼睛,又开始听信号。从他爬到穹顶最高处到现在,刚好七秒钟。

"杰克……"一个女人的声音传来。

他抬起头,仍然闭着双眼,"塔尼娅。"

她站在实验室的介子观察仪旁边,就像每次他来接她的时候看到的那样。她棕色的头发编着辫子,灿烂地笑着,露出来的雪白牙齿略微有些不齐整,大大的眼睛也眯缝着。她走上前来,步履稳健,姿态优美,双手撑在臀部,站在他面前。

"到时候了!"她说道。

"塔尼娅,我……我不明白。"

"到时候了,别老想着我摔下去的画面了,想想我做其他事情时的样子! 总想着那个有意思吗? 你干吗不带我回到那些美好的时光去?"

他突然醒悟,的确是这样! 两年了,他朝思暮想的塔尼娅都只是那最后一刻的样子,他甚至一直没有想过他们在一起的情景!

"好了,我想这对你起了点作用,"她点了点头,"看起来你终于抛弃了你那该死的自负。看在老天爷的分上,只要时不时地想想我就好了。我可不喜欢被人遗忘!"

"一定的,塔尼娅。我会想你的,我发誓。"

"专心看着那太阳! 不要以为一切都是你在胡思乱想!"

她的声音越来越小,影像也开始渐渐消失,"你没想错,亲爱的杰克,我的确喜欢她。祝你们……"

雅各布睁开了双眼。光球层在头顶上颤抖。黑子也在看着他。米粒组织缓缓地跳动着,仿佛从容不迫的心跳。

刚才那是你干的吗? 他默默地问道。

答案渗透进了他的身体,钻过去从另一边冒出来。中微子治疗神经症。一种最独到的方法。

一声短促的口哨声从下方传来。雅各布本能地动起来,朝着右边声音发出的方向滑行过去,悄无声息,动作毫不拖泥带水。

他向下窥视着库拉,a-普灵,ab-皮拉-ab-基萨-ab-索罗-ab-胡尔-ab-普博。

外星人面朝雅各布的左侧,他的手仍然放在计算机输入设备上。尽管参数激光线几乎完全被烟雾遮蔽,还是能看到一个照在那里的亮点。

左边传来了一阵沙沙的声音。右边则是一阵跑动的脚步声,拉洛克正绕着穹顶室奔跑。

几根末梢银光闪闪的枝条从穹顶后面伸了出来。库拉向下一蹲,斐金那些闪亮的感光器官一下子蜷曲了,冒出了一股青烟。坎顿人发出一声尖锐的惨叫,退回了穹顶室后面。库拉迅速地环视四周。

雅各布从口袋里摸出肌肉泡沫罐,瞄准方向按下了喷嘴。一股细细的液体喷射而出,划出一道弧线,飞向库拉的眼睛。在即将击中的那一瞬间,皮埃尔·拉洛克从烟雾中跑出来,低头朝着库拉冲了过去。

库拉向后一跳,那股喷射的泡沫擦着眼前飞过,闪出一个耀眼的火花。

呼的一声,整个喷射流体猛地燃烧起来。库拉跌跌撞撞地向后退去,双手摸向自己的脸。拉洛克则飞快地穿过纷纷落下的余烬,一头撞在了普灵人的腰际。

一片浓烟之中,库拉几乎就要倒下了。他喘着粗气,一把卡住了拉洛克的脖子,先是为了站稳身体,然后就狠狠地挤压拉洛克的气管。拉洛克猛烈地挣扎着,但他的力气越来越微弱,就好像被两条巨蟒缠住,他的脸憋得通红,已经喘不上气了。

雅各布攒足了力气,准备跳下去。烟雾如此浓厚,让他忍不住想咳嗽。他拼命地克制着咳嗽的冲动。如果库拉在他跳下去之前就发现了他,这外星人将毫不犹豫地杀死拉洛克。他只看一眼就会了结他们的性命。

雅各布的肌肉就像绷紧的弹簧,他从穹顶上一跃而下。

这半空中的飞行令人心焦。于是,他开始使用自己主观上的"时间流控制器"来让这过程变得缓慢而从容不迫。这是他在过去那段糟糕日子里学会的把戏,现在他不假思索,自动就又用上了。

飞行的距离还剩下三分之一时,他看到库拉的头开始转过来。那一刻很难看清这外星人到底在对拉洛克做什么。浓烟遮蔽了一切,只剩下库拉亮闪闪的红眼睛和闪着白光的两颗大牙齿。

那双眼睛向上看了过来。现在就比谁快了。雅各布心想,不晓得库拉的光线能够以什么样的角度发射出来。

焦虑几乎让他无法忍受。这真是讽刺。雅各布开始加快速度,看看会怎么样。

先是一道闪光,然后是牙齿震动的声音,雅各布的肩膀撞在库拉脑袋的侧面,都麻木了。他一把揪住外星人长袍的前摆,紧攥着不放手,惯性带着两人一起轰的一声摔倒在舱板上。

一个人类和一个外星人滚作一团,抓胳膊拽腿地缠斗在一起。两个都拼命呼吸着,止不住一阵阵地咳嗽。

库拉那双强有力的触手向后一抓,想揪住雅各布。雅各布一偏头躲开了,奋力想把库拉搬动,好给他来个锁喉剪刀腿。在滚过了差不多半个舱板之后,他终于成功了,结果右大腿上感到了一阵刺痛。

"再来一下,"他咳嗽着说,"开火啊,库拉。打光得了!"

他暴露着的双腿又挨了两下,一阵刺痛传向了大脑。他顾不上疼痛,仍然坚持着,心里祈求库拉再多给他几下。

然而,库拉不再浪费火力,开始更快地翻滚起来,让雅各布一次次地撞击在舱板上。他们俩都不停地咳嗽着,库拉在滚滚浓烟中气喘吁吁,听起来就像是半打轴承滚珠在瓶子里晃荡。

要让这魔鬼窒息,别无他法! 每当稍有喘息机会,雅各布就拼命想扼住库拉的咽喉把他勒死,可是却找不到他的脖子上的要害! 雅各布想开口骂娘,却喘不上气来。每次普灵人翻到上面压着他的时候,他都感觉肺里残存的空气几乎只够小小地咳嗽一下了。

泪水模糊了他的视线,眼睛也很疼。雅各布突然发现护目镜不见了! 要么是在他刚才从穹顶跳下的时候被库拉再次烧毁了,要么就是在搏斗中脱落了。

拉洛克到底跑到哪儿去了!

雅各布的胳膊绷得太紧,以至于颤抖起来,小腹和腹股沟也感觉到擦伤的疼痛,这是他不停地在舱板上跳来跳去时受到冲击造成的。库拉的咳嗽声越来越可怜和紧张,他自己的咳嗽声则夹杂着可怕的咯咯声。雅各布深恐这种折磨可能永无结束之日,却没有意识到在打斗翻滚中他的后背越来越靠近一根正在燃烧的肌肉泡沫火把。

炽热的火把烫得他大叫一声。疼痛来得如此突然,如此出人意料,让人无法躲避。剧痛之下,他紧紧勒住库拉脖子的手略微松了一下,外星人借机拽住他的手,挣脱了他的环抱,一下子向外翻滚出去。雅各布连忙又伸手去抓。

他抓了个空。库拉已经爬到远处,迅速转过身来面对着他。雅各布闭上了眼睛,用敷满肌肉泡沫的左手捂住脸,等待着那一道如闪电般射过来的激光。

雅各布试图站起来,但肺部却一阵疼痛;它已经无法正常工作了。他缓缓地直起身跪在地上,呼吸越来越困难,感觉天旋地转,后背就好像是一块烧焦了的汉堡肉块。

不到两米远的地方，传来了一记响亮的咔嗒声！接着又是一下。再一下。越来越近。

雅各布垂下了胳膊。他已经无力再举着了，再说挡住眼睛也无济于事。他跪在地上，睁开双眼看着一米之外的库拉。透过呛人的浓烟，只看到那通红的眼睛和白森森的牙齿。

"库……库拉……"雅各布艰难地喘着气，说出的话听起来仿佛痴人说梦一般，"投降吧，这是你最后的机会。我……警告你……"

塔尼娅一定会喜欢我这么说的，雅各布想。这句话跟她那句临别赠言几乎一样棒。他真希望海琳也听到了刚才这句话。

临别赠言？该死，干吗不送一句给库拉呢！哪怕他会咬断我的喉咙，或是从眼睛射穿我的大脑，我还是有时间送他一件礼物！

他从腰间抽出肌肉泡沫罐，挣扎着举了起来。他要给库拉喷上这么一下！哪怕这会让他立刻就死在激光之下，而不是等一下才被利齿咬断脖子。

他的左眼遽然一阵刺痛，仿佛钢针扎上去一般。他感觉有一道闪电一路穿过他的头颅，又从另一边轰了出去。就在这一瞬间，他将手中的罐子朝着印象中库拉脑袋的方向举了过去，按下了喷嘴。

第二十九章　吸收作用[①]

海琳匆匆地抬眼望了一下，飞船正在上升，经过左舷的一群线圈生物。

线圈们离飞船越来越远，它们身上发出的绿色蓝色的光也逐渐黯淡下去。这些动物仍然在闪耀着，仿佛一枚枚炽热的小戒指，又像是一个个有生命的小斑点，排成一列小小的队伍，在广袤无垠的色球层映衬之下，显得更加微小。

旁边的放牧者们已经离得太远，看不到了。

线圈生物群转过那巨大的深色暗条，消失在视线之外。

海琳笑了。如果我们的微波激射通信设备还能工作就好了，她想，那样地球上的人就可以知道我们有多么不容易了。他们也会知道，太阳人并没有像某些人想的那样杀死我们。它们帮助了我们，我们还跟它们谈话了！

两个警报同时响起，她又埋头去处理了。

玛蒂娜医生在海琳和副驾驶身后漫无目的地转悠着。此刻，这位通灵学家是理性的，但脑子还有点乱。她刚刚从飞船上层的另一端回来，步履有些凌乱，还喃喃地自言自语。

---

①指粒子进入受激态的过程中对能量的吸收。

玛蒂娜已经知道不应该来打扰他们,多亏了伊芙尼!但她还是拒绝被绑在沙发床上。海琳不知道该不该让她去"翻面"转转。眼下的情势下,再好的医生也没什么用。

空气中有一种难闻的气味。海琳从"翻面"监视器里只能看到一片浓烟。几分钟前曾传出过几次大喊大叫和摔打声,好像发生了一场惨烈的搏斗。对讲机里还听到了不知是谁的两次惨叫声;刚才又有一次凄厉的尖叫,吓得人魂飞魄散。接着,就是一片寂静。

海琳一直努力控制着情绪,现在她只感到一种淡淡的自豪。这场战斗已然持续了这么久,这本身就是对他们——特别是对雅各布——的一种嘉许,库拉的武器本该早就把他们消灭了。

当然,他们不会死,他们肯定赢了。她马上就会知道结果。海琳压抑着自己的感情,告诉自己:你的身体在颤抖,那只是因为寒冷。

冷冻激光器运行得越来越不正常,忽冷忽热。船舱内的温度现在已经降到了摄氏五度。她感觉越来越困乏,行动也越来越迟缓,但也更加希望冷冻激光器多停在制冷状态一会儿:如果它开始加热,那就大难临头了。

这时,警报显示电磁场发生了偏移,可能会出现一个波段缺口,让远紫外线得以照进船舱。海琳开始忙碌,在她娴熟的操控下,警报很快解除,电磁场也继续坚持运行。

冷冻激光器从色球层汲取着热量,然后把它们变成 X 光向下方排出。飞船缓慢地攀升着,令人无比心焦。

又一声警报响起。这哪里是偏航警报,分明是一艘垂死的飞船在哭喊。

气味太难闻了！更惨的是,这里简直要冻死人！旁边有谁在一边哆嗦一边咳嗽。雅各布迷迷糊糊地意识到,哆嗦咳嗽的是他自己。

他直起上身,一阵剧烈地咳嗽,身体也一阵摇晃。他好不容易稳住身体,就那么坐着茫然地思索了半天,也没想明白自己怎么还活着。

舱板地面附近的烟雾散去了一些。可以看到到处都是碎片和卷须,散落在他和那台嘶嘶作响的空气压缩机之间的地面上。

他还能看见,这简直太令人意外了。他举起右手,摸了摸左眼。那只眼睛睁着,看不见东西,但还是完整的！他合上眼,一遍又一遍地用那三根没有受伤的手指抚摸着眼皮。那只眼睛还在,眼睛后面的大脑……也还在。是空气中的浓烟,加上库拉能量耗尽,拯救了它们。

库拉！雅各布扭头准备寻找那外星人。他刚往自己身边看了一眼,差点没呕吐出来。

两米之外,烟雾稀薄的地方,在地板上可以看到一只细长的白手。烟雾逐渐散开,库拉尸体的其余部分也露了出来。

外星人的脸被烧得惨不忍睹。烧焦的肌肉泡沫变成了黝黑的硬壳,从那对巨眼的残留部分一条条地垂落下来。一种蓝色的液体正从脑袋两边巨大的裂缝里往外渗漏,咝咝作响。

很明显,库拉已经死了。

雅各布向前缓缓爬去。他要先看看拉洛克,接着是斐金。对,就是这样的顺序。

然后,再找个能操作这台电脑的人下来——如果库拉造成的破坏还能够被挽回的话。

雅各布循着拉洛克的呻吟声找到了他。他在库拉身外几米远的地方,正坐在那里双手抱着头。他抬起眼,一副视线模糊的样子。

"哦……德姆瓦,是你吗? 别回答。你的声音会震碎我可怜的小脑瓜!"

"你……还好吧,拉洛克?"

拉洛克点点头,"我们都还活着,那库拉肯定是死了,对吗? 他把烂摊子扔给了我们,所以我们还不如死了呢! 我的上帝啊! 你看起来就像是一团意大利面条! 我也这副模样吗?"

不管这场战斗造成了哪些后果,起码它让这男人找回了说话的欲望。

"好了,拉洛克。来帮我一把。我们还有事情要做。"

拉洛克起身准备站起来,摇摇晃晃之下,他一把按住雅各布的肩膀想站稳,雅各布疼得眼泪都流了出来。两人相互搀扶着迅速站了起来。

那些火把一定都燃尽了,因为房间里的烟雾正在迅速散去。不过,他们沿着中央穹顶室顺时针方向蹒跚前行的时候,眼前的空气中仍有轻烟袅袅。

有一次他们还碰到了参数激光束,那条细线挡住了去路。他们既无法跳过去,也不能钻过去,只好就这么走了过去。激光束在雅各布的右大腿外侧和左大腿内侧映出一条血红色的线,雅各布不禁哆嗦了一下。他们继续前行。

他们找到斐金的时候,那坎顿人还在昏迷不醒。他的呼吸孔发出微弱的声音,枝头银色的亮片也叮当作响,但却对他们的呼唤丝毫没有反应。他们想移动斐金,结果发现根本搬不动,坎顿人的根足上伸出了锋利的小刺,深深地插进了舱板那坚硬的弹性材料里；插进了很多根，没办法拔出来。

雅各布还有别的事情要做，只好很不情愿地领着拉洛克绕过斐金，朝着中央穹顶室侧面的舱门口蹒跚着走去。

雅各布靠近对讲机，深吸一口气。

"海……海琳……"

他等了一下，但没有人回答。他能隐隐约约听到自己的声音在飞船上层响起，因此肯定不是通信系统出了故障。怎么回事？

"海琳，能听到吗？库拉死了！不过我们……也很惨。你……你或者陈，下来……下来修……"

冷冻激光器制造的冰冷空气吹得他一阵激灵，再也说不出话来。在拉洛克的帮助下，他磕磕绊绊地走过通风口，跌到了重力环倾斜的地面上。

雅各布摔在地上，猛一阵咳嗽。他侧躺下来好避开烧伤的背部。咳嗽慢慢地停止了，胸口却余痛未消。

他抵抗着睡魔。休息一下，就在这儿休息一下，然后再转圈走到上层去，看看出了什么事。

雅各布的双臂和双腿频频送出的剧痛刺激着他的大脑。他感觉自己的一根肋骨好像裂开了，可能是刚才跟库拉的搏斗造成的。

这些其实都不算什么，脑袋左侧一跳一跳的疼痛才真是要命。他感觉那里好像被谁放上了一颗滚烫的煤球。

重力环内的舱板躺上去有种奇怪的感觉。环绕四周的密实的重力场，本该均匀地作用在他的身体上，可现在雅各布却感觉像是躺在了海面上，身下微波荡漾，忽轻忽重。

显然是系统出了什么问题。不过这其实让雅各布感觉挺舒服的,仿佛一首摇篮曲。现在要是能睡一会儿就太美了。

"雅各布!感谢上帝!"海琳的声音一下子包围了他,但听起来却很遥远——友善、明确、热情——却与他无关。

"来不及说了!快上来,亲爱的!重力场马上就要失效了!我本来想让玛蒂娜下去的,可是……"一阵嘈杂声响起,声音中断了。

能看到海琳真是太好了,雅各布迷迷糊糊地想。睡意越来越强烈。一时间,他什么都顾不上想了。

他梦到了西西弗斯,那个被诅咒永远往一座无尽的山上推石头的人。雅各布觉得自己有办法耍点小聪明,他可以让那座山觉得自己是平的,虽然看起来还是一座山。以前他就这么干过。

但这一次那座山生气了。山上满是蚂蚁,爬上他的身体,到处乱咬,很疼。还有一只黄蜂在他的眼睛里产卵。

更过分的是,这座山还在骗人。有好几处地方都是黏糊糊的,粘住他不让他往前走。其他的地方则是滑溜溜的,他的身体太轻,几乎无法在上面站住脚。山路也崎岖不平,令人头晕。

他也不记得在这座山上爬行的规则了。但是看起来这座山自己在帮着他向上爬。

那块大石头也在帮他。他只需要轻轻地推动它就可以了,那石头自己在向上爬。这倒不错,雅各布希望它不要再抱怨了。石头本就不应该抱怨,更别说还是用法语。

快走到舱门的时候,他醒了过来。这是哪个舱门,他不确定。但外面并没有什么烟雾。

越过舱板向飞船外看去,先是一片透明的漆黑,又逐渐变回了之前色球层的红色迷雾。

那是"日平线"吗，太阳的边缘？光球层在头顶上方延展变平，仿佛一块由红黑相间的火焰织就的轻软地毯，深处暗藏着细微的波动。它脉动着，一根根暗条在舞动的明亮喷流上织就各种各样的图案。

舞动。来来回回，永不停歇。太阳就在他眼前舞动着。

米莉·玛蒂娜正站在门口，紧握着的手举在嘴边，脸上是一副恐惧的表情。

雅各布想安慰安慰她。一切都正常了。从现在开始。海德先生已经死了，不是吗？雅各布记得在哪儿看到过他，就躺在他的城堡化成的一片瓦砾之中。他的脸烧焦了，眼睛也不见了，散发出可怕的恶臭。

这时，有什么东西升起来抓住了他，带着他朝着下面的舱门移过去。之间是一个陡坡。他踉踉跄跄地向前，刚走出门，就一头栽倒在地上，失去了知觉。

第十部

多美啊！
透过纸窗的窗棂看到的
星河。

——小林一茶①

---

① 小林一茶(1763–1828)，日本著名俳句诗人。

第三十章　迷　局

阿巴佐格罗调查专员（以下简称阿）："那么，我们可以这么说，到最后所有大图书馆公会设计的系统都失灵了，对吗？"

开普勒博士（以下简称开）："是的，调查专员先生。每一台设备最后都失灵了。唯一坚持到最后的设备，其中的一部分组件是在地球上由地球人设计的。我还想补充一点，在建造这台设备的时候，皮拉人巴伯卡和其他很多人曾宣称它是多余的，毫无用处。"

阿："你是不是在暗示巴伯卡事先就知道……"

开："不，当然不是。其实他跟我们一样也是受骗者。他当时之所以反对我们建造那么一台机器，纯粹是出于审美上的考虑。他不希望格莱蒂克的时间流控制器和重力控制系统被塞进一层陶瓷壳子里，然后跟一台老掉牙的制冷系统连在一起。

"用来设计制造反射场和冷冻激光器的物理定律，早在20世纪就已被人类所掌握。他自然会反对我们再以此为基础造出一艘飞船，他把那看作是我们的一种固执的迷信，不仅是因为格莱蒂克的系统使得它们相形见绌，而且他还认为，大接触之前的地球科技不过是累积起来的似是而非和无谓的胡言乱语而已，不值一提。"

阿:"然而,正是这台'不值一提'的机器,在那些新玩意儿都失灵的时候,还在工作。"

开:"公平地讲,调查专员先生,我得说那其实要归功于我们的运气。搞破坏的人认为,这些地球设备无足轻重,因此一开始没有费力气去破坏它们。等他发现自己的错误时,已经没机会纠正了。"

蒙特斯调查专员:"我有一件事不明白,开普勒博士。我相信在座的我的同僚也会有相同的疑问。我知道探日飞船船长使用了冷冻激光来冲出色球层。可是要实现这一点,她必须让飞船获得一个大于太阳表面重力的加速度!他们通过内部重力场的作用侥幸地做到了这一点,可是后来这些设备失效时,难道他们不会立刻就被巨大的力量压得粉身碎骨吗?"

开:"不会马上就那样的。设备失效是分阶段显现出来的:首先是那调校精确的力场,它的作用是维持通向飞船设备层——'翻面'——的重力环通道;然后是自动湍流调整设备;最后是抵消太阳引力的飞船内部主重力场。等到后面这些设备失效,他们已经快飞到日冕附近了。

"船长知道,如果飞船内部的引力抵消场失效了,直接向上攀升无异于自杀,不过为了把记录传送给我们,她还是决定这么做。当时还有另一个选择,就是听凭飞船坠落,然后及时刹车,让飞船上的乘员一下子承受的冲击刚好不超过大约三个重力加速度。

"幸运的是,我们可以先朝着一个引力源坠落,然后再升起。海琳采取的办法就是让飞船在升起的时候进入环绕引力源的双曲线逃逸轨道;然后在飞船沿着这个轨道再度朝引力源坠落时,集中飞船上的所有激光推进器来给飞船提供一个切线速度。

"这套办法在大接触之前已经被我们的载人探日航天器用了几十年,海琳又成功地复制了原有的模式:沿一个弧度不大的轨道飞行,用激光器推进和制冷,用电磁场来作屏蔽防护。只不过,她这次飞行可不是预先设计好的,采用的轨道弧度也要大得多。"

阿:"他们坠落了多深?"

开:"呃,您应该记得他们在陷入最终的困境之前曾经历过两次坠落:一次是重力发生器失灵的时候,还有一次是太阳人撑不住飞船而撒手的时候。而这是他们的第三次坠落,这一次他们前所未有地接近了光球层。实际上,他们已经擦到了光球层的表面。"

阿:"可是还有湍流啊,博士! 没有了内部重力场和时间流控制器,飞船怎么没被压碎呢?"

开:"这次意料之外的飞行让我们获得了很多新的太阳物理学知识,先生。之前所有人都以为色球层是湍流汹涌的,可至少这一次并非如此……但是,我认为最大的收获在于飞船的驾驶方法。海琳简直是创造了奇迹。TAASF①的人正在研究黑匣子记录下来的数据。这些记录让他们兴奋异常,而他们唯一的懊恼就是无法给海琳颁发一枚勋章。"

韦德将军:"当TAASF的救援队登上飞船的时候,飞船上的情形就像拿破仑从莫斯科溃退时的样子! 没有人告诉我们事情的经过。各位可以想象我们当时的困惑,直到后来我们回放了录像带。"

_____

①地球太空武装力量。

恩古因调查专员:"我能想象,在那种情况下你们也无计可施。我们可不可以这么说,博士,飞船指挥官让热量控制系统的偏离更多地朝着制冷的方向,就是出于这个目的?"

"诚实地讲,专员先生,我不这么认为。我觉得她当时是想保持飞船内部的低温,这样所有的记录数据才能够保存下来。如果冷冻激光系统更多的是朝着加热的方向偏离,那这些资料就会被烧毁。我相信她所思所想的就是要保护这些磁带。也许她不想从太阳里飞出来的时候变成一摊草莓果酱。

"我想她应该不知道那种形式的冷冻会造成的生物学效应。

"要知道,在很多方面,海琳都有点'幼稚'。她了解自己领域里的最新动态,但她肯定不知道,自她当年离开地球进行星际旅行之后,低温冷冻术现在已经发展到了什么程度。我想,一年之后,等她醒来的时候一定会大吃一惊。

"别的人可能不会把海琳的苏醒当做什么大不了的奇迹。当然,除了德姆瓦先生。他也不会认为自己活下来是什么奇迹。这个人是坚不可摧的。我想,虽然现在他还在冷冻沉睡中,但不管他的意识处于什么状态,他都十分清楚这一点。"

第三十一章 传 播①

春天里,鲸鱼们再次迁往北方。

这样的大迁徙每年都在加利福尼亚海岸上演。上次他站在岸边观看这一幕的时候,水中的这几头鲸有些还没出生。它们灰色的后背时不时地冒出水面,泛起大量的泡沫。他不禁想,不知这些灰鲸是否还会唱起那首《雅各布和斯芬克司之歌》。

也许不会了。毕竟这首歌从来就不是这些灰家伙的最爱。对性情沉稳的它们而言,这首歌太粗鲁,太……白鲸化了。灰鲸们都是一群自命不凡的家伙,但他就是喜欢它们。

他的脚下,乱石穿空、惊涛拍岸。空气被海水浸湿,充满他的肺,令他感到既饱又饿,就像有的人在面包房深呼吸时的感觉一样。听着大海有节奏地潮起潮落,再想到这潮水将会洗刷掉所有的改变,他感到了一份宁静。

在圣巴巴拉的那家医院治疗时,医生配给他一部轮椅,不过他还是更喜欢用手杖。虽然这样一来他的行动会更加困难,但是对身体的锻炼更有效,可以缩短他的康复期。自他在那间无

---

①本书各章标题使用了很多物理学名词。此处的"传播"是指声波、光或电磁辐射的传播。

菌器官工厂里苏醒过来,时间已经过去了整整三个月,他想自主站立起来都要想疯了,还十分渴望干点儿什么事儿,好好开心开心。

比方说像海琳那样讲话。一个出生于旧的官僚体制最鼎盛时期的人,按理不会这样口无遮拦,让新时代的邦联政府公民感到脸红。但海琳只要觉得身边的人都是朋友,她的谈吐就会变得十分大胆出格。她只说这是因为她从小在一颗动力卫星上长大,然后就微笑着不肯说下去,除非雅各布肯做出更进一步的举动作为交换,但她知道,雅各布还没准备好这么做!

还有一个月,绝大多数细胞就可以完成再生过程,医生也会让他们停止服用荷尔蒙遏抑剂。接着再一个月之后,即便是像担任太空战斗机飞行员那样严峻的考验他们也都可以胜任了。可海琳还是经常用激将法鼓励他。

好吧,大夫说挫折感对康复有帮助。说是这样能够磨炼意志、早日恢复正常什么的。

如果海琳再继续这么激他,大家都会有意外惊喜的。

伊芙尼!那水看着多美!那么清澈凉爽!一定可以让神经更快生长!那可是比自我暗示更有效的方法。

雅各布转身从岩石上下来,慢慢踱回了一座狭长房子的院子。那是他叔叔的房子,布局凌乱。他按照自己的意愿,拄着那根手杖,也许不仅仅是为了功能上的需要,那激动人心的触摸也让他很享受,这可以稍稍减轻病痛带来的不愉快。

跟往常一样,詹姆斯叔叔正在跟海琳说笑。而她更是一点儿也不害臊地配合着他。

"我的孩子,"詹姆斯叔叔伸出双手,"我们刚想去找你,真的。"

雅各布懒懒地一笑，"不着急，吉姆。我们这位星际探险家肯定还有很多有趣的故事要讲。你给他讲那个黑洞的故事了吗，亲爱的？"

海琳不怀好意地咧嘴一笑，偷偷做了一个动作，"怎么，杰克，不是你叫我不要说的吗？要是你觉得你叔叔想听……"

雅各布摇摇头。还是自己来对付叔叔吧。要是海琳出马的话，可能就会有点不好收场了。

德席尔瓦女士是一位了不起的飞行员，在过去的几周里，她还是一位充满想象力的同伴。不过，他们之间的私人关系让雅各布有些晕头转向：她的风格实在是……太强悍了。

海琳醒来的时候，发现"女海神号"已经出发，于是，她就签约加入到设计一艘新的"维萨留斯二号"飞船的队伍中去了，还厚着脸皮宣布，她这么做是为了有三年的时间可以让德姆瓦·雅各布经受一整套巴甫洛夫条件反射训练。等到三年结束，她就会摇响一个小铃铛召唤他，而雅各布则会毅然加入到迁跃宇航员的队伍中来。

雅各布对此持保留意见，不过事实很明显，海琳已经完全控制了他的唾液腺。

在他的印象中，詹姆斯叔叔从来没有像现在这样紧张过。这位一向沉着的政治家显然不轻松，他身上源自阿尔瓦雷斯家族的放浪的爱尔兰人魅力现在也减弱了。他紧张地点了点那满是灰发的头，绿色的眼睛看起来也是一反常态地悲伤。

"嗯，雅各布，我的孩子。我们的客人来了。他们在书房等着，克里斯蒂安正在招待他们。

"喏，我希望你在这件事上还是要理智一点。真的没有必要把这帮政府的家伙请来。我们可以自己解决。

"现在依我看……"

雅各布举起手,"叔叔,别这样。这个问题我们已经讨论过了。"

"这件事该有个说法了。如果你不想接触这些隐私登记处的人,我就只能召集一次家族会议,把事情和盘托出。你是知道杰里米叔叔的,他可能会选择把整件事公之于众。新闻媒体会赞扬我们家,这倒不错,不过公检部的人也会知道这件事,而接下来五年的时间里,你的屁股上都会戴着一个小东西,无时无刻不在'哗……哗……哗'地响。"

雅各布靠在海琳的肩上——与其说是想支撑身体,不如说就是想挨着她——两只手在叔叔的眼前比画着。他每"哗"一声,詹姆斯那张贵族气质的脸就会更加惨白一点。海琳咯咯地笑了起来,差点呛着。

"不好意思。"她故作正经地说道。

"不要笑话别人。"雅各布批评道。他拧了海琳一把,要回了自己的手杖。

这间书房没有加拉加斯的阿尔瓦雷斯庄园里的那间气派,但它位于加利福尼亚,也相当不错了。雅各布希望今天过后,他跟叔叔还有话可讲。

抹着灰泥的墙体和吊顶突显出房子的西班牙风格。一大排书架之中有一个展示架十分显眼,上面摆放着詹姆斯的收藏,都是些官僚政府时代的地下出版物。

壁炉架上刻着一句长长的箴言:

军民团结如一人，试看天下谁能敌。

斐金吹出一声热情的问候笛声。雅各布鞠躬示意，也回以一串冗长、正式的问候语，想让坎顿人高兴高兴。在他住院的时候，斐金定期去探望。一开始，两个人之间经常发生争论——彼此都认为自己欠对方更多。最后他们终于同意，还是继续各持己见算了。

当TAASF的救援队冲进探日飞船的时候，飞船仍在沿着激光推进的双曲线轨道飞驰。他们被眼前的景象惊呆了：人类船员们都被冻得硬邦邦的。他们也不知道该如何处理飞船"翻面"那具破碎的普灵人尸体。但最让他们惊奇的还是斐金，他靠着根足上那些锋利的小刺仍然倒挂在舱板上，连冷冻激光那么强劲的推进力都没有把他甩下去。与飞船上的人类不同，低温并没有冻坏他太多细胞。看起来，他安然度过了穿越光球层时的剧烈冲击，毫发无损。

除了他原来的身份——发展工会成员、长期的观察者和操控者——斐金现在变成了一位独一无二的大人物。宇宙间所有健在的智能生物中，也许只有他能够描述倒挂着飞过光球层那混沌阴暗的一片火海是何种情景。现在他有了自己专享的故事。

不过，当时这位坎顿人一定十分痛苦，因为他的故事别人连一个字也不相信，直到他们看过了飞船的录像带。

雅各布向皮埃尔·拉洛克打过招呼。后者的气色比上次见面时好了许多，更不用说胃口了：他刚才一直在大嚼克里斯蒂安做的开胃小菜。他朝雅各布和海琳微笑着点点头，坐在椅子上，没有说话。雅各布估计他是嘴里塞得太满,没法开口了。

最后一位客人是个金发碧眼的高个子长脸男人。他从沙发上站起身,伸出了手。

"汉·尼尔森,很高兴为您效劳,德姆瓦先生。光是听新闻报道,我就为能见到您而感到自豪了。当然,政府知道的事情,我们隐私登记处也都知道,所以我是加倍地荣幸。不过,我猜您今天召集我们要处理的,应该是一件连政府都不知道的事情吧?"

雅各布和海琳在沙发的另一端坐下,背后是一扇面朝大海的窗子。

"是的,尼尔森先生。其实,不止一件事。我们想向地球总会申请一份保密约定和最终裁定。"

尼尔森面有难色,"您一定知道,地球总会目前还在雏形阶段。各个殖民地任命的代表们甚至都还没到位呢!邦联的那些……(他想说的是那个肮脏的词'官老爷'吗?)公仆根本就不喜欢有一个凌驾于法律之上的隐私登记处来严格保证法律的诚信,更不用说他们对地球总会的态度了。"

"即使事实表明,那是我们自大接触以来在面临危机时的唯一解决之道?"海琳问道。

"不错,政府现在已经承认,以后星际和种族间的纷争一定会交由地球总会来裁判,但他们还是不喜欢这个新机构,新政施行的每一步都走得很迟缓。"

"但这正是问题所在,"雅各布说道,"在这次水星大灾难之前人类就已经面临危机,所以我们不得不创建这个总会。但这危机仍然是可以控制的。也许太阳潜入者计划正是实施变革的契机。"

尼尔森神情严肃地说道:"我知道。"

"你真的知道吗?"雅各布双手按在膝盖上,身体向前倾,"你也看到了斐金的报告,知道皮拉人可能会对巴伯卡在水星上的罪行被公之于众做出何种反应。而现在这些有关库拉的情况还远没有曝光呢!"

"这些邦联政府都知道。"尼尔森一脸无奈,"包括库拉的行为,他离奇的辩解以及整件事情。"

"那好吧。"雅各布叹了口气,"毕竟他们是政府,外交政策是他们制订的。此外,海琳当时也不知道,在那么糟糕的情况下我们竟然还能幸存下来。她记录下了一切。"

"我一直没想过这一点。"海琳说道,"直到斐金向我解释说,也许政府不知道真相反而会更好;要是知道了,就应该让地球总会来收拾残局,因为他们更适合做这个工作。"

"更适合,也许吧。但是你想让我们……地球总会做什么呢?这个组织要想被人们接受、具备合法性,还需要经年的积累。总会的人怎么会在此时冒险去插手这件事呢?"

一时间,大家都沉默了。然后,尼尔森耸了耸肩。他从公文包里掏出一架微型录音机,打开之后放在了屋子中间的地板上。

"本次谈话由隐私登记处负责保密。您可以开始了,德席尔瓦博士。"

海琳开始扳着指头逐一陈述她的观点:

"第一,我们知道,在大数据库公会和巴伯卡自己的种族看来,他犯了罪。因为他伪造了大数据库报告,还在太阳潜入者计划中制造骗局,即宣称他跟太阳人进行了通信,而且用他的勒萨尼圣物'保护了'我们免遭太阳人的严厉惩罚。

"我们认为,我们知道巴伯卡这么做的动机。因为大数据库里竟然没有太阳幽灵的数据,这让他感到很难堪。他同时还想提醒一下我们这些好奇的狼崽子，别忘了自己低贱的出身。

"按照格莱蒂克传统，这件事会自行解决，皮拉和大数据库公会将给地球一些好处作'封口费'。邦联政府可以随意选择附带了一些限制条件的奖赏。不过，人类将来不得不面对皮拉人的敌意，只因为他们的自尊受到了伤害。

"他们还可以继续加大力度，帮助我们的受庇护种族——黑猩猩和海豚——尽早脱离实习智能生物的地位。他们还赐予人类'被收养'受庇护种族的地位……'从而帮助人类完成这项艰难的转变'。说到这儿，我总结得还可以吧？"

雅各布点点头，"挺好的。不过你没讲我犯的愚蠢错误。在水星上，我公开地谴责了巴伯卡！没人把我们之前签署的两年保密协议当回事儿，而邦联政府也拖了太久才把这个案子紧急托管。到这会儿，这件事可能已经传遍半个星系了。

"这就意味着我们失去了握在手里的小小筹码——我们本可以用它来挟皮拉人。他们现在将不惜一切代价来'收养'我们，而且还会以替巴伯卡'还债'的名义，把我们不想要的各种援助强加给我们。"

他示意海琳接着说下去。

"第二，我们现在知道这桩惨剧的一个幕后黑手就是库拉。他显然并不想让人类发现巴伯卡的罪行。他也有自己的计划。

"他精心经营跟杰弗里的友谊，使得那黑猩猩主动替他出头，要'解放'他，因而激怒了巴伯卡。其后杰弗里的死让太阳潜入者计划陷入了混乱状态，巴伯卡认为这种时候无论他做什么别人都会相信他。德维恩·开普勒当时明显的心智衰退估计也是这场斗争的结果，那应该是被库拉诱发的。

"库拉的计划里最重要的一步就是伪造人形太阳幽灵。这一步施行得非常完美,骗过了所有人。看到那样一种超凡的能力,你就不难理解为什么普灵人觉得他们可以跟皮拉人叫板,寻求独立了。他们是我所见到的最擅长伪装欺骗的一个种族。"

"可皮拉人是普灵人的庇护主。"詹姆斯提出了异议,"而且,是他们把库拉的先祖从低级动物提升成智能生物的,为什么巴伯卡没有发现那些幽灵可能是库拉搞的鬼呢?"

"请容我就此做些说明,"斐金说道,"普灵人奉命为巴伯卡选择一位助手。根据我们发展公会的独家消息,库拉其实是普灵星球上的一位重要人物,他擅长一项我们迄今还未曾得见的技术。我们原以为普灵人对这项技术遮遮掩掩,是继承了皮拉人的行事风格。不过现在我们知道了,其实是皮拉人自己不愿意去看。正是皮拉人自信满满的优越感,使得他们根本就瞧不起自己受庇护种族的东西,从而也就不自觉地纵容了普灵人的阴谋。"

"这门技术是?"

"推想起来,这门技术其实就是全息投影术。很可能普灵人自从获得智力以来就一直在秘密地从事实验,那该有几万年了,而他们的庇护主竟然毫不知情。保守一个秘密如此之久,不知普灵人为此付出了多少努力,这让我十分敬畏。"

尼尔森轻轻吹了声口哨,"他们一定是极度渴望自由。尽管我看过了所有的带子,可我还是不明白,为什么库拉要把太阳潜入者计划扯进去呢?伪造人形太阳幽灵、害死杰弗里,还有诱骗巴伯卡犯错误,这些能帮助普灵人什么呢?"

海琳看了一眼雅各布。他点点头道:"这还是你来讲吧,海琳。大部分都是你想明白的。"

海琳深吸了一口气。

"你知道,库拉从来就没打算要巴伯卡在这次事件中暴露。的确,他的主人弄虚作假,用那件勒萨尼圣物耍花招,这都是受了他的诱骗,但他是想让大家都相信巴伯卡,起码在当时是如此。

"如果他的计划成功,他就能向大数据库公会报告两件事:一是巴伯卡是个蠢货和骗子,是靠着助手才避免了出丑;二是人类只不过是一群无害的笨蛋,完全可以无视。

"我先说第二点。

"显而易见,没有人会相信类似恒星里飘浮着'人形幽灵'这样的故事,特别是大数据库里压根儿就没有提到过它们。

"想想看,整个星系会如何看待我们的故事:'挥舞着拳头'的等离子体生物,能够神奇地避开录像机,因而也根本无从查证它们是否真的存在!听到这样的说法,绝大多数观察家会连我们手头确实有的证据都不屑去看了,从而也就不可能看到我们录下的真实存在的太阳人和线圈生物了!

"整个星系一直是带着一种看热闹的心态来看待地球人这项'科研'工作的。库拉显然是想让太阳潜入者计划成为一个无人当真的笑谈。"

房间的另一头,皮埃尔·拉洛克的脸红了,尽管没人提起一年多以前他关于"地球科研"的那些评语。

"当库拉准备把我们全都杀死的时候,他简要地作了一番解释。他说他伪造人形太阳幽灵,是为了我们好。如果我们看起来很愚蠢,或许当我们随后宣布太阳上有生命的时候就不会引起太大的反响了……这种反响会让人类得到更多的曝光机会,而我们这个时候本应该在静悄悄地学习,努力赶上其他种族。"

尼尔森皱起眉头,"他说得也有道理。"

海琳耸耸肩,"现在已经晚了。

"不管怎么样,正如我说过的,看起来库拉是打算向大数据库公会和索罗人报告,人类是一群无害的笨蛋。更重要的是,巴伯卡也是一样地笨……因为他竟然也相信了存在人形太阳幽灵,还以此为基础展开骗局!"

海琳转向斐金,"怎么样,我总结得还不错吧,坎顿人斐金?"

坎顿人轻吹口哨,"相当不错。我完全信任隐私登记处的保密承诺,所以我在此可以向诸位透露,我们发展公会已经得到的关于普灵人和皮拉人活动的情报,跟我们在这里了解到的完全相符。普灵人显然是在进行一场损害皮拉人声誉的运动,并由此向人类同时提供了机会和风险。

"机会在于,你们的邦联政府可以把库拉犯上作乱的证据提交给皮拉人,这样如果索罗人日后怪罪下来,他们可以辩解说自己也是受到了蒙骗。

"库拉的种族将被迫寻找一个保护者种族。他们可能会被降级,他们的殖民地被剥夺,人口也会'减少'。

"人类将因此直接获益,但即将面临皮拉人长期敌视这一点已无法改变。他们想问题跟我们完全不一样。他们会暂时搁置'收养'人类的企图。他们仍会坚持因库拉的罪行向人类进行赔偿,他们可能愿意接受人类对赔偿形式做出的选择,但长远看来,人类已经无法获得他们的友谊了。欠人类一笔债,这只会让他们的恨意更深。

"此外,人类目前一直仰仗某些更加'开明'的种族来保护他们,可是他们大多不会喜欢你们给皮拉人提供发动另一次'圣战'的理由。比如泰姆布立米人可能就会撤走他们在月球上的领事馆。

"最后,还有伦理道德方面的考虑。要讲清楚所有的原因,我得花上很长时间,其中有一些你们可能还无法理解。简而言之,发展工会非常非常不想看到普灵种族遭受灭顶之灾。这个种族还年轻,容易冲动,跟人类差不多,但他们有着光明的未来。假如仅仅因为少数几个人搞了一场阴谋、想以此终结该种族持续了万年之久的被奴役状态,整个种族就要遭受一场浩劫,那将是一个巨大的悲剧。

"出于这些考虑,我建议大家最好将库拉的罪行置于保密状态。当然,消息很快就会传开去,但索罗人应该不会理睬人类传播的流言。"

一阵微风从窗外吹进来,斐金枝头的小亮片轻轻地叮咚作响。尼尔森凝视着地板。

"怪不得库拉的诡计被雅各布戳穿之后,他就要杀死自己和飞船上的所有人! 如果皮拉人日后收到人类的官方证词、得知库拉的行为,普灵种族可能就大难临头了。"

"你觉得邦联政府会怎么做?"雅各布问道。

"怎么做?"尼尔森苦笑道,"哦,他们当然是向皮拉人屈膝呈上相关证据。伊芙尼! 否则他们就不会'送给'我们一个配备一万名技术员的完整版分支大数据库! 也不会再'送给'我们现代化的飞船,这些飞船如果没有'顾问'的帮助,地球工程师根本都研究不明白,也没有地球人能够驾驶;还可能导致那些该死的'收养程序'无限推迟!"他摊开手,"非常明显,邦联政府不会去冒险得罪这个智能种族,尽管他们杀害了一名我们的受庇护种族成员,差一点毁了我们的太阳潜入计划,还企图把人类搞得看起来就像是星系里的大傻瓜！

"而当你深入了解了这一切之后,你还能责怪他们什么呢?"

雅各布的叔叔詹姆斯清了清嗓子,提醒大家注意自己。

"我们可以尽量让整件事情保持不公开的状态。"他建议道,"在某些圈子里我也还算有点影响,如果我去说上几句好话……"

"你说不上什么好话,吉姆,"雅各布说道,"这个烂摊子说起来也有你一小份。你如果涉足进来,真相迟早会暴露的。"

"什么真相?"尼尔森问道。

雅各布皱皱眉,看看他的叔叔,然后又瞧瞧拉洛克。那法国人一言不发,又开始嚼起小菜来。

"这两个人,"雅各布说道,"是一个秘密小集团的成员,他们的目标是破坏缓刑法案。我叫你来这里,这是第二个原因。对这件事我们必须采取点措施,先找隐私登记处要比直接报警好一些。"

听到报警这两个字,拉洛克停止了咀嚼。他盯着手里的小三明治看了一会儿,然后放下了它。

"什么秘密小集团?"尼尔森问道。

"那是一个社团,由缓刑犯人和某些同情他们的合法公民组成,致力于秘密制造太空飞船……载有缓刑犯船员的飞船。"

尼尔森挺起身子,"什么?"

"拉洛克负责给他们训练宇航员。他还是他们的首席间谍。他在探日飞船上是想偷学重力发生器的校准系统设定原理。我有录像带可以证明这一点。"

"可是他们为什么要这么做呢?"

"为什么不呢? 要抗议缓刑法案,这可是你想得到的最强有力的方法了。如果我是一个缓刑犯，我肯定会参与的。我同情他们，一点儿也不喜欢缓刑法案。

"可我也很现实。现实的情况就是，缓刑犯被置于低人一等的境地。所谓的心理问题就像一个如影随形的污点。他们只不过是用一种再正常不过的方式做出反应而已：他们聚集在一起，仇恨身边这个'温良恭顺'的社会。

"他们说：'你们这些合法公民认为我有暴力倾向，好吧，那我就他妈有！'绝大多数缓刑犯人本来永远也不会伤害任何人，不管他们的缓刑犯测试怎么说。但是世俗的偏见逼得他们真的就成了那样的人！"

"这是一个争议话题，"尼尔森说道，"但即便如此，让缓刑犯上太空……"

雅各布叹了口气，"当然了，你说得对。这是不允许的，目前还不行。

"另一方面，我们也不能让政府利用这件事激起民愤。这会让事态恶化。"

尼尔森看起来很担忧，"你不是想建议地球总会插手缓刑法案吧？哦，那将是一种自杀行为！公众不会接受的！"

雅各布无奈地笑了笑，"没错，他们不会接受。就算是詹姆斯叔叔也不得不承认这一点，今天的合法公民们根本就不会考虑去改变缓刑犯人们的地位，而且，现实的情况是地球总会还没有什么权力。

"可是，这个总会的势力范围在哪儿呢？目前它是太阳系外殖民地的管理者。太阳系外的所有事务迟早都会归它管辖。而那就是他们可以干预缓刑法案的原因，起码是象征性的，不会让任何人感到不安。"

"我不明白你的意思。"

"嗯,我想你还没读过奥尔德斯·赫胥黎①的书,读过吗?没有?他的作品在海琳成长的那个年代还十分流行,我和我的表亲们小的时候也被……教导学习过一些他的著作——有时候真的是很难懂,因为书中的时代背景完全不同,不过这还是很值得的,因为这位作者的确有着超凡的洞见和智慧。

"老赫胥黎写过一本书,叫作《美丽新世界》……"

"对,我听说过。反乌托邦的,对吗?"

"差不多吧。你应该读一读这本书,里面有很多可怕的预言。

"在小说中,他虚构了一个社会,尽管有这样那样的问题,但还算太平。这个社会会有它自己的荣誉法则——有点类似蜂群社会的伦理道德。当这个社会里的人越来越多,越来越杂,有些个体就不那么适合社会规范的要求了。你猜赫胥黎是怎么处理他们的?"

尼尔森皱起眉头,忖度着雅各布的意思,"像个蜂群社会?我猜那些不正常的人会被消灭,杀死。"

雅各布伸出一根手指,"不,不完全对。赫胥黎的写法挺巧妙的。首脑们知道他们建立的这个制度太过僵化,可能在碰到某种难以预料的威胁时就会垮掉。他们认识到这些不正常的人正好给他们提供了一种风险控制、一种储备,当整个社会遇到麻烦、需要集中所有资源时,就用得上他们了。

"但同时,他们还不能让这些人四处逛荡,威胁到社会的稳定。"

---

①奥尔德斯·赫胥黎(Aldous Leonard Huxley,1894-1963),英国作家。《天演论》作者、生物学家托马斯·赫胥黎之孙。

"那他们怎么办了?"

"他们把这些人赶到了各个小岛上。在那里这些人可以随心所欲、不受干扰地从事自己的文化实践。"

"小岛啊?"尼尔森挠挠头,"这可真是个不错的办法。其实,这不就是我们实行的外星居留区政策的反面吗? 只不过我们是划出可控地区,把缓刑犯人赶出去,让外星人住进来,合法公民则可以随意进出。"

"这真无可容忍。"詹姆斯嘟哝着,"不光是对缓刑犯而言,对外星人来说也是一样。哦,坎顿人斐金刚刚还跟我说,他是多么想到罗浮宫、阿格拉①和约塞米蒂②去看看!"

"该来的总会来的,詹姆斯·阿尔瓦雷斯朋友,"斐金的声音有些颤抖,"眼下我能够获得特许来到这个加利福尼亚的小地方,已经非常庆幸了,这可是一份让我受之有愧的奢侈奖赏。"

"我不知道这种把人关在小岛上的办法是不是行得通。"尼尔森深思熟虑地说道,"当然这还是值得一提的。具体的细节我们可以找时间讨论。我搞不明白的是,这跟地球总会有什么关系呢?"

"推想一下,"雅各布恳切地说道,"在太平洋上建立某种隔离岛,岛上的缓刑犯们可以摆脱目前无处不在的长期监视,走自己的路,这或许可以多少改善缓刑犯问题。但这还远远不够。很多缓刑犯觉得自己一开始就被剥夺了一切。不光是出身受到法律的限制,还被隔绝在人类最激动人心的活动——太空探索之外。

"拉洛克和詹姆斯捣鼓出的这场小乱局,正是我们即将面临

---

①印度北部古城,泰姬陵和阿格拉古堡所在地。

②美国加利福尼亚州中部的一座国家公园。

的问题的一个最好例证,除非我们给他们一个生存的空间,让他们感觉自己也在参与太空活动。"

"生存空间,小岛,太空……天啊,我说老兄,你不是当真吧!再买一颗殖民星球,把它转交给缓刑犯人们?现有的三颗殖民星球已经让我们背了一屁股债了!你要是以为这主意能获得通过,那你可真是个超级乐观主义者!"

雅各布感到海琳的手滑进了自己的手掌。他瞥了她一眼,见她脸上表现出骄傲、机敏,而且跟往常一样马上就要放声笑出来。他紧握了一下海琳的手,两人的手指交叉相握在一起。

"是的,"他对尼尔森说道,"最近我的确变成了一个乐观主义者。而且,我认为这是可以实现的。"

"可我们的钱从哪儿来?另外,当好几亿一直想殖民的合法公民听说你把生存空间给了非合法公民时,你该如何抚慰他们受伤的自尊?

"拉倒吧,殖民根本就行不通。即便是'维萨留斯二号'也只能搭载一万人,而我们几乎有一亿缓刑犯!"

"哦,也不是所有缓刑犯人都想走啊,特别是如果他们也可以去小岛上生活的话。此外,我相信他们追求的不过是公平对待而已。缓刑犯也想有属于自己的追求。我们真正的问题是殖民地不够,运输飞船也不够。"

雅各布慢慢微笑着继续说道:"但假如我们能够让大数据库公会'捐赠'资金,帮我们买一颗四级殖民星球,外加一些专为人类乘客精简改造过的猎户型运输飞船……这主意怎么样?"

"你打算怎么说服他们这么做呢?他们的确有义务为巴伯卡对我们的欺骗做出补偿,可是他们会按照对他们有利的方式来做这件事,比方说,使我们由此完全依赖格莱蒂克技术。几乎所有星系种族都会支持他们这么做。他们干吗要换其他的方式来赔偿我们呢?"

雅各布摊开双手,"你忘了,我们现在手里有他们想要的东西……一件珍贵的东西,大数据库公会没有它就无法运行。那就是知识!"雅各布伸手到口袋里掏出一沓纸,"这是一份加密信件,是米莉·玛蒂娜刚刚从水星发给我的。她还只能坐在轮椅上,但他们实在太需要她过去了,所以一个月前她又去水星基地了。

"她说他们已经全面恢复了活动区的潜日飞行。她自己就下去过一次,负责跟太阳人重新建立联络。目前为止,她还没有告诉政府太多信息,而是在等着跟我和斐金商量。

"她跟太阳人联系上了。太阳人跟她进行了对话。他们头脑清楚,还记得很久很久之前的事。"

"不可思议!"尼尔森惊叹道,"但是这对我们在这儿讨论的问题而言,有什么特别的政治含义吗?"

"想想看,大数据库公会以为他们可以强迫我们按照他们的条件接受赔偿。可是如果操作得当,我们反而可以要挟他们给我们想要的东西。

"太阳人能够说话,而且记得遥远过去的事情——米莉说他们能记得古代智能生物潜入太阳的飞行,非常久远的古代,也许那就是先祖——这意味着我们有了史无前例的巨大发现。

"这也意味着大数据库公会一定会想尽一切办法得到它。这还意味着这一发现将广受关注。"

雅各布咧嘴一笑。

"这会有点复杂。首先,我们要迎合他们已有的印象,也就是太阳潜入者计划是一个大笑话。我们拿着对太阳的研究成果,去要求他们颁发大数据库研究专利。他们一定认为这只会让我们看起来更加愚蠢。等他们意识到我们究竟发现了什么的时候,就得花钱来买了,价钱由我们说了算!

"要做好这件事,我们需要斐金的帮助,再加上阿尔瓦雷斯家族的所有智慧和你们地球总会的合作。这是可以做到的。杰里米叔叔更是会非常赞赏我重拾故技,暂时涉足'肮脏的政治',来帮助这一计划实现。"

詹姆斯大笑起来,"等着看你的表亲们听到这个消息时的反应吧!我都能看到他们在发抖了!"

"哦,告诉他们不必担心。不,我还是自己告诉他们吧——等杰里米叔叔就此召集家庭会议的时候。我打算在三年内搞定这一堆事情。然后我会退出政坛,永不涉足。

"你知道,那会儿我得去参加一次长途旅行。"

海琳轻吁一口气,指甲紧紧地掐在了雅各布的大腿上。她脸上的表情难以名状。

"不过我有一个要求,"雅各布对海琳说着,不知道自己是否能够压制住笑意和耳朵里的轰鸣,"我们得想办法带上至少一头海豚。她作的打油诗非常不雅,但当我们到达某些太空港的时候,这些打油诗却可以为我们换来给养。"